二見文庫

危ない夜に抱かれて

レイチェル・グラント／水野涼子＝訳

Tinderbox

by

Rachel Grant

Japanese translation rights arranged with
McIntosh and Otis, Inc.
through Japan UNI Agency, Inc.

少数の選ばれしプロの考古学者、愛するデイヴへ。

危ない夜に抱かれて

登　場　人　物　紹　介

モーガン・アドラー	考古学者
パックス・ラブ・ブランチャード	アメリカ陸軍曹長
キャシアス・キャラハン（キャル）	アメリカ陸軍一等軍曹
オリアリー	アメリカ海軍大佐
サヴァンナ・ジェームズ（サヴィー）	CIA局員
セバスチャン・フォード（バスチャン）	アメリカ陸軍上級准尉
シャルル・ルメール	ジブチの文化大臣
アリ・アンベール	ジブチの天然資源大臣
ジャン・サヴァン	ジブチの観光大臣
アンドレ・ブルサール	地質学者
アドラー将軍	モーガンの父親
イブラヒム	発掘現場のスタッフ
ムクタール	発掘現場のスタッフ
ヒューゴー	ジブチ人の少年
エテフ・デスタ	エチオピアの軍指導者
ケイリー・ハルパート	地域連絡員
オズワルド	アメリカ陸軍大尉

1

三月、アフリカの角
ジブチ　キャンプ・シトロンより三・二キロ西

モーガン・アドラーは砂煙の映るバックミラーと、前方の道路を交互に見た。あと三・二キロ。きっとたどりつける。アメリカ大使館が閉鎖されたため、米軍基地キャンプ・シトロンに逃げるしかなかった。骨は守られるだろう。

マシンガンを持った軍指導者の手下に立ち向かったあとで、まだアドレナリンが体内を駆けめぐっている。米国大使が脅迫されたため大使館を閉鎖するとのメールが届いた直後のことだった。過激派の戦闘員がやってきたとたんに五名の現地作業員は逃げだし、取り残されたモーガンはひとりきりで武装した男たちと向きあった。

軍指導者のメッセージは明確だった――〝この土地はエテフ・デスタが支配している。ここで発見されたものはすべてエテフ・デスタのものである〟。男たちはそのメッセージを暗記していたようで、六回は繰り返し、それ以外は何も言わなかった。

エテフ・デスタはジブチに領地を広げようとしているエチオピアの軍指導者だ。どうやらモーガンの驚くべき古人類学的発見を聞きつけたらしい。

〝でも、どうやって？〟

詳細を知っているのは、ジブチのシャルル・ルメール文化大臣だけのはず。つまり、ジブチ政府に頼ることはできない。

ジブチは英語では〝ジュブーティ〟、フランス語では〝ジブティ〟と発音し、どちらもユーモラスでセクシーに聞こえるが、アフリカの角のこの小さな国に到着してすぐ、ユーモラスな国でもセクシーな国でもないと知った。第三世界の夢を持っていて、その豊かさのレベルに到達するとしてもまだまだ先の話だ。

ジブチがその目標を達成するのに、モーガンの発見が役に立つかもしれない。絶対に化石を軍指導者に引き渡したりするものか。

ふたたびバックミラーを見た。追っ手はいない。ハンドルを握る手はまだ震えていた。きっと大丈夫。基地へ行って状況を説明すれば、助けてもらえる。アメリカ軍はモーガンのプロジェクトに利害関係がある。モーガンがこれまでその力に頼らなかったのは、軍隊のやり方を知っていて、プロジェクトの指揮権をわずかでも譲りたくなかったからにすぎない。

低い台地沿いに延びる道路の曲がり角を曲がったあと、急ブレーキを踏んだ。三十メートル前方にスパイクストリップが敷かれている。そこからさらに二十メートル先で、高機動多目的装輪車両《ハンヴィー》が道をふさいでいた。

モーガンはハンドルを切り、スパイクストリップのぎりぎりのところでスリップしながら停車した。ハンヴィーの背後から現れた、大きなライフルを持ったふたりの男を見て、心臓が早鐘を打ち始めた。

あれはアメリカ軍の車だ。どうしてタイヤをずたずたにするスパイクストリップで道路を封鎖しているの？

一瞬、パニックに襲われた。この男たちはデスタの手下で、アメリカ軍の車を盗んだのかもしれない。

だが、彼らが近づいてくるにつれて、恐怖はおさまっていった。どこからどう見てもアメリカ人だ。ふたりともM4カービンの銃床と銃身を持って、下や横に向けている。モーガンに向けてはいないものの、正当な理由がある場合は発砲する準備ができている。

今日は自動小銃を何丁も見た。けれど、モーガンが慣れているのはシグザウエルP226だ。

彼らは砂漠用の迷彩戦闘服を着ていた――父によれば、陸軍戦闘服《ACU》と呼ばれているらしい。ひとりは白人で、もうひとりは黒人だ。モーガンのよく知る兵士たちと同じように動いている。彼らは善人だ。助けてくれる。

背が高いほうの白人の兵士が運転席に近づいてきて、黒人の兵士は車の前で立ちどまり、銃を上に向けた。あまり威嚇しすぎないように援護しているのだろう。

モーガンはハンドルを握ったまま、何も悪いことはしていないと自分に言い聞かせた。

遺跡から化石を持ちだしたけれど、それは守るためだ。シャルル・ルメールを信用していいと確認でき次第、ジブチ政府に引き渡す。

白人の兵士が窓を開けるよう合図した。右胸に〝ブランチャード〟とネームが入っている。左側には〝アメリカ陸軍〟と書かれていた。右袖につけられた見慣れた逆向きのアメリカ国旗は、味方の印だ。

キャンプ・シトロンは本来海軍基地で、海兵隊員が警備を行っている。このふたりは特殊部隊に所属しているのだろうか。そうだとしたら、どうして基地から三・二キロも離れた場所にバリケードを設置しているの？

彼らの態度は、どう見ても威圧的だ。

〝わたしは何も悪いことはしていない〟

モーガンは指示に従うため、恐る恐る片手を伸ばした。彼らは時間を無駄にしない。ボタンを押すと、窓がゆっくりさがって貴重なエアコンの冷気が三月のうだるような暑さのなかへ逃げだした。

「身分証明書を見せてください」ブランチャードが言った。

「どうしてですか？」声に不安がにじみでて、モーガンは咳払《せきばら》いをして恐怖を抑えこもうとした。

「それをお話しすることはできません。身分証は？」

モーガンはシャツの下のウエストポーチからパスポートを取りだした。兵士を見上げたが、サングラスをかけていて、モーガンの軽いストリップショーを見た感想は読み取れなかった。

パスポートを渡したあと、シャツのボタンを留め直した。手の震えがひどくなっている。震えを抑えようと、ふたたびハンドルを握った。

「ご用件は？」ブランチャードがサングラスをずらして身分証を調べる。「モーガン・アドラー」まるでアカシアの木と話しているかのように無表情だ。実際、モーガンのお気に入りのワークブーツをぼろぼろにしたとげだらけの植物に話しかけて、ポーカーフェイスの練習をしているのかもしれない。あるいは、猛烈な暑さに生気をすっかり吸い取られてしまったか。

「キャンプ・シトロンへ行って、門の三・二キロ手前であなた方が検問できる理由を突きとめようと思い始めたところです」

「ご来訪の目的を教えてください」

「あなた方は前衛部隊か何かですか？」

「ご協力いただければ、通行を許可できるかもしれません」

「公道を走る許可をもらえるの。ずいぶんご親切ね」

「ここはアメリカではありません。ジブチの大部分は無法地帯ですから、道路にしろなんにしろ、公私という概念は存在しません」ブランチャードが口を引き結んだ。

「車から降りてください」

モーガンはハンドルを握りしめた。本気なの？

〝何も悪いことはしていない〟

ばかなまねはしたくないが、もう手遅れかもしれない。そもそも、契約を結んだのが間違いだったのかもしれないけれど、取得したばかりの博士号のための奨学金の返済がきつくて、そうするしかなかったのだ。

モーガンが降りようとしないので、ブランチャードがドアを開けた。「ドクター・アドラー、降りてください」

肩書を呼ばれて驚いた。数年前に取得したパスポートには、上級学位は記されていない。〝いったいどうなってるの？〟

モーガンはエンジンを切った。モーガンが降りられるよう、ブランチャードがうしろにさがった。もうひとりの兵士がレンタカーの助手席側をゆっくりと歩き、頭をさげて何かを見た。

湿度七十八パーセント、気温三十一度、体感温度はずっと四十度で、兵士と向きあっているうちに厳しい暑さが身にこたえた。「どうしてわたしのことを知っているの？」モーガンはきいた。

「両手をあげてください」

モーガンが従わずにいると、ブランチャードは「早く！」と鋭い声で言い、M4カービンの床尾を振った。

モーガンは悲鳴をこらえて両手をあげた。化石を持って基地のフェンスの内側に避難し、銃で脅されるのではなく、守られたかったのに。

厳密に言えば、ライフルを向けられてはいないけれど。

「ブラジャーのなかに携帯電話があるわ」ボディチェックを始めたブランチャードに言った。豊かな谷間に隠れているので、言わなければ気づかない。「前側に」

幸い、ブランチャードは衣服の上をざっと叩《たた》くだけで、淡々と携帯電話を抜き取った。所持品検査をするついでに私欲を満たそうとするタイプもいるが、彼は違った。

ブランチャードは携帯電話とパスポートをポケットにしまってから、モーガンのウエストポーチの上で手を止め、何も入っていないのを確認した。そのあと、背後にまわって検査を続けた。「異状なし」もうひとりの兵士に言った。

モーガンは振り返った。「こんなことをする必要があったの?」

「エテフ・デスタがキャンプ・シトロンに、ドクター・モーガン・アドラーとともにメッセージを送るという密告があった。よって、必要なことだった」ブランチャードの眉間にしわが寄る。モーガンは黒いレンズの奥の目を見たかった。「だが、密告者は、ドクター・アドラーは男だと言っていた」

モーガンはショックを隠しきれなかった。ジブチに来てから、一度ならず直面した問題だ。モーガンは男女ともに使われる名前だから、プロジェクトに入札した際はその点を利用した向きもある。東アフリカの国々は男女平等とは言えないからだ。とはいえ、自分の名前が軍指導者の名前と一緒にあげられたことのほうが、性別を間違えられることよりはるかに驚くべきことだ。「そんなばかな！　エテフ・デスタなんて知らないし、手下であるわけがない。何がなんだかさっぱりわからないわ」

背後で、もうひとりの兵士が悪態をついた。モーガンは振り返った。兵士は長い棒に取りつけた鏡で車台を調べていた。「くそっ。メッセージを発見したぞ。タイマー付きの小包だ」

ブランチャードが体をこわばらせた。「残り時間は見えるか？」

「いや、腕時計だ」兵士が基地のほうを見やった。「彼女が基地に到着する頃に爆発するように設定されているとしたら――」

ブランチャードがモーガンの腕をつかんだ。「走れ！」モーガンを引っ張って車から遠ざけながら叫ぶ。

モーガンは彼の手を振り払い、もうひとりの兵士のほうを向いた。「爆弾が仕かけられているってこと？」

「ああ。Ｃ４爆薬だ。燃料タンクの真下に、大量に」

モーガンは車に駆け戻り、なかをのぞきこんだ。トランクのボタンを押した瞬間、引き戻された。

モーガンはあらがった。「化石を取りださなきゃ！　トランクに入ってるの」

ブランチャードがさらにしっかりとモーガンをつかんだ。「時間がない」

モーガンは彼を蹴飛ばして逃げだしたものの、またすぐに捕まった。ブランチャードは悪態をつくと、モーガンを肩に担いだ。モーガンは一瞬、息ができなくなり、猛スピードで走る彼の背中にしがみついて必死で呼吸を整えた。

「おろして！」ようやく叫ぶ。ののしり言葉が飛びだした。「骨を取りに行かせて！」

もうひとりの兵士は、モーガンの叫び声を無視して並行に走った。「走れ！　走れ！」

モーガンはブランチャードの肩を引っかき――厚手の戦闘服越しでは何も感じないだろうが――悪態をついた。「このばか！　トランクに入ってる骨を取りに行かせて！」レンタカーとの距離が広がるにつれて、涙が込みあげた。吐き気がするのは、岩だらけの砂漠を彼が全速力で走っていて、異物で気管を詰まらせたときの応急処置を施されているかのように腹部が圧迫されるせいかもしれないが、涙の原因は間違いなく、骨の化石が破壊の危機にさらされているせいだ。

モーガンが化石を持ちだしたのは、軍指導者から守るためだ。ブランチャードの肩を叩いて、さらにののしった。

「おろして！」いらだちと怒りの涙があふれ、声が小さくなる。

百メートルは離れたところで、ブランチャードが速度を緩めた。彼の背中は重い背嚢《はいのう》に守られていて叩くことができないので、モーガンは胸に膝蹴りを食らわそうとしたが、ボディアーマーが邪魔をした。

ブランチャードがうなるように言う。「やめろ！　きみの命を救うためだ！」

「化石を取りに行かないと！」モーガンは彼の肩を突き飛ばし、よろめかせた。そして、地面に足がつくやいなや、逃げだした。あの骨がどれだけ重要なものか、彼はわかっていないのだ。現在の進化モデルを向上させる——それどころか、変えてしまう可能性もある。

ブランチャードに腹部をつかまれ、引き戻された。横隔膜に衝撃を受け、息が切れる。

音が聞こえる前に、光が見えた——オレンジ色の閃光《せんこう》のあと、熱い衝撃波が発生した。モーガンはどうにか息を吸いこんで悲鳴をあげた。

パックス・ブランチャードは体をひねりながらダイブし、乾いたかたい地面に激突する際の衝撃をアドラーがまともに受けないようにした。寝返りを打って彼女に覆いかぶさった瞬間、二度目のさらに大きな爆発が地面を揺るがした。熱波が押し寄せる

——北緯十一度のこの地でもその熱を認識できた。幸い、爆発範囲からは逃れられた。脚に破片が降りかかったものの、爆弾の熱く鋭い破片を浴びたというより、すれ違ったトラックに砂利をはねかけられたようなものだった。

爆発音の反響が消えるまで、アドラーに覆いかぶさったままでいた。車から離れる際にあらゆる抵抗に遭ったため、腹が立っていた。もし彼女が逃げだして車に戻っていたら、パックスもあとを追わなければならず、ふたりとも木っ端みじんに吹き飛ばされていただろう。冗談じゃない。

彼の下でもがくアドラーをにらんだ。赤ん坊を盗まれた母親のごとく、顔が怒りと悲しみにゆがんでいる。爆発音のせいで聴力が低下しているだろうから、彼女の愚かさをののしるのはもう少し待とう。

くそっ、危ないところだった。検問をしなければ、彼女はキャンプ・シトロンにたどりついていただろう。壁を通り抜けることは絶対に無理だとしても、犠牲になるのはこの愚かな女と、なんであれトランクから必死に取りだそうとしていたものだけではすまなかったはずだ。

ちくしょう。キャラハンに五十ドル渡さないと。密告がでたらめかどうか賭けていたのだ。

砂埃《すなぼこり》が舞っていて視界が悪かったものの、パックスの体がさえぎっているおかげで、アドラーの悲痛な顔はよく見えた。初めてロデオに参加したような表情で、いまにも泣きだしそうに見える一方、怒りのあまり、もう少しで砂漠に血の雨を降らすところだったことには気づいていないようだ。

パックスは体を起こして立ちあがった。五メートルほど離れたところにいるキャラハンも立ちあがる。「もう若くないのに」その声は小さいがしっかりしていて、怪我《けが》はなかったようだ。

パックスが離れるや、アドラーは地面に倒れこんで目を閉じた。二回、深呼吸をした。

やはり、泣きだすかもしれない。

パックスはアドラーから目を離さないようにしながら、無線で基地に連絡して爆発を報告した。彼女の正体も、彼女がエテフ・デスタの荷物を運んできた理由もわからないので、いらだたしいほどすぐに終わった。爆発でハンヴィーも損傷したため、基地が護衛隊を迎えによこしてくれることになった。その部隊が爆発の調査をし、ハンヴィーを回収する。

無線機をベルトに留めたあと、アドラーと向きあった。疑問に答えてもらわなければばならない。いますぐ。手を差しだしたが、彼女はそれを無視してひとりで立ちあがった。「このばか！　化石が消えた！」くすぶっている車を見つめながら、パックスに連れ去られたときと同様に独創的な悪態をつく。

　パックスは車の残骸に視線を移した。「精液《ジズ》という言葉がそんなふうに使われるのを初めて聞いた」

　キャルが顔をしかめる。「ヤギ（〝ばか〟などの意味がある）をもう同じ目で見られそうにない」

　アドラーがパックスをにらんだ。「どうして取りに行かせてくれなかったの？　時間はあったのに！　救うことができた――」声がかすれ、とうとう怒り以外の感情があふれた。涙がこぼれ落ちる。

　くそっ。涙よりも怒りのほうがましだ。怒りだけでも耐えられないのに。

「なんだか知らないが、トランクのなかにあったものを取りだすことは、たしかにできたかもしれない」パックスは言った。「だが、どれくらい猶予があるかわからなかった。爆発範囲から逃れられるかどうかわからなかったんだ。がらくたのために危険を冒すことはできなかった」

「わたしはできたわ」

「おれはきみを置いていくことはできなかった。きみがその救いたかった何かを取りに行くことで、きみはおれの命まで危険にさらしたんだ」声が険しくなる。「おれはそんなのごめんだ、ドクター・アドラー」

アドラーが口をつぐんだ。突然元気をなくし、ふたたび地面にくずおれた。破壊され、煙をあげている車を見つめる。顔から血の気が引き――この猛烈に暑い砂漠で信じがたいことだ――吐き気をこらえるかのように口を覆った。

「なんだったんだ？　命をかけるほど大事なものって」キャルがきいた。パックスに比べればまったく腹を立てておらず、本当に興味がある様子だった。

アドラーがキャルのほうを向き、パックスはその横顔を観察した。美人だ――天使のようだと言ってもいい。それに、ボディチェックをしたときに、ゆったりしたシャツにグラマーな体が隠れていることにも気づいていた。とはいえ、最も惹《ひ》きつけられるのは口だった。最高に汚い言葉を吐く、最高に美しい唇。下品なバービー人形だ。

「何が吹き飛んだかって？」アドラーが震える手で涙をぬぐいながらきき返した。手をおろすと、頰に砂がついていた。「この千年間で東アフリカ最大の古人類学的発見の一部よ」

「一部って？」パックスも好奇心に駆られた。

アドラーがうなずいた。「ライナスの晩餐《ばんさん》よ」

2

モーガンは残骸から目をそらせなかった。消えた。全部。三百万年以上前に男性のアウストラロピテクスが食用に殺した動物の骨――その種では唯一の発見物が、またたく間に破壊されてしまった。

「まだライナスがある」それがヒト族の遺物を失わずにすむまじないの言葉であるかのようにつぶやいた。

「ライナスって誰だ？　どうしてそいつの食事なんかが大事なんだ？」骨を取りに行こうとするモーガンを引き戻した兵士――ブランチャードがきいた。

「ルーシーについては聞いたことがある？　一九七〇年代にエチオピアでドナルド・ジョハンソンたち調査隊が発見したアウストラロピテクスの化石よ。約三百二十万年前に――」

ブランチャードがさえぎった。「講義はいらない。ルーシーなら知っている」

モーガンは頭を振ってすっきりさせた。「ごめんなさい。わたし——」声がかすれ、咳払いをする。「二週間前、ルーシーと同じ時代のものと思われる男性の化石を発見したの。現場で推定するのは難しいし、研究室から検査結果が届くのはまだ先の話だけど、骨格のいくつかの特徴がルーシーと一致するのよ。だから、ライナスと名づけたの」

　このジョークはこれまで誰にも伝わらなかった。ジブチ政府が用意してくれた現地作業員はアウストラロピテクスのルーシーは知っていても、漫画『ピーナッツ』のルーシー・ヴァン・ペルトとその弟ライナスのことは知らなかったからだ。モーガンは自分をずっとにらんでいた男の目を見た——モーガンが化石から引き離されたときにさんざん抵抗したのだから、無理もない。

　そんな彼の顔に笑みが浮かび、モーガンはジョークがついに伝わった喜びを味わった。彼に対して不愉快な態度を取った。蹴飛ばし、引っかいた。それに、ひどいことを言った……かたい地面に放りだされなかったのが不思議なくらいだ。

　軽率にも彼と、もうひとりの兵士を危険にさらしてしまったことで、モーガンは羞恥心に襲われた。けれど、化石を守ることしか頭になかったのだ。あれは大発見どころではない。あの遺跡や遺物は、現生人類《ホモ・サピエンス・サピエンス》のヒト族の祖先に関する知識を変えてしまうだろう。

個人的な名誉のために化石を救いたかったわけではない——発見が公表されたあかつきには名誉もついてくるだろうが。化石は純粋な情報だ。人類の進化の一時代に関する科学的データのもととなる化石は数少ない。それなのに、大事な骨が永遠に消えてしまった。

モーガンはもうひとりの兵士——ネームによると〝キャラハン〟——を見たあと、ブランチャードに視線を戻した。「ごめんなさい。抵抗したりして、あなたの——あなたたちの命を危険にさらすべきじゃなかった」首を横に振る。「化石のことしか考えられなかったの。エテフ・デスタから守るために遺跡から持ちだしたのよ」遠くで車がくすぶっている。焼けたゴムのにおいが熱風に運ばれてきた。「それなのに、消えてしまった。正直に言うと、こんなことになるならデスタに取られたほうがましだったわ。軍指導者に遺物や化石を渡しておけばよかったと思うはめになるなんて想像もしなかったけど」

「吹き飛ばされたのはライナスの晩餐だと言ったよな。ライナスじゃなくて」キャラハンが尋ねた。

「そうよ。ありがたいことに」モーガンは立ちあがってズボンを払い、少しは威厳を取り戻そうとした。「ライナスが特別なものである理由のひとつは、同時代のほかの化石と違って、道具を持っていることなの。一括遺物よ。そして――」ふたたび涙声になる。威厳を取り戻すのはあきらめるしかない。「動物を殺していた。食用として。これまで、殺されたタンパク源の骨はもちろん、道具を持つヒト族さえ発見されたことはなかった。その骨がトランクに入っていたの。それを守ろうとしたのよ」

「どうしてそれだけ持ってきて、ライナスは置いてきたんだ？」ブランチャードがきいた。

「ライナスはまだ地面に埋まっているから。露出していて、無防備だけど――それが基地へ行こうとした理由のひとつなの――あわてて取りだしたら壊してしまう。だから、発掘済みの化石だけ持ちだして、ライナスと彼の道具は置いてきたのよ。わたしがキャンプ・シトロンで助けを求めているあいだに、デスタの手下たちに盗まれないことを祈って」

「デスタの手下たちといったい何があったんだ？」ブランチャードが尋ねた。軍指導者の名前を言ったとき、声がこわばった。いまや彼は敵ではなく味方だと、モーガンは思った。

〝敵の敵は味方〟

デスタは間違いなく共通の敵だ。

モーガンはデスタの手下が遺跡に現れ、発見物は自分たちのものだと宣言したことを説明した。「ライナスの発見は機密事項なの。知っている役人は文化大臣だけ。彼が話したなんて信じられないけど、もしそうだとしたら信用できない。それで、大使館は閉鎖されたし、キャンプ・シトロンしか頼れるところがなかったのよ」

「作業員はどうなんだ？　作業員の誰かがデスタに話した可能性は？」

モーガンは思わず息をのんだ。ジブチに来てから二カ月間一緒に働いた五人の作業員たちは、家族のような存在になっていた。考古学に関する多くのことを学び、現場で才能を発揮しているイブラヒムは、新しいキャリアに踏みだしている。作業員のひとりに裏切られたかもしれないと思うと、喉に酸っぱいものが込みあげた。「可能性はあるわ」耳鳴りにかき消されそうな、小さな声しか出なかった。「でもいまは、彼らのことが怖いというより、心配なの」

モーガンの車に爆弾が仕かけられたのなら、作業員たちもどんな目に遭っているかわからない。

キャラハンが無線機で、モーガンの理解できない隠語を使って基地の誰かと話していた。モーガンは作業員たちのことを考えた。イブラヒムはみんなを無事に避難させたの？　彼の車にも爆弾が仕かけられたのだろうか。

アメリカ軍がキャンプ・シトロンからドローン攻撃を行っているのは公然の秘密で、それゆえに戦略的に重要な場所であり、敵国に狙われやすい標的となっている。モーガンはこれまで人が上空から殺されるのを願ったことはなかったが——道徳的見地からドローン攻撃には反対だ——軍がエテフ・デスタの活動拠点の座標を知っていて、そこを攻撃したとしても、平然と見ていられるだろう。

何しろ、エテフ・デスタはモーガンを吹き飛ばそうとしたのだから。

あの男は作業員たちを脅かした。

そして、ライナスの晩餐を破壊した。

キャラハンが無線機をベルトに留めたあと、ブランチャードに言った。「大使館の閉鎖を引き起こした大使の脅迫にデスタが絡んでいるか、二度目の賭けをするか？」

ブランチャードがそっけなく首を振った。「やめとく」

一度目の賭けはなんだったのだろう、とモーガンは思った。ずきずきする頭のなかを、これまでの出来事が駆けめぐる。遺跡に現れた武装したならず者。大使館の閉鎖。キャンプ・シトロンへ向かって猛スピードで車を走らせた。ブランチャードとキャラハンに止められなかったら、間違いなく門に到着する頃に爆発していただろう。

そして、死んでいた。

密告して命を救ってくれたのは誰？　それもデスタなの？　モーガンがキャンプの外で止められることを狙っていたのか、それとも、デスタの仲間内に裏切者がいるのだろうか。

自分の体が粉々になり、キャンプ・シトロンの入り口に散らばるところを想像して、身震いした。

もう少しで死ぬところだったのだと、ようやく実感がわいてきた。化石を失う恐怖で、頭の回転が鈍っていたのだ。

死ぬかもしれなかった。

彼らがいなければ、死んでいただろう。

「おれたちを迎えに来てくれる部隊を出迎えるために、道路に戻らなければならない」キャラハンが言った。

モーガンはうなずき、道路へ、破壊されたレンタカーのほうへ一歩踏みだした。クレジットカードのレンタカー保険で、軍指導者による爆撃は補償してもらえるだろうか？

ひとりになったとたんに、パニック発作を起こすだろう。

ブランチャードがモーガンの腕をつかんで引きとめた。「車の残骸には近づかない」東を指さす。「そっちへ進めば道路に出られる」

ブランチャードとキャラハンがモーガンをあいだに挟み、黙って歩いた。自分を守るためだろうと思うと、モーガンはまたしてもブランチャードに暴言を吐いたことを後悔した。対人スキルを磨く必要がある。

一キロ弱歩いたところで、息が切れたので休ませてくれるよう頼んだ。いつもは日中の最も暑い時間に働くことは避けているし、水も飲まずに歩くのはきつい。爆発のせいですでに頭痛がしていたのが、容赦ない脱水症によって悪化している。石油よりも水のほうがはるかに貴重なこの国で常に持ち歩いていた水のボトルは、パソコンとライナスの晩餐とともに吹き飛んだ。

巨石に腰かけ、パソコンを失ったことや喉の渇きを忘れようとした。いつまでも続く暑さも。燃料タンクに爆弾が取りつけられた状態で、砂漠を二十五キロ運転してきたことも。

ブランチャードが目の前に来た。モーガンは手をかざして熱い日差しをさえぎり、彼を見上げた。ブーニーハットをなくしたのは残念だ。だが少なくとも、あれだけ走ったり倒れたりしても、サングラスは外れなかった。

〝まだサングラスがある〟無理やり前向きに考えてみても、空元気を出すことさえできない。

「飲め」その言葉を聞いて、ブランチャードがハイドレーションシステムの給水袋を差しだしているのに気づいた。まぶしくて見えなかった。レイバンの栄光ももはやこれまでだ。

「ありがとう」喉が渇きすぎて、しわがれた声しか出なかった。モーガンは少しだけ飲んだ。命の恩人から貴重な水を奪いたくない。護衛隊がまもなく到着するだろう。それまでは待てる。

袋を返そうとすると、ブランチャードが首を横に振った。「それは予備だ。持っていろ」

ふたりとも重そうな大きな背嚢を背負っている。この暑さでは不快だろう。モーガンはふたりを順に見た。どちらも長身で筋骨たくましく、ハンサムだ。ブランチャードのほうが背が高く、少なくとも百九十センチはあるだろう。ライナスの名前の意味を知ってかすかに笑ったとき以外は、常に冷たい表情をしている——うだるように暑い真昼にそんな冷やかな態度を取れるのがすごい。一方、キャラハンはほるかに感じがよかった。彼に抱えられて荒涼とした地形を横切ったときも、モーガンはキャラハンのことはのろまのマッチョ《スラッグ・ジズ》とは呼ばなかった。

キャラハンの軍服についている〝アメリカ陸軍〟のタグがふたたび目を引いた。

「キャンプ・シトロンは海兵隊が警備を行っているんだと思っていたわ」

「おれたちは警護隊の人間じゃないんだ」キャラハンが言った。

キャラハンがそれ以上説明しなかったので、モーガンは彼のライフルや装備をざっと見た。「特殊部隊?」

キャラハンがうなずいた。「おれはキャシアス・キャラハン一等軍曹、キャルと呼んでくれ。そっちの——」ブランチャードを顎で示す。「ばかでかい男はパックス・ブランチャード曹長だ」

ブランチャードはそれを無視してボトルを取りだすと、サングラスを外して水をがぶ飲みしたあと、顔にかけた。黒の太い眉がかぶさった茶色の目は女も羨むような濃いまつげに縁取られているが、まっすぐな長い鼻と突きでた顎のおかげで男らしい精悍《せいかん》な顔立ちになっている。それに、セクシー《ホット》だ——生え際からしたたる汗とまじりあう水が熱いと言っているわけではない。

「特殊部隊」モーガンは望ましくない考えを頭から振り払った。彼はまさに惹きつけられたくないタイプの男性だ。十数年間ずっと、この手の男性をひたすら避けてきたのだ。「大文字で始まる部隊？　グリーンベレー（Green Berets）とか」

「ああ」キャラハンが答えた。

「どうしてわたしを止める任務を引き受けることになったの？」

「運がよかったんだ」

ブランチャードが鼻を鳴らすような音をたてた。「おれたちが副司令官と話しているときに、密告があった」頭を傾けて言う。「そろそろ行けるか？」

「ええ」モーガンは給水袋のストラップを肩にかけた。凍らせて持ってきたに違いない。水はいまでも冷たく、ひんやりして気持ちよかった。急いでそばへ行くと、彼らはふたたび彼女の両脇に並んだ。

「どうしてジブチで働くことになったんだ、ドクター・アドラー？」キャラハンが尋ねた。

「モーガンと呼んでちょうだい」熱い空気を深く吸いこむと、肺が焼けつくのではないかと不安になった。「数カ月前にジブチ政府とエチオピア政府と、ジブチ港のエチオピアの鉄道拡張計画路線に沿った遺跡を発掘する契約を結んだの。民間契約でジブチ政府が報酬を支払うんだけど、アメリカ海軍がこのプロジェクトに強い関心を持っている。アメリカが鉄道建設の促進を支援すれば、ジブチ政府はキャンプ・シトロンの拡張を認めることになっているから。鉄道建設の資金は中国が提供しているの。ジブチは鉄道によってもたらされる利益がどうしても必要で、実のところ、早く完成させるためにアメリカと中国が争うように仕向けているのよ」

官僚政治が複雑に絡みあっていて、飛行機に乗るまでプロジェクトが実現するかどうかわからず、モーガンははらはらさせられた。飛行機に乗ったあとでさえ、ジブチに到着するやいなや、モーガンが誇り高きヴァギナの持ち主だからという理由でとんぼ返りするはめになるのではないかと疑っていた。ペニスバンドを持っていきたい気分だったが、税関検査官が面白がってくれるとは思えなかった。

「来週着工の予定だよな？」キャラハンがきいた。

「エチオピアの国境ではね。数カ月前にこの地域を専門とする地質学者が、路線のその区域の調査を完了したの。わたしは調査が完了した場所と交わるふたつの候補路線を調査するために呼ばれたのよ。まだＡＰＥ——潜在的影響エリアを一カ所調べただけで、そこでライナスを発見した。何週間も前にもう一カ所のＡＰＥの調査を始める予定だったんだけど、ライナスを発見したおかげで遅れが出ているの。もう一カ所の路線に何もなかったら、鉄道はライナスを避けてそっちを走る。そうでなければ、政府はどちらかの路線を選んで、その路線沿いのすべての遺跡の全面的なデータ回収発掘を行わなければならないの」

もう一カ所の路線の調査を、自分は行えるだろうか？　誰かがモーガンのレンタカーに爆弾を仕かけた。帰国するのに充分な理由だ。

モーガンが持っているのはアメリカ大陸の考古学の博士号で、古人類学者の仕事をすることになるとは思いもしなかったが、人脈のおかげでこのプロジェクトが実現し、重要なのは〝博士号〟の学位だけだった。モーガンがジブチで仕事をした経験がないことを、誰も気にしなかった。もっとも、その経験がある者はほとんどいない。ジブチの遺跡について報告したプロの考古学者は八人だけで、モーガンはジブチに来る前に存命中の人々に助言を求めた。

モーガンには誰にも負けないくらいこの仕事をする資格があるし、誰よりも適任だ。とはいえ、ライナスを発見して興奮しているとしても、命のほうが大事だ。道具を作り食肉処理をする、身長約百七センチの、無毛で二足歩行のチンパンジーのようなヒト族を自分のもののように感じていても、命が危ういのなら、アメリカに帰ったほうがいい――帰るべきだ。

というより、車に爆弾が仕かけられているとキャラハンに言われたときにそうすべきだったように、逃げたほうがいい。

道路にたどりついたが、護衛隊はまだ来ていなかった。ブランチャードが無線でドライバーに連絡した。話の途中で、遠くから爆音が聞こえてきた。無線が途絶えた。

3

ちくしょう！　Bルートの護衛隊が簡易爆発物《IED》にやられた。パックスはキャルと目を合わせた。「ドクター・アドラーを開けた場所から連れださないと」乾いた川床を顎で示す。「涸れ谷《ワジ》が最善策だ」

キャルがすばやくうなずき、方向転換すると、先頭に立って乾いた谷へ向かった。パックスはモーガンを先に行かせ、無線機でBルートの状況に関する最新情報を聞きながら最後尾を歩いた。爆発の調査と、損傷したハンヴィーの回収に向かう第二護衛隊は、遠まわりのCルートを通ってきている。だが、司令部はBルートを進んでいたチームの応援のために、ルートを一部変更させた。

「隊員の怪我は軽傷だった」キャルがアドラーのために隠語を言い換えて説明した。

「よかった」彼女の声は震えていた。ようやく事態の深刻さに気づき、不安が化石を失った悲しみを上まわったのだろう。

いまいましい骨の化石の重要性は理解できるが、パックスや彼女やキャルの命のほうがはるかに価値がある。安全な場所に運ぼうとして抵抗されたときに覚えた怒りが、パックスはまだおさまらなかった。

思慮の浅い民間人にかまっている暇はない。たとえ天使のような顔をしていようと。ジブチは一触即発の危険な地域だ。それを理解できない者の来る場所ではない。天日に焼かれる巨大な火薬庫だ。ガラスの小さな破片ひとつが光を浴びただけで、炎にのみこまれるだろう。

キャルが速いペースで急斜面を下る。アドラーが遅れずについていくことにパックスは驚いたが、この国で何カ月間も野外で仕事をしていたのだから、気候にも地形にも慣れているはずだ。先ほど疲れを訴えたのは、ショックを受けたうえに、日中の最も暑い時間だったせいだろう。

キャルがワジの底に到達し、振り返ってアドラーに手を差しだした。アドラーが突然動きを止め、パックスも彼女にぶつからないようあわてて立ちどまった。

キャルが眉根を寄せる。「ドクター・アドラー?」

「あなたのブーツの上を北東アフリカ・カーペットバイパーが這《は》っている」アドラーがささやき声で言った。

キャルがゆっくりと足元を見おろした。パックスは斜面から突きでた巨石の向こうをのぞいた。猛毒を持つヘビが、キャルのブーツの上をゆっくりと滑っている。幸い、ブーツは足首よりずっと上まであり、分厚い革製だ。ヘビが肌に咬《か》みつくためには、高い位置を攻撃しなければならない。

ヘビが通り過ぎるまで、キャルとアドラーは立ちすくんでいた。ヘビが一メートル先の大きな岩の下に姿を消した。アドラーが深々と息を吸いこみ、吐きだしながらパックスの胸にもたれかかった。背中をかたいボディアーマーに押し当てたまま、もう一度深呼吸をする。「ここに来てから見たのは二匹目よ」

「おれは初めてだ」キャルが言う。「警告してくれてありがとう」

アドラーはうなずき、ワジの底に慎重におりていった。

乾いた川床の一部は開けている。ここのワジの川幅は約五十メートルあるが、荒涼とした谷の大部分は狭い。タジュラ湾とキャンプ・シトロンのアメリカ海軍港へつながる約三キロの曲がりくねった区間も例外ではなく、いくつもの巨岩を避けて進まなければならない。アメリカ軍は基地に近い区域を厳重に巡回しているが、ジブチ政府はアメリカ軍が与えられた以上の領土を支配している状況に難色を示したため、基地からだいぶ離れたこの辺りのワジは中間地帯になっている。

ワジ——雨季以外は水のない川床や谷——は、本物の川が存在せず季節限定の小川しかないジブチでは残酷な皮肉だ。決して運ばれてこない水を期待させる。とはいえ、パックスの知る限りでは、ジブチの何もかもが残酷だ。

キャルが先導し、パックスはM4カービンを構えながらうしろ向きに歩いて後方を防御した。ヘビのいない安全な場所を見つけ、そこに隠れて命令を待つことになる。アドラーがいなければ基地に直行しただろうが、彼女は邪魔者どころではなく、正体不明の人物だ。

完璧な架空の身元を持つスパイなのか、エテフ・デスタに命を狙われた無実の人間なのかわからない。

安全な場所を見つけるとすぐに、キャルが無線で指揮官に連絡した。よくない知らせがあった。Cルートを通っていた第二護衛隊が、スナイパーの射撃によって動きを封じられ、デスタが指揮する組織的攻撃に対処しているという。

「デスタはこれまでは、こんな攻撃を仕かけられるような組織も武器も持っていなかった」キャルが言った。

パックスはうなずいた。同じことを考えていた。アドラーをじろじろ眺める。デスタのメッセンジャー。いったいどういう意味だ？　「この三方面からの攻撃を裏で操っているのがデスタでないとしたら？　ほかに誰がキャンプ・シトロンを狙っている？」

キャルが鼻を鳴らした。「東アフリカとアラビア半島のほとんどすべてだな」

パックスはそのとおりだと思って、顔をしかめた。「言い直す。こんな攻撃を仕かけられる手段を持つやつは？　タイミング的にも資金的にも」

キャルが肩をすくめる。「さあな。中国とか？」

中国が東アフリカで足がかりを得ようと躍起になっているのは事実だが、米軍基地を直接攻撃するというのはいくらあの国でもありそうにない。パックスはふたたびアドラーに目を向けた。彼女の反応は極端だった。極端すぎなかったか？

可能性はあるが、彼女は単なる短絡的な愚か者だと、パックスの直感が言っていた。

Cルートの兵士がスナイパーの位置を推定すると、無線機から聞こえる音声が大きくなった。キャルがにわかに活気づく。

「スナイパーがCの西、ワジと基地のあいだにいるなら、おれたちはそいつの後方にいる」

パックスはその位置を思い描いた。「ワジの上の、〇・五キロ北東にいるかもしれない。忍び寄って始末できる」アドラーを見て、眉をひそめる。これは民間人を同行できるような作戦ではない。

パックスの心中を察したキャルが言った。「ベビーシッターを引き受けてくれるなら、五十ドルの貸しはちゃらにしてやる」

パックスは忍び笑いをし、百ドルを要求したくなったが、スナイパーを追いかけるほうがよかった。「取引しない」

「これは長距離射撃になるぞ。おれのほうが得意だ」キャルがアドラーに視線を移した。「それに、女性の扱いがうまいのはおまえのほうだ」

アドラーが鼻を鳴らしたあと、乾ききった狭い川床を見渡した。それから、男たちと順に目を合わせた。「始末できるのなら、そうして。わたしは隠れて待っているから」

パックスはその計画を気に入ったが、実行することはできない。キャルに向かってぶっきらぼうにうなずいた。パックスもスナイパーを狙撃するのは得意だが、キャルにはかなわない。「おれがドクター・アドラーと一緒にいる。今夜、〈ベアリー・ノース〉でおごれよ」

ふた手に分かれるのは理想とはほど遠いが、理想的な実戦など存在しない。副司令官に頼まれたドクター・アドラーに関する密告の調査が、完全な戦闘任務に変化したのは間違いない。「今日は非番なのに」

「時間外勤務手当がもらえるぞ」キャルが言った。

「おまえはもらっておいたほうがいい。今夜は二杯までの制限を守るつもりはない」

パックスは地図を取りだし、岩の上に広げた。

太陽が照りつけ、紙の地図を保護しているビニールに反射する。生え際から汗がしたたり、ビニールに落ちた。一杯目はフローズンドリンクにしよう。氷がたくさん入った飲み物ならなんでもいい。

キャルがワジの上の稜線《りょうせん》を指さした。「ここだ」指先で線をなぞる。「照準線上にCルートがある。長距離だ。つまり、そいつは腕がいい。おまけに、下にいる人間には見つからないから、いい気になっているだろう」

「うぬぼれ屋の鼻をへし折ってやろう」パックスは地図をしまった。「ドクター・アドラーとおれは、このままワジを進む。基地で会おう」

キャルがにやりとした。「おれが先に見つけたら逃げる」アドラーに言う。「最悪の出会いだったな。今度会うときは爆弾もヘビも出てこないことを願うよ」

アドラーが笑った。「そうね」

キャルがパックスをちらりと見た。「パックスを怖がらないでくれ。こいつは心優しいテディベアだ。陰気な雰囲気を醸しだしているのは、きみのことが好きだからだ。そうやって口説くんだ」

「早く行かなくていいのか？」パックスはいらだった口調で言った。

キャルはアドラーに微笑《ほほえ》みかけたあと、パックスのほうを向くと、たちまち兵士の顔に戻った。キャルは一瞬のうちに、愛想のいい仲間から特殊部隊の工作員に変身できるのだ。「六時に〈ベアリー・ノース〉で。おごるよ」背を向け、重い背嚢をものともせず、軽やかに走りながらワジをのぼっていった。

アドラーがパックスの目を見た。「テディベア？　そうは見えないけど」

パックスは無表情を保ったまま、彼の一日を台なしにした女を観察した。「グリズリーの間違いだ。キャルはそのふたつをごっちゃにしているんだ」

アドラーは唇を引きつらせたが、笑わなかった。真剣な目をして言う。「さっきはばかなことをしてごめんなさい」

「ばかというより大ばかだ」

アドラーがうなずいた。「そうね。最低だった。本当にごめんなさい」

パックスはそっけなくうなずいた。「もういい」

アドラーが頭を傾け、キャルが向かったのと反対の方向を示した。「あっちへ進むのよね？」

「ああ。何が待ち受けているかわからないから、ゆっくり、慎重に行動する」

アドラーがうなずき、足を踏みだした。パックスは彼女の腕をつかんで引きとめ、その感触を意識しないよう努めた。「おれが先に行く」

「ごめんなさい」

パックスが先導し、銃をあちこちに向けながらゆっくり進んだ。何もかも最悪な状況だ。太陽は真上にあり、湿度は千パーセント。キャルはひとりでスナイパーを仕留めに行き、パックスは口の悪い妖精モーガンを押しつけられた。

その思考が引き金になったかのように、アドラーが悪態を並べたてた。「どうした？」パックスはきいた。

「車に置いてきたものを思い出していたの。パソコン、フィールドノート、カメラ。調査記録も、発掘写真も、地層のスケッチも全部なくなった」さらに悪態が口から飛びだし、デスタとその先祖を罵倒した。「ヤギの精液をかけたカビの生えたトーストに添えられたルッコラでも、豚の顔をしたフンコロガシにはもったいないわ」

「ルッコラが嫌いなんだな」

「ルッコラは悪魔のレタスよ」

彼女に顔を見られる心配がないので、パックスは満面に笑みを浮かべた。自分もルッコラは好きではない。「データのバックアップは取っていなかったのか？」

「文化大臣がフィールドノートの一部のコピーを持っているけど――予備調査結果とか、プロジェクトの最新情報とか。でも、詳細な地図やスケッチといった、重要なデータはないわ」

前方で音がして、パックスは立ちどまった。拳を肩の高さにあげて止まるよう合図し、その合図を彼女が知っていることを願った。アドラーはすぐさま立ちどまり、静かにしなければならないことも理解した。

パックスは耳を澄ました。爆発のせいでまだ聴力が低下しているため、小さな音は聞き逃してしまうだろう。だがそれでも、銃声は聞き間違えようがない。右手の岩が吹き飛ばされ、破片が肩に当たった。

アドラーの腕をつかんで姿勢を低くし、岩陰に引きずりこんだ。心のなかで悪態をつく。銃弾が発射される前に、少なくともふたりの男の姿が見えた。

「銃を貸して」アドラーがささやいた。

パックスは驚いて彼女と目を合わせた。

アドラーが彼のベルトにつけた拳銃を見た。「そのシグを貸して」

「正気か？　民間人に銃を渡したことがばれたら、おれがどうなるかわかってるのか？」

「銃があったほうが安心できる。あなたはどうせそれを使っていないし、十二メートル先にわたしたちを狙っている戦闘員が少なくともふたりいる。あなたの上司の反応を気にしている場合じゃないわ」

　パックスは拳銃に手を置いた。くそっ。彼女の言うことにも一理ある。それに、パックスの身に何かあれば、彼女は武装した戦闘員にひとりで立ち向かわなければならないのだ。やつらはパックスのことは殺すだろうが、ドクター・モーガン・アドラーは生かしておくだろう。戦利品だ。ここから十六キロも離れていないソマリアでは、イスラム過激派《ISIS》がティーンエイジャーの少女を裸にし、競売にかけて性奴隷として売っている。アドラーも捕まれば同じ運命にさらされるに違いない。

「使い方を知っているのか？」

　アドラーはすばやくうなずいた。「射撃の名手よ」

　それが嘘でないことを願うばかりだ。

　シグを渡すと、アドラーは手慣れた様子で弾が入っているのを確認し、弾倉を戻した。「練習していないから腕はなまっているけど、やり方はわかってる」拳銃を見おろす。「照準器に狂いはない?」

パックスはうなずいた。

「よかった」

「紙を撃つのとはわけが違う。人間を撃てるか?」

「あいつらはあの爆発と関係があると思う?」

「ああ」本当にそう思っているが、思っていなくとも同じように答えただろう。

「なら、あのくそったれどものリス並みのあそこを吹き飛ばしてやるわ」

パックスは笑みを浮かべ、この女のことが好きかもしれないと初めて思った。

伸縮棒についた鏡を引きだし、射手の位置を確認した。四・五メートル左にある岩の陰に移動すれば、狙いを定めやすくなる。「おれが援護射撃するから、そのあいだにあそこの岩まで走れ」パックスは指を差した。「やれるか?」

彼女の目に不安の色が浮かんだ。射距離内にいる標的を撃つことと、弾が飛んでくるかもしれない開けた場所を四・五メートル走ることは別物だ。アドラーが背筋を伸ばした。「ええ」きっぱりと言った。大きな青い目に表れた不安に、勇気が取って代わった。本気で言っている。

そう信じているのだ。

彼女に耳栓を渡し、自分のをつけた。これから騒がしくなるだろう。

ふたりは中腰になり、パックスが指で三つ数えた。そして、M4カービンを発砲し、アドラーが走った。彼女は女性の平均よりも身長が低い――百六十センチ台前半だろう。姿勢を低くして猛スピードで走れば、狙われにくい。彼女が訓練を受けたような動きをするので、アメリカでサバイバルゲームにでも参加したことがあるのかもしれないと、パックスは思った。

アドラーは無傷で岩にたどりつき、パックスに合図した。プロのごとく岩陰に身を潜め、射撃体勢を取る。パックスのために援護射撃をするつもりなのだ。パックスは首を横に振った。自分で発砲しながら移動する。そのほうが効果的だし、拳銃よりもM4カービンのほうがはるかに弾数が多い。

とはいえ、彼女に援護射撃してもらうところを想像して、思わずにやりとした。ドクター・モーガン・アドラーには意外な面がたくさんある。

連射しながら空き地を横切った。銃声がワジに響き渡り、湿っぽい空気を震わす。アドラーの隣へ行くと、彼女を軽く押して奥へ行かせ、ふたたび鏡を使って敵の姿をとらえた。

ワジの壁に裂け目があり、少なくともひとりがそこに避難していた。裂け目からつま先とライフルの銃身がはみでている。

間抜けなやつだ。訓練された兵士ではない。

パックスはほっとした。彼が所属するAチームは地元の人々を訓練している。ゲリラ兵になるべく鍛えた相手から攻撃を受ける可能性があると思うと気に食わないが、その懸念は絶えずある。

敵の頭の高さを推定した地点に狙いを定めて待った。でき損ないの兵士に五分間だけ時間をやろう。姿を見せないなら、次の岩に移動する。

幸いなことに、たった三十秒後に敵は顔をのぞかせた。向こうが銃を構えたと同時に、パックスは引き金を引いた。敵はプラカードを掲げたも同然だった。血が岩に飛び散った。

ひとり仕留めた。だが、あと少なくともひとりは残っている。

背後で、アドラーが体勢を変える音がした。血を見て動揺しているわけではないことを願いながら振り返る。くそっ。もうひとりの男がうしろにまわりこんでいた。アドラーに銃を向けながら突進してくる。

パックスが銃を構える前に、アドラーが引き金を引いた。

男が倒れて丸くなった。

なんてこった。本当に股間を撃った。男は苦しそうにうめき声をあげている。

「ど真ん中を狙うべきだった」

「そうしたのよ。腕がなまってるって言ったでしょ。それに、突進してきたから」

パックスは耳栓を外し、身もだえしている男に近づいた。男が握っている銃を蹴飛ばし、すばやくボディチェックをする。ほかに武器はない。誰も傷つけることはできない。「あと何人だ？」フランス語できいた。「ワジに何人いる？」

男はほかにはいないと泣きながら話し、アメリカの医療施設に連れていってくれと懇願した。

自分たちを殺そうとした相手を助けるために危険を冒すつもりはない。これ以上戦闘員が潜んでいないことを願いながら、引き続き基地へ向かう。今回のキャンプ・シトロンに対する組織的な攻撃は、これまでのものとはまったく違う。デスタはさらなるお楽しみを用意しているかもしれない。

パックスは立ちあがって戦闘服を払った。血がついている。「行こう」アドラーに言った。

死にかけている男を暑いワジに放置して歩きだすと、むせび泣きが慟哭《どうこく》に変化した。

「デスタ」男が言う。「デスタを売る」さらに言葉が口から飛びだしたが、パックスはアラビア語をほとんど話せないので、聞き取れなかった。すると、男がフランス語に切り替えた。フランス語ならわかる。「デスタのアジトを知っている。助けてくれれば教える。空からドローンを送りこんで殺せる」

4

ブランチャードが突然立ちどまり、泣きわめいている男をじっと見つめた。紅潮した顔から表情は読み取れない。

「なんて言ったの？」モーガンはきいた。男がフランス語を話していたのは間違いないが、モーガンはフランス料理の名前しか知らない。

ブランチャードが重い背嚢をおろして、足元に置いた。「エテフ・デスタを売り渡すと言ったんだ。やつのアジトを知っていて」負傷した男のそばにひざまずく。「治療と引き換えに、その場所を白状すると」

モーガンははっとした。大使館から送られてくる安全情報によると、エテフ・デスタはこの地域の最重要指名手配リストの常連だ。

「デスタがエチオピアやエリトリアで権力を握るためにやったことと比べれば、きみの車を爆破したのは些細《ささい》なことだ」ブランチャードが言った。

彼の言うとおりだ。たとえ治療目当ての瀕死《ひんし》の男の情報であっても、デスタの居場所に関する手がかりを無視することはできない。モーガンはブランチャードの隣にひざまずいた。「鼠径部《そけいぶ》の銃創の応急手当てについて何か知ってる？」

「出血を止める」ブランチャードが男の両手を負傷した股間から外した。「まったく、なんでまたこんなところを撃つんだ」背嚢から赤十字マークのついたポーチをいくつか取りだす。「大腿動脈を圧迫しろ。出血を抑えられる。凝固剤つきの絆創膏《ばんそうこう》がある」

モーガンはブランチャードの向かいに移動し、男のズボンのボタンを外して、傷を悪化させることなく引きおろす方法を考えた。

骨や泥、虫、爬虫類《はちゆうるい》に怯《ひる》むことはないが、裂けた肉や血まみれの傷口にはむかむかする。モーガンは気合を入れた。自分ならできる。

深呼吸をすると、熱い日差しに焼かれた血のにおいに吐き気がした。〝口で呼吸すればいい〟ふたたび男のズボンに手を伸ばして引っ張った。

ブランチャードが鋭いナイフを取りだして、男のズボンの腰から裾まですばやく切り裂いた。ナイフをモーガンに渡す。「そっち側も切れ」そう言ったあと、背嚢から医療用品を取りだす作業に戻った。

モーガンは反対側を同様に切ったあと、ズボンをめくった。血まみれの性器を見て、顔をしかめる。

「大腿動脈を見つけられるか？」ブランチャードがきいた。

「たぶん」モーガンはジブチへ渡航する準備の一環として、心肺蘇生《そせい》法と応急処置の資格を更新した。できるはず。

やるのだ。

空手の型を練習するときと同様に、精神を統一させた。空手はマッスルメモリーと集中力がすべてだ。この場面でも応用できる。

ブランチャードに手術用手袋と消毒シートを渡された。モーガンは給水袋の貴重な水を男の股にかけて血を洗い流すと、手袋をはめてから傷口を探した。弾は陰嚢をかすめ、内腿に撃ちこまれていた。よかった。動脈を外れている。

モーガンは普通に呼吸ができるようになった。もはやにおいも気にならない。完全に集中していて、目の前の仕事のことしか頭になかった。

大腿動脈を見つけ、手のひらの付け根で圧迫した。男が悲鳴をあげる。傷口に近いので、押されると激しい痛みが生じるのだろう。

モーガンはさらに強く圧迫した。

男の悲鳴が途切れた。悶絶《もんぜつ》したのだ。ありがたい静寂が訪れた。

ブランチャードが傷口に厚いガーゼを押し当てた。あっという間に血でびしょ濡れになったが、凝固剤と圧迫がきいたのだろう、ガーゼを交換する頃には、傷口にすぐに血がたまることはなくなった。その間、モーガンは腕が震えるほど圧迫しつづけた。

「よくやった」ブランチャードが包帯を巻いてガーゼを固定した。

モーガンは腕の力を抜いて背中をそらすと、疲れた手首をマッサージした。

「きみが撃ったということは誰にも話すな」ブランチャードが言う。「おれの銃でおれが撃った。キャリアを台なしにしないためだ」

「わかった」モーガンは約束した。

「くそっ。鼠径部を撃ったなんて、しばらくからかわれる。射撃の名手だと言ったよな」

モーガンは思わず笑みをもらした。「ごめんなさい。銃を撃ったのは十年以上ぶりなの。次はど真ん中に当てる。約束するわ」

「次がないことを願おう」

モーガンは意識を失った男を見おろした。「デスタの居場所を本当に知っていると思う？」

ブランチャードが肩をすくめる。「嘘だと決めつけるわけにはいかない。長いあいだデスタを追ってるからチャンスを逃したくないし、こんな襲撃を受けたからには始末する必要がある。こいつをワジから運びだして、救急へリコプターを呼ぶ」

「ヘリコプターがスナイパーに狙われることはない?」

「その前にキャルが仕留めてくれるよう願おう」

モーガンは真っ白な包帯が深紅に染まる様を見守った。この戦闘員が医療施設へ搬送される前に失血死したとしても、自分たちは手を尽くした。深呼吸をして立ちあがり、圧迫止血をしつづけたせいでこわばって震えている手足を伸ばした。

お気に入りの作業服を見おろすと、血まみれだった。ホラー映画の三番手の、頭のからっぽなブロンド女みたい。そして、ブランチャードは間違いなく、チェーンソーを振りまわす役だ。

手袋を外してブランチャードが医療廃棄物を入れている袋に捨てたあと、消毒ジェルを両手にすりこんで少しはきれいにしてから、地面に置いていた給水袋を拾いあげた。飲み口に血がついているのを見て、顔をしかめる。もう飲めない。

ブランチャードが自分の給水袋を差しだした。モーガンは少しだけ飲んだあと、飲み口をスリーブにしまった。「じゃあ、腕を片方ずつ持って、引きずっていく?」

「いや、それだとまた出血する。おれがひとりで運ぶ」

「ワジの外まで？」モーガンは斜面を見やった。この辺りは川床が狭まり、深い谷になっている。「勾配がきつすぎるわ」

ブランチャードが自信満々の笑みを浮かべた。「問題ない。暴れるきみのことだって運んだんだ」

モーガンは赤面した。「今夜はわたしがおごるべきね」

ブランチャードがサングラスの縁越しに上目遣いでモーガンを見た。その目はもはや怒りをたたえていない。敵の襲撃がふたりに休戦をもたらしたのだ。まなざしがあたたかく感じられ、唇に微笑が浮かんでいる。「それだけじゃ足りないな」

モーガンは突然、欲望がわくのを感じた。もちろん、彼が魅力的な男性であることには気づいていたけれど、映画に出てきたかっこいい俳優を見て受け身で楽しむような、漠然とした感覚だった。だが、一度の微笑とひとかけらのユーモアで、彼の魅力が現実のものとなった。〝彼はセクシー〟から、〝彼と寝たい〟に変化した。

本気？

彼の左胸に示された〝アメリカ陸軍〟という言葉に目が釘付《くぎづ》けになった。

ただの軍じゃない。陸軍の、それもグリーンベレーだ。父はパックス・ブランチャード曹長をものすごく気に入るだろう。

だから、彼はモーガンの死んでもお断りリストの上位にランクインする。絶対に寝たくない。

咳払いをし、よそよそしい声で言った。「それ以上は期待しないで」

ブランチャードが頭を傾ける。「肩の力を抜けよ、ドクター・アドラー。冗談だ」

「モーガンと呼んで」ふたたび言った。

「おれはパックスだ。ハルクでなければ好きなように呼んでくれてかまわない。キャルにもその呼び方は禁止してるんだ」彼が背嚢を顎で示した。「おれの荷物を運べるか？」

モーガンはうなずいた。

「よかった」ブランチャード――パックスが、外国語の暗号を使って無線連絡をした。それがすむと、無線機をしまい、モーガンにうなずいて背嚢を背負うようながし、自分は負傷した戦闘員を抱き起こした。

背嚢は重かった。弱い人間だと思われたくなくて、モーガンは悪態をこらえた。

これを背負いながらモーガンを運んだのだ。この暑さのなか。彼はハルクではない。キャプテン・アメリカだ。

キャプテン・アメリカは偶然にも、モーガンのお気に入りのアメコミヒーローだ。

パックスは、栄養失調で体重はおそらく五十キロ程度の負傷した戦闘員を背負って、ワジの急な壁をのぼった。

モーガンはその三分の一の重さしかない荷物を抱え、荒い息を抑えようとしながらあとを追った。太陽が照りつけ、足元の小石が転がり落ちてつまずきそうになる。

これだから、父に強いプレッシャーをかけられても、軍隊には入らなかったのだ。発掘道具でさえ充分重いのに。

暑さと過酷な運動のせいで気を失うかもしれないと思った瞬間、頂上にたどりつき、地面にくずおれた。弱い人間と思われたってかまわない。吐きたくても、脱水状態でそれすら無理だった。

「先に行って」休まず歩き続けるパックスの背中につぶやいた。

「休んでいる時間はない、アドラー」彼の声に軽蔑がにじみでている。「ここは攻撃を受けやすい。ヘリコプターを待つあいだ身を潜めなければならない」

父に言われているみたいだ。いやな感じ。

恥をかきたくない、自分の実力を示したいという思いに駆られ、モーガンはさっと立ちあがった。

パックスはメサ（周囲が断崖で上が平らな岩石丘）のふもとのくぼみに気絶している男を押しこんだ。

モーガンは彼の足元に荷物をおろしたあと、地面に倒れ、吐き気をこらえた。

全身がほてっていて、むっとした空気をやっとの思いで吸いこむ。汗まみれの顔からサングラスが滑り落ちたが、疲れきっていて拾う気になれず、焼けつくような日差しに目を閉じた。後頭神経沿いの血管が脈打ち、鼓動が激しい。片頭痛を起こす直前で、心臓が爆発しそうだった。

「よくやった」パックスが言った。

彼の薄ら笑いを浮かべた顔を見てやろうと思い、片目をぱっと開けたが、真剣な表情をしていたので驚いた。モーガンは眉根を寄せた。わけがわからない。

「本当に。おれがいやなやつになれば、きみはむきになるだろうと思ったんだ。あそこで立ちどまるのは危険だった」

危険から救いだすために、わたしを操ったの？

策略家だ。動きを正確に読まれ、モーガンは情けない気分になった。父も屈辱感を利用した。でも、それとは違う。パックスにばかにされたおかげで、命拾いしたかもしれないのだ。

彼を許そう。今回だけは。

鼓動が鎮まると、少しは楽に息ができるようになった。熱疲労で死ぬことはないだろう。死ぬといえば——意識を失っている戦闘員を見やった。「患者の様子は?」

「まだ息をしている」

「ヘリコプターが来るまであとどれくらいかかる?」

パックスは何げなく肩をすくめたものの、心配しているのがわかった——キャラハンのことを。

今日の出来事は自分のせいではないと、モーガンは理解していた。自分は被害者だ。とはいえ、脳は常に論理を事実として受け入れるわけではないし、モーガンが化石を守るためにパックスに抵抗したことで状況が悪化した。

何もかも自分のせいだという気がした。

爆発。IED。スナイパー。自分が原因だ。きっかけとなったのは間違いない。それともライナスのせいだろうか。とにかく、責任が肩にのしかかり、押しつぶされそうだった。

キャラハンが怪我をしたり、死んでしまったりしたらどうしよう。モーガンのせいでこんなところへ来たのだ。モーガンがデスタの罠《わな》にまんまとはまり、デスタの期待どおりに行動したせいで。

遠くで一発の銃声が鳴り響いた。

モーガンはパックスの目を見た。パックスが体をこわばらせ、無線機を握りしめる。無線機の雑音が沈黙を破り、キャルと思《おぼ》しき声が聞こえた。

モーガンは安堵の息をついた。パックスが顔をほころばせた。

その笑顔を見て、モーガンはきゅんとした。

やっぱり彼と寝たい。


戦闘員がヘリコプターで軍艦へ向けて飛びたってから五分以内に、パックスとモーガンを基地へ運ぶハンヴィーが到着した。道路にスパイクストリップを敷いて封鎖してから、三時間も経《た》っていなかった。パックスはヘルメットを脱ぎ、後部座席のモーガンの隣に座ると、椅子の背にもたれて目を閉じている彼女をじっくり見た。

ブロンドの編んだ長い髪がほつれ、紅潮した汗まみれの額や首に張りついている。服や腕に血がついていた。塵《ちり》が入りこんでしわを浮かびあがらせ、年老いたときの彼女の顔が想像できた。

年を取ってもなお美しいだろう。

か弱そうに見えるのに、繊細な花などではないことが、この短い時間ではっきりした。ヒステリーを起こさずに爆弾から逃げた——彼女を助けたパックスに怒りはしたが。臆することなく人を撃ち、その男の命を救う手助けをした。

彼女に対する怒りは焼けるような暑さで蒸発し、まったく違うものが生まれた。純粋な欲望。アドレナリンがもたらす欲望を、戦闘任務が完了するといつも持て余してしまう。

モーガンも欲望を感じている。ヘリコプターを待っているあいだ、その目に見て取れた。装甲車に乗りこむ際に手を貸したとき、彼女の体を電流が走り抜けるのを感じた。

そして、パックスと同様に、気づかないふりをしようとしている。

アドレナリンが原因だということは、わかっているのだろうか？

彼女の仕事は、こんなふうにアドレナリンを噴出させるようなものではないだろう。とはいえ、彼女はワジでベテラン兵士のごとく移動していた。

「基地司令官に、あなた方をまっすぐ本部へ連れていくよう言われています」運転席の兵士が言った。

「先に彼女を医者に診せないと」

バックミラー越しにドライバーのしかめっ面が見えたが、反論は返ってこなかった。

彼女は血まみれなのだから、当然だ。他人の血だが、念のため検査する必要がある。

水分補給をして、ショック徴候を調べなければならない。

基地に到着すると、一緒に診療所に入った。モーガンはすぐさま診察室に通された。パックスが司令官室に直行しようとしたとき、アフリカ系アメリカ人で強いブルックリン訛りのある、小柄で美人な衛生兵ジャネルに呼びとめられた。「ブランチャード、ちょっと待って。爆発事故に遭って銃撃戦を交えたのなら、ちゃんと検査しないと」

「おれは大丈夫だ」

「それはわたしが決めることよ」

十分後、ジャネルが聴診器をしまった。「すばらしいわ」にっこり笑い、パックスの頭からつま先までじろじろ眺める。「わたしがそう言ってたってことは、ディオンには内緒ね」

パックスは笑った。ディオンは特殊部隊の同僚で、この数カ月ジャネルとつきあっていることは半ば公然の秘密だ。部門が違うし、ふたりとも将校ではないので、恋愛が禁止されているわけではないが、どちらかが帰還させられると関係を維持するのは非常に難しくなる。それが、外地での恋愛を避ける理由だ。

あるいは、だからこそ遊ぶのかもしれない。

パックスは血まみれのシャツを着た。モーガンの検査が終わるまでにシャワーを浴びて着替える時間はあるだろうかと考えながら診察室を出ると、待合所にいる彼女が見えた。青いゲータレードの一リットルのペットボトルを胸に抱えていて、医師に全部飲むよううながされると、顔をしかめた。

ドクター・カーソンがパックスに言った。「彼女がちゃんと飲んだかどうか確認してくれ、曹長。飲まなかったら、点滴を受けさせる」

どうやらふたたびドクター・モーガン・アドラーのベビーシッター役を押しつけられたようだ。土やら汗やら血やらにまみれた彼女を見るたびに刺激的な考えが頭に浮かぶことを考えれば、ワジにいたときほど迷惑とは思わなかった。

「わかりました」パックスはモーガンを連れて建物の外に出た。昼下がりの猛暑に襲われ、たちまち汗が噴きだす。彼女からペットボトルを取りあげ、蓋を開けて返した。

「飲め」

モーガンが眉をひそめた。「自然界にない色の飲み物は信用できない」

「そんな色をした花がある」

モーガンが目をぐるりとまわす。「食物にはないでしょ。青は毒や腐敗の印なのよ。人間は青い食物を避けるよう遺伝子に組みこまれているの。ブルーベリーだって実際は青くない。皮が紫で中身は緑だから、青く見えるけど果汁は紫なの。スマーフみたいな気持ち悪い青じゃない」

アドレナリンの効果は絶大で、彼女の頑固なところにさえ魅力を感じる。絶対にそんなはずないのに。「一家言あるみたいだな」

「それをテーマに学部生のときに論文を書いたの」モーガンがペットボトルをじっと見た。「赤は在庫切れだったのよ」

パックスはペットボトルの底を人差し指で持ちあげた。彼女が飲み始めると、身を乗りだして優しく言った。「基地司令官と面会したあと、基地にあるバーの〈ベアリー・ノース〉に連れていくよ。ゲータレードにアルコールを加えよう」

モーガンがペットボトルを口から離した。唇が青く光っていて、パックスはなめ取りたい衝動に駆られた。「お医者さんはだめって言うと思うわ」かすれた声が、パックスが考えていることではなく言ったことに対する返事だと理解するのが一瞬遅れた。とはいえ、医者はパックスの考えていることにも反対するだろう。「医者はゲータレードを全部飲むよう言っただけだ」パックスは肩をすくめ、無邪気とは言えない笑みを浮かべた。

モーガンに微笑み返されると、うだるような暑さや高い湿度とは関係なく、体が熱くなった。

背後からクラクションが聞こえ、振り返ると、無蓋の多目的車《ユーティリティ・ビークル》を運転しているキャルが見えた。「乗れよ」

キャルは無事だとわかってはいたものの、変わりない姿を見るとほっとした。モーガンがまっすぐ後部座席へ向かう。パックスは助手席に乗りこんだ。

キャルはモーガンをじろじろ眺めてから、前を向いた。「おい、パックス、どうしてこんなことになってるんだ？　たいしたベビーシッターだな」パックスをちらりと横目で見る。「それに、睾丸《こうがん》を撃ったんだって？　補習射撃訓練を受けたほうがいいんじゃないか？」

パックスは目をぐるりとまわした。「生かしておいてデスタのアジトを吐かせるために、睾丸を狙ったんだ」

「そうかい」キャルがギアを入れ、スナイパーとの遭遇戦について簡単に報告しながら司令官のオフィスへと車を走らせた。エネルギーにあふれていて、十キロマラソンでも走れそうだ。キャルはいつも残ったアドレナリンを走って発散している。

パックスはたいていジムへ行き、サンドバッグを叩きのめすことにしている。だが今日は、口の悪い妖精がそばにいて、異なる反応を引き起こした。

つまり、セックスしたい。

基地司令官との面会をすませたら、ジムへ行こう。シャワーはあとまわしだ。ばかなまねをしでかす前に、アドレナリンを発散し尽くす必要がある。

司令官のオフィスへ向かうあいだに、モーガンは不快な青い液体を飲んだ。吐き気はおさまったし、強力な頭痛薬をもらった。痛みが引くと、体は別種の解放を求めた。アドレナリンのせいだ。アドレナリンが噴出した経験ならあるけれど、あれは急流下りをしたあとのことで、人を撃ったあとではなかった。

なんてこと、人を撃ったのだ。

そしていま、セックスをしたがっている。

いったいどんな怪物になってしまったの？

前の座席にいるグリーンベレー隊員たちを観察した。キャルは興奮しているように見える。アドレナリンのせいで浮かれている。パックスが振り返り、目が合ったが、彼の表情はまったく読み取れなかった。

ふたりとも、噴出したアドレナリンへの対処法を知っているに違いない。

モーガンは深呼吸をし、セックスという選択肢はないと自分に言い聞かせた。こんな血と汗にまみれただらしない姿をしているのだから。間近に迫った基地司令官との面会に集中しなければならない。それがすんだら、アパートメントに帰って荷造りし、飛行機に乗るのだ。

こんなことがあったからには、もうジブチにはいられない。たとえライナスのためでも。

実家に戻って、父の〝だから言っただろう〟という得意げな説教に耐えなければならないだろう。父はモーガンが人類学を専攻したことをよく思っておらず、博士号取得に専念するために大手の建築事務所を辞めたときは、役に立たない学位のために借金したことを後悔するだろうと断言した。

父とは調子のいいときでさえなかなかうまくつきあうことができなかった。父の言ったとおりになったときは最悪だ。

軍関連の契約を取ったことでようやく父に褒められたという事実が、状況をますます悪化させる。モーガンの仕事によってキャンプ・シトロンの拡張が実現し、ひいては北東アフリカ全域での迅速な配置が可能となるのだとしたら、学歴は完全に時間の無駄だったわけではないかもしれないとまで言わせたのに。

それなのに、尻尾を巻いて帰国し、さらに大きな借金を抱えるはめになるのだ。個人経営の考古学のコンサルティング会社は、開業からたった半年で破産し、モーガンは〈ダブルD〉でビールとチキンを運ぶ唯一の博士となる。このチェーンレストランの店名は、鶏のすね肉《ドラムスティック》と酒類《ドリンク》の頭文字から取ったことになっているが、誰もが本当の意味――巨乳――を知っている。

父は激怒するだろうが、モーガンが殺されかけたと知って、軽蔑しないでくれることを願うばかりだ。

モーガンはふたたびパックスを見つめた。彼はまさに父が娘の恋人にと望むタイプで、だからこそ、モーガンは穏やかに話す詩人タイプが好きだった。反戦主義の環境保護運動家が彼女の仲間だ。彼らは父をひどくいらだたせるので、なおさら魅力を感じた。

そう、モーガンはとにかく、父をむかつかせようと躍起になっていたのだ。彼らはみないい人だし、常に女性を敬う。モーガンよりも厳格なフェミニストだっている。

彼らは思いやりがあり、モーガンが直面している差別を理解していることを断固として証明しようとし、彼女が優先されるよう常に期待以上のことをしてくれる。セックスも上手だし、避妊に協力し、自発的に性病検査を受ける。可能ならば、生理を代わってくれる人もいるだろう。でも、認めたくはないけれど、ときどき物分かりのよすぎない男性に惹きつけられることがある。銃が好きだと認めるような男性に。なぜなら、銃に触れるだけでテストステロン（男性ホルモンの一種）値が上昇することは科学的に証明されているから。

一度だけ、エストロゲンだけでなくテストステロンも支持する男性とデートしてみたい。

エストロゲンを蔑むつもりはない。親友のなかにはエストロゲンに満ちあふれている人もいるし、モーガンのことを平均よりエストロゲンが多いと思う人もいるだろう。だけど、モーガンはテストステロンのファンでもあるのだ。

大ファンだ。

ああ、テストステロンが恋しい。

パックスは四十度という暑さのなか、重い背嚢とボディアーマーを身につけた状態でモーガンを運んだ。相当なテストステロンが必要なはずだ。

〝だめ〟絶対にだめ。父が喜ぶことはしたくない。

「モーガン？」パックスが声をかけた。

モーガンは頭を振ってすっきりさせた。司令部に着いていたのに、物思いにふけっていて気づかなかった。今日の出来事に、思ったより動揺しているのかもしれない。

ゲータレードを飲み干してペットボトルを座席に置くと、パックスの手を借りて、ぞくぞくする感触を意識しないように努めながら車から降りた。

テストステロンと触れあった。愛《いと》しい愛しいテストステロン。

フロントオフィスを通り過ぎ、まっすぐ基地司令官室のドアの前へ連れていかれた。モーガンは副官に待つよう言われ、パックスとキャルが先に海軍大佐と面会した。モーガンは椅子に腰かけて目を閉じた。爆発の場面が脳裏に浮かぶ。ブーツの上のへび。出血している鼠径部を両手で圧迫した。診療所で手と顔は洗ったが、血や塵にまみれた服はそのままだ。

どうしてモーガンのレンタカーに爆弾が仕かけられたのだろう。ライナスに関係があるの？　それとも何か別のこと？

ようやく基地司令官のオフィスに通された。オリアリー大佐はモーガンを握手で迎えたあと、デスクの前のひとつしかない来客用の椅子を勧めた。モーガンはドアの両脇に立ったままのパックスとキャルをさっと見た。数時間前に道路で初めて会ったときと同じ、表情のない顔をしていた。

モーガンは発掘現場にデスタの手下が現れてから起きたことを全部、詳しく説明した。また、残念なことに、化石を守ろうとしたことも認めた。ちらりと振り返り、命の恩人の目を見てふたたび詫《わ》びた。

　オリアリー大佐は冷静に耳を傾けていた。モーガンは話し終えると、大佐に尋ねた。「撃たれた戦闘員の容体について、連絡はありましたか？　デスタの情報を提供できそうですか？」

　オリアリー大佐が身を乗りだした。「手術中だ。大量に出血したし、栄養失調に陥っている。朝まで持つ見込みは少ないそうだ。そのうちわかる」

　戦闘員が死亡すれば、つまり、モーガンが殺したことになる。ほかに選択肢はなかったと頭ではわかっていても、気持ちが……人の死に良心をさいなまれたのは初めてのことだ。モーガンは咳払いをした。「知っていることはすべてお話ししました。ほかに何かありますか？」

「今日のところはない。大変な一日だっただろう。ゆっくり休んだほうがいい。きみを保護するために、基地のCLU《クルー》の個室を用意した」

「手がかり《クルー》ですか？」聞き間違えたかと思って、モーガンはきき返した。

「コンテナ・リビング・ユニット――キャンプ・シトロンの住居のことだ。ジブチ市に戻るのは安全ではない。プロジェクトが完了するまで基地に住んでもらう」

　モーガンは驚いた。「ご親切にありがとうございます。でも、ジブチ市のアパートメントに戻って、荷造りを始めるつもりでした。できるだけ早くアメリカに帰りたいんです。もうここにはいられません」からっぽのウエストポーチに手を当てたあと、パックスを見やった。「わたしの携帯電話とパスポートは？」

パックスは大佐がうなずいて話す許可を与えるまで黙っていた。ポケットから携帯電話とパスポートを取りだし、進みでてモーガンに渡そうとすると、大佐が立ちあがって言った。「パスポートはわたしに」

パックスはそのまま大佐のもとへ行ってパスポートを渡したあと、モーガンに携帯電話を返した。画面を見て、モーガンは顔をしかめた。壊れている。爆発のあと転がったとき、地面にぶつけたに違いない。電源を入れようとしたが無駄だった。爆弾のせいで失ったものがまたひとつ増えた。

モーガンはオリアリー大佐のほうを見た。大佐はパスポートを眺めたあと、デスクにしまった。

モーガンはぎょっとした。〝いったいどうなってるの？〟

「パスポートは明日返す。今夜は基地を離れられる状態ではない」

パスポートを取られた。大使館は閉まっているし、モーガンは実質的にジブチに閉じこめられた。「よくわからないのですが、大佐。わたしは拘束されるのですか？」

「まさか。わたしはただ、きみにジブチに残るか帰国するかを真剣に考えてほしいだけだ。大変な一日だったから、混乱しているのだろう。いまは帰りたいと思うのは当然だ」

「爆弾はわたしの車に仕かけられたんです」モーガンは声に怒りといらだちをにじませた。この男はモーガンの上司ではない。

「さぞかし動揺しただろう」

「戦闘員に銃を向けられました。わたしの職業ではよくあることではありません」

大佐が微笑んだ。「きみの職業でも、道具を持つ三百万年前のヒトの祖先を発見するのはめったにあることではないだろう」

それを聞いて、モーガンは一瞬ためらったが、目を閉じて自分の命を奪うところだった爆発の熱さを思い出した。「わたしはコンサルティング会社をひとりで経営しているんです。軍指導者の武装した戦闘員を相手にするのは無理です」

大佐がため息をつく。「ドクター・アドラー、きみは契約書にサインした。ふたつの候補路線を調査すると、エチオピア政府とジブチ政府に約束したのだ。ほかにこの仕事を引き受けられる人間はいない。きみのプロジェクトが完了するまで、鉄道を拡張できないんだ」

「爆弾がわたしの車に仕かけられていたんですよ、大佐」

「契約書にサインした時点で、狙われる可能性があることはわかっていただろう」

そのとおりだが、まさか本当にこんなことが起きるとは思っていなかった。

大佐がデスクに両肘をついた。「アメリカ海軍は、きみが契約を履行することに利害関係がある。それは知っているだろう。われわれはジブチの港の拡張と鉄道建設の促進に力を貸している。その見返りとして、キャンプ・シトロンを拡張できるようになる。この基地は対テロ戦争において戦略的に重要だが、われわれは訓練を行い、自国の滑走路と管制塔を建設するのに必要な土地がないため、作戦行動を進展させることができずにいる。ジブチ空港の航空管制はまるでお笑い草だ。このままでは、民間人が引き起こした交通事故で米兵が命を落とすのも時間の問題だ。いまきみが帰国すれば、彼らの死はきみの責任となる」モーガンをにらむ。「魂が汚れてもかまわないのか？」

汚いやり方だ。その言葉が胸にぐさりと刺さり、モーガンは息ができなくなって、激しい怒りがわきあがった。

むかむかする。兵士が死ぬのは、モーガンが調査を完了しなかったせいではない。軍指導者が、基地の拡張に関与する者すべてに銃を向けるせいだ。敵は軍指導者であって、モーガンではない。

でも、この瞬間は、自分が敵になったような気がした。

モーガンは反論しようと咳払いをしたが、先に大佐が口を開いた。「考える時間が必要だろう。滞在中は、きみにひとり用のシャワー付き《ウェット》のCLUを割り当てる——兵士たちが羨む部屋だ。副官が案内する。明日の午後四時に返事を聞かせてくれ。もう行っていい」

モーガンは椅子の肘掛けを握りしめた。命令されつづける人生だが、この男はモーガンの上司ではない。あくまでモーガンは民間人で、海軍に雇われたわけではない。

「父に連絡します」将官である父を切り札として使うのは初めてだった。

「アドラー将軍か？　軍種が違う」

下調べはしてきたようだ。モーガンは目を細めてにらんだ。「国防総省に父の友人がいます」

大佐は肩をすくめ、受話器を取った。ボタンを押して、おそらく副官に言った。

「もう一度アドラー将軍につなげ」

〝もう一度？〟

最悪。

しばらくして、大佐が得意げな笑みを浮かべながらスピーカーに切り替えた。

両親の住むヴァージニア州フェアファックス郡はまだ早朝だ。だが、父は完全に目を覚ましていて、エテフ・デスタのような獰猛《どうもう》さでモーガンを攻撃した。「くそっ、モーガン、おまえに根性《ハヴ・ボールズ》があれば、尻尾を巻いて逃げだそうとはしなかっただろう。そのプロジェクトは、おまえが十八歳を過ぎてから初めてした有意義なことだ。それを放りだして逃げ帰るなど許されないぞ。よく考えろ。いいかげんに無駄な学歴を何か価値のあることのために使え」

むかむかする。あいかわらずだ。「将軍」モーガンは十八歳のときに〝お父さん〟と呼ぶのをやめたが、父がそのことに気づいているかどうかさえ疑問だった。「わたしの車に爆弾が仕かけられたのよ」

「だからこそ、反撃すべきだ。やれやれ、兵士が銃撃されるたびに帰りたいと泣いていたら、アメリカの公用語はドイツ語になっていたぞ」

「わたしは兵士じゃない」

「そのとおり、根性《ボールズ》なしだからだ」

グリーンベレー隊員たちの前で最初に侮辱されたときは、屈辱感のあまり赤面した。けれども今度は、それを通り越して怒りがわいた。十八歳のときから、ずけずけと文句を言う代わりに反抗してきた。もううんざりだ。「タマ《ボールズ》なんていらないわ」怒りを抑え、大好きなベティ・ホワイトの言葉を引用する。「股間を蹴られただけで降参する女がいる？　いないわ。ヴァギナは強いから。あなた方の大事な脆弱《ぜいじゃく》なタマから赤ん坊を引っ張りだすところを見てみたいものね」〝マッチョ頭の狭量な頑固者〟

近いうちに、勇気を振り絞って最後の部分も声に出して言ってやろう。いつか父を罵倒するために、かつて空手の型を練習したときと同じくらい熱心に、悪態をつく技術を磨いてきたのだ。

〈ダブルD〉の仕事に戻れば、実家に帰らずにすむ。ステイシーの家のソファに寝かせてもらえるかもしれない。彼女の車に相乗りして通勤できる。ジブチ行きの飛行機のチケットを買うために、自分の車は売ってしまった。

無言で立ちあがり、ドアへ向かった。最初にキャルの目を、そのあとパックスの目を見た。冷やかで厳しい目つきで、歯を食いしばり、怒りをみなぎらせている。

敵意に満ちたまなざしに、モーガンは驚いた。

もうおしまいだ。キャプテン・アメリカは父の味方についた。モーガンは彼をにらみつけた。

背後で大佐が父に別れの挨拶をし、電話を切った。「そうあっさりとは帰れないぞ、ドクター・アドラー」

モーガンはぱっと振り返り、父と——母は常に父の味方をするわけではないが、結局ふたりは切っても切れないので、母とも——絶縁するきっかけを作ったかもしれない男と向きあった。

口を開いたものの、何も言えなかった。言葉を失っていた。

「部屋へ行ってシャワーを浴びるといい。よく考えるんだ。明日の午後四時にここへ来て、返事を聞かせてくれ」

モーガンはそっけなくうなずき、背を向けると、今度はふたりの目を見ずに部屋をあとにした。

5

人生最高のシャワーというわけではないが、間違いなくベスト五十には入る。パックスは肌にこびりついた敵の血をこすって洗い流しながら、最低な父親と話したあとのモーガン・アドラーの傷ついたまなざしを思い出すまいとした。

くそっ。彼女は将軍の娘だった。つまり、絶対に手を出してはいけない相手のはずだが、親子関係が破綻しているようだから、例外を認めてもいいかもしれない。

彼女が帰国すると言ったとき、パックスはショックを受けると同時にほっとした。喜んで荷造りを手伝っただろう。ジブチはその危険性を理解していない理想家の来る場所ではない。モーガンのような民間人は邪魔になるだけだ。

だが、オリアリー大佐はそう考えていない。決めるのは司令官だ。

モーガンが退出したあと、大佐はキャルとパックスに彼女に対する見解を求めた。

ふたりとも簡潔に答えた。〝会ったばかりでよくわかりませんが、有能だと思います〟

彼女の、アウストラロピテクスのライナスに対する思いを考えれば、帰国したがっているることに驚いたと認めた。

大佐はおそらくその情報を利用してさらに圧力をかけるだろう。オリアリーは陸軍ではなく海軍所属だが、ここは彼の基地だ。パックスとキャルは陸軍に長年いたおかげで、指揮官が出した命令には疑念を抱かないほうがいいとわかっていた。

面会を終えるとまっすぐジムへ行き、サンドバッグを叩きのめした。キャルもめずらしくいつものランニングを省略し、動かない物体にいらだちをぶつけた。キャルも同じ怒りを感じているのだろうとパックスは思ったが、公共のジムでは話題にしなかった。その話をするのは、共用のCLUに戻ってからだ。

運動を終え、シャワーを浴びてから、ようやくCLUに戻って簡易ベッドに倒れこんだ。どの部屋にもエアコンがついていて、パックスが家と呼ぶ金属の箱をなんとか耐えられるものにしているが、パックスたちの部屋はドライCLUだ。シャワーやバスルームがついていない。当然、プライバシーなど望めない。

訓練されているとおり、活力を取り戻すために一時間の仮眠を取った。そのあいだにキャルが戻ってきていて、パックスが起きたときはぐっすり眠っていた。今夜、飲んでいやなことを忘れるためか、アドレナリンを発散して一日の恐怖から逃避できる行為を求めて、モーガン・アドラーが〈ベアリー・ノース〉に現れるのではないかと、パックスは思った。

　愚かにも、彼女を止めるつもりか、目的を果たす手助けをするつもりかわからないまま、私服に着替えた。


〈ベアリー・ノース〉は混雑していた。爆発事件があり、護衛隊が攻撃されて、基地の多くの人にとって大変な一日だったのだから当然だ。ストレスを解消する必要がある人が大勢いて、今夜に限らず、二杯までの制限は守られているのだろうか？

　どうでもいいことだ。モーガンはここに飲みに来たわけではなかった。基地から連れだしてくれる人を見つけるためだ。ライナスを確認し、作業員のリーダー、イブラヒムを捜さなければならない。作業員たちの無事も確かめる必要がある。

　オリアリー大佐にほとんど拘束されたようなものだが、情報が不足している状態で重要な決断をするつもりはなかった。もし作業員が怪我をしていたら、きちんと治療を受けさせなければならない。ジブチに残るかどうか決断する前に、彼らがどうなったか知りたかった。

　ＣＬＵの簡易ベッドの上に置いてあった、ぴちぴちのキャンプ・シトロン・Ｔシャツの裾を引っ張った。ほかに軽量ズボンとブラジャー、下着、洗面用品が用意されていた。ブラジャーは少なくともワンサイズ小さすぎ、胸が大きいせいでTシャツがずりあがる。どれも基地の店のタグがついていた。店にモーガンのサイズがなかったのか、それとも単に選んだ人が間違えたのだろうか。いずれにせよ、汗と血にまみれた服を着ずにすむことに感謝し、文句を言わずブラジャーに胸を押しこんだ。

ブラジャーとTシャツがきつすぎることは、有利に働くかもしれない。〈ダブルD〉のウェイトレスを辞めてから胸を見せびらかすことはなかったけれど、今夜は水兵や海兵隊員に話しかけて車に乗せてくれる人を見つけなければならないのだから、この胸が役に立つだろう。

少なくとも、ウェイトレスをしていたおかげで、胸を見た男たちの反応には慣れている。不快ないやらしい目つきは無視し、称賛のまなざしを楽しむ方法を覚えた。人に見られるのを楽しめないなら、チップを弾んでもらうために体を武器にするのはやめたほうがいい。舌なめずりされるのは気持ち悪いけれど。

カウンターへ行き、隅のほうのスツールに座ると、ライムトニックを注文した。鎮痛剤を投与されたのでお酒は飲めないが、飲んでいるふりならできる――そのほうが声をかけられやすくなる。

バーを見まわした。助けてくれそうなのは誰？

駐車場から車を出せる兵士でなければならない。とはいえ、今日の事件のあとでは警備が強化されているはずなので、無理かもしれない。この基地のやり方がまったくわからなかった。

ライムトニックを飲みながら、ビリヤードをしている兵士たちを観察した。若すぎる。十代後半から二十歳過ぎの青年たちに声をかけることはできない。モーガンは三十一歳で、法律上お酒を飲めない子たちにちょっかいを出すと考えただけで怖気《おじけ》づいた。舌なめずりをする不気味な年寄りと同類になりたくない。

二十一歳以上なら問題ない。少なくとも、スケベな教授になったような気はしないだろう。

パックスみたいな兵士が理想的だ。ちょうどいい年齢――おそらく三十代前半――だし、興味があるふりをする必要もない。でも、彼は将軍の味方をしたので、永久にブラックリスト入りした。大佐のオフィスで彼が見せた表情に、モーガンはとどめを刺されたのだ。

そのときちょうど、パックスが混雑した店に入ってきて、モーガンは口を引き結んだ。目が合い、彼をにらんでから前を向いた。しまった。隣にいる水兵に話しかけていればよかった。右側の男は、臆面もなくモーガンの胸を見つめている。本物かどうか見きわめようとしている目つきだった。

パックスが近づいてくるのを感じながら、うなじが期待でぞくぞくするのが気に入らない。彼になんか惹かれたくないのに。

「モーガン」パックスが隣に割りこんできた。

モーガンは彼の目をまっすぐ見て訂正した。「ドクター・アドラーよ」悔しいけれど、半袖のボタンダウンシャツとズボンがよく似合っている。背嚢や装備やヘルメットを取っても、同じくらい大きく見えた。

パックスが眉をつりあげた。「下の名前で呼んでいいと言ったろ」

「気が変わったの」

太い眉がさがった。「理由を話したいか?」

モーガンは彼がよく見えるよう体を引いた。スツールのすぐ近くの狭いスペースに立っているので、目を合わせるには見上げなければならないのが気に食わなかった。

「別に」そう言ってスツールからおりると、ビリヤード台のほうへ行って、壁に寄りかかって退屈そうにしていた男性に話しかけた。

パックスがモーガンの腕をつかんだ。「どういうつもりだ、モーガン?」

モーガンは彼の手を振り払った。「あなたに批判される筋合いはないわ、パックス。わたしはあんなふうにめちゃくちゃ言われて育ったの。もううんざりよ」

パックスが小首をかしげた。「きみの最低な父親の話か？」

「もちろん、わたしの――」モーガンは言葉を切った。「最低って言った？」眉をひそめる。「でも、あなたは父と同意見でしょ。わたしを臆病者だと思ってる」

「あんなむかつくやつに同意するわけないだろ。おれがきみのことを臆病だと思ってるだなんて、どうして考えたんだ？ まったく、きみは爆弾が仕かけられた車に走って戻ろうとしたんだぞ」パックスが眉根を寄せる。「きみのことを臆病者だなんて全然思わない」

「でも、ジブチにいたくないの。帰りたいのよ」

「だからって、臆病者ってことにはならない。賢いってことだ。それがわからない人間だと思われるのは……我慢ならない」

「だって、わたしを怒った顔で見たでしょう。オリアリー大佐のオフィスで」

「ああ、あれはきみの父親に対して怒っていたんだ。どうかしてるよ」パックスはモーガンをふたたびスツールに座らせた。「おれを侮辱したお詫びに一杯おごってくれないか？ 話をしよう」

一杯のお酒では埋め合わせできないほど失礼なことをした。「ごめんなさい」モーガンはそう言って、バーテンダーに合図した。

すぐに飲み物が出されると、パックスは含み笑いをした。「こんなに早く酒が出てきたのは初めてだ」モーガンの胸をちらりと見る。

モーガンははにかんで微笑んだ。「強調すると得することもあるのよ。でも言っておくけど、ＣＬＵにこれしか着替えが置いてなかったの。わたしがサイズを選んだわけじゃない」

パックスが鼻を鳴らす。「きみが妹なら、おれは武器を持ってきみに張りつくだろう」

「妹じゃなければ？」

パックスはお酒をひと口飲んでから、紛れもない称賛のまなざしでモーガンを見た。いやらしい目つきではなく、その眺めを楽しんでいることがわかる。「同じことをする。別の武器《ウェポン》を持ってね（〝ウェポン〟にはペニスの意味がある）」

モーガンは下腹部が熱くなるのを感じながら笑った。パックスなら助けてくれるかもしれない。彼に体を寄せ、純粋なテストステロンを示す麝香《じゃこう》の香りを味わった。

「パックス、このあと、わたしのＣＬＵに来てくれる？」

パックスがにやりと笑う。「時間を無駄にしないんだな、ドクター・アドラー」

「モーガンよ」ふたたび訂正した。「でも、あなたが思っているようなことじゃないの」

パックスがセクシーな低い声で言った。「それは……残念だ」

下腹部の熱が全身に広がっていく。「なら、わたしの気持ちを変えさせてみれば」

彼女の目を見つめつづけるのは、とんでもなく難しいことだった。大の大人で、長年のあいだにそれなりの数の胸に慣れ親しんできたというのに、モーガン・アドラーのセクシーな姿に不意をつかれた。グラマーだと気づいてはいたが、ここまでとは思わなかった。

それまでは、ぶかぶかのシャツで体形を隠し、おそらくスポーツブラをつけていたのに、いまはプッシュアップブラでその必要もないのに胸を押しあげているようだ。

モーガンがCLUから出られないように、副官がわざと小さいサイズのシャツを選んだのだろうか。モーガンの父親は職業軍人だ。モーガンは基地で育ったのだろうから、派遣された兵士がどういうものかは知っているはずだ。

パックスは性差別的なやり方に憤りながら、欲望と闘った。モーガンの右側にいる男は胸に目を釘付けにしている。所有欲に駆られ、その眺めを独り占めしたいと思うなど、とんでもないことだ。彼女のことをほとんど知らないのに。

それでも、彼女の腰のくびれに手を当てずにはいられなかった。ぴちぴちのシャツがずりあがっていて、手のひらが素肌にわずかに触れると、ぞくぞくした。体を寄せて言う。「おれを部屋に招待した理由なんてどうでもいい。行こう。男どもがきみを見る目つきが気に入らない」

モーガンが小首をかしげ、ふっくらした唇にかすかな笑みを浮かべた。わずかに身を乗りだすと、パックスの手がヒップのほうへさがった。唇がすぐ近くにある。「大丈夫よ。それに、あなたも同じ目つきでわたしを見ているわ」ささやくように言った。

一時間ジムで過ごしても、アドレナリンを発散しきれなかったらしい。それどころか、サンドバッグを叩いたことで、攻撃性が増しただけだった。

セックスしたい。それに、モーガン・アドラーはこれまで目にしたなかで最高にセクシーな女だ。そう思うのは、アドレナリンのせいではない。

彼女はまったくタイプじゃないのに、不思議だ。ブロンドの長い髪に青い瞳、目を見張るような胸に丈の短いシャツという見た目は、アメフトを観戦する男たちにビールとチキンを出す店のウェイトレスのようだ。パックスはウェイトレスたちを気の毒に思っていた。頭のからっぽな性の道具みたいに扱われ、酔っ払いたちのお触りに耐え、くだらないジョークに無理やり笑わなければならないのだから。

パックスのタイプは、読書好きのオタクだ。彼自身が軍に入るまではそうだった。彼は遅咲きで、十九歳を過ぎてから急激に成長した。二年間で十五センチ背が伸び、仕事に必要な筋肉がついた。だが、外見が変化しても中身は変わらず、いまでもSFやファンタジーが大好きで、科学誌を趣味で読んでいる。

とはいえ、ドクター・モーガン・アドラーは外見は彼のタイプではないかもしれないが、考古学の博士号を持っている。チアリーダーの格好をしたオタクだ。

「気に入らないのか？　おれの目つきが」パックスはきいた。

モーガンが唇をなめた。喉が渇いたかのように、かすれた声で言う。「いいえ。あなたならかまわないわ。悔しいけど」

パックスはジントニックを飲み干し、グラスを置いた。「行こう」彼女の背中に手を当てながら店を横切る。すれ違う兵士がこぞっていやらしい目つきでモーガンを見るので、もう一方の手で拳を握った。

背中に当てた手を腰にまわして引き寄せ、もう彼女の相手は決まっているとアピールした。店内は雄々しい水兵や海兵隊員、陸軍兵士でいっぱいだが、その九割がパックスより小さい。モーガンの体から、腰をしっかりとつかんでいる手に視線を移したあと、ようやくにらみつけているパックスの目と目が合った。何人かは知り合いで、頭を傾けて挨拶した。

店の外に出ると、急ぎ足でＣＬＵへ向かった。彼女の部屋は一番奥にある。贅沢《ぜいたく》なウェットＣＬＵだ――個室のなかに洗面台があり、隣接するＣＬＵと共用のトイレとシャワーが設置されている。パックスはモーガンを裸にすることばかり考えていたので、この水不足の国で最も貴重な資源を節約するシャワーの使い方がぱっと思い浮かんだ。

パックスはドアを閉めて寄りかかると、モーガンの頭のてっぺんからつま先まで眺めながら、セックスのために招かれたわけではないのだと自分に言い聞かせた。でも、少しだけなら。手首をつかんで引き寄せ、背中を撫《な》でおろしてヒップを包みこんだ。

彼女の体が密着する。歯を食いしばって欲望と闘った。

こんなことをすべきではない。パックスがバーへ行く前に、彼女がどれだけ酒を飲んだのかわからない。しっかりしているように見えるが、表に出ないタイプなのかもしれない。こういったことにはルールがある。「何杯飲んだ？」

「一杯も飲んでない。あれはライムトニックよ」

パックスはほっとした。「なら、よかった。いやなら言ってくれ」

モーガンがパックスのシャツを握りしめる。「したいことと、これからすることは違うの。わたしはあなたが欲しい」かたくなった股間に腰をすりつけられ、パックスは歯を食いしばってこらえた。「野獣のように激しいセックスに夢中になって、このとんでもない一日を忘れたい」

くそっ。まったくもって同感だ。

ヒップをわしづかみにする。「でも、そのために呼んだんじゃないんだよな」

「ええ。その前に頼みがあるの」

「頼みって？」

「ジブチに残るかどうか、まず作業員と話をして、ライナスを確認してからじゃないと決められない。わたしはここに閉じこめられている。車で基地から連れだしてほしいの」

6

ヒップをつかんでいるパックスの手の力が緩んだ。モーガンは体を引き、彼のぬくもりを恋しく思いながら、正直に話したことを後悔した。セックスしてから頼むこともできた。でもそれは、モーガンのやり方ではない。仕事をしてから遊ぶのだ。

成果がなければクッキーはもらえない。

パックスがドアから離れ、簡易ベッドとロッカーのあいだの狭いスペースをそわそわと歩き始めた。「そんなに簡単な話じゃない、モーガン」

「駐車場から車を出せないの？」

パックスが立ちどまり、片手で顔をこすった。「できなくはないが、おれは――きみでさえ、基地から出るにはサイン入りの命令書が必要だ」

「サイン入りの命令書？」

「ここはきみが育った九月十一日以前の基地とは違う。敵対的な状況下にある。門の外に出れば、おれたちを殺そうとするやつらが待ち構えているんだ」

　モーガンは唇を引き結んだ。「よくわかってるわ」

「そうは思えないな。おれがきみを基地から簡単に連れだせると考えているのなら。そううまくはいかないんだ。副司令官のサイン入りの命令書がいる」

「副司令官はオリアリーの承認を得る必要があるの？」

「いや、命令系統が違う。おれが言っているのは特殊部隊——特殊作戦軍《SOCOM》の副司令官だ」

「あなたはオリアリーの意見に賛成なの？　わたしは残るべき？」

「大佐は自分の仕事をしているだけだ。基地を指揮するのが彼の仕事で、軍は滑走路を必要としている。切実に。それが、きみのプロジェクトによって実現するんだ」

「じゃあ、わたしは残るべきだとあなたも思っているのね」

「違う。おれはただ、きみに残ってもらいたいという大佐の考えは間違っていないと言ってるだけだ。おれは次の便で帰国させたい。ジブチはきみみたいな女性のいる場所じゃない」

　モーガンはうしろにさがって腕組みをした。「わたしみたいな女性って？　いったいどういう意味？」

「化石のために命をかけるばかだ」

かちんと来た。「ばか？　わたしをばかだと思っているのね」

「あのとき、ばかなまねをしただろ」

「いいえ。ばかなまねをしたのは今夜よ」やはり彼も父と同類だった。「あの化石がどれだけ重要なものか、あなたはわかっていないのよ」

テストを行うことが――カリウム・アルゴン法の年代測定ができたのに。動物相の分析ができないから、ライナスが死んだ日に何を殺したのかさえわからない。ライナスの頭蓋骨から判明することと組みあわせれば、アウストラロピテクス属とヒト属の関係を、これまでにない方法で理解できるかもしれなかった。

「だから、この千年間で有数の科学的発見物が消えてしまうと思ったら、一瞬、理性を失って、守ろうとしたの。あなたを危険にさらしてしまってごめんなさい。リスクを背負うのはわたしひとりでよかった。でも、最初に取りに行かせてくれていたら、守ることができたのよ」

「どれだけ時間に余裕があるかわからなかったんだ」パックスが歯を食いしばって言った。怒っている。それを言うならモーガンもだ。

「それはわかってるわ。あなたを責めてはいない。あなたの命を危険にさらしてしまって悪かったと思ってる。でも、人類出現以前の先史時代の遺物を守ろうとしたことは後悔していない。失ったことのほうがずっと残念だわ」

モーガンはTシャツの裾を引っ張った。ぴちぴちのシャツを着ていることが急に気になり始めた。タイトなタンクトップと短パン姿でウェイトレスをしていたので、男性にばかだと思われるのには慣れているけれど、少なくとも当時は、酔っぱらった軽薄な大学生よりも自分のほうがはるかにIQが高いだろうと思うことで慰めを得ていた。自分のことを知らない相手なので、彼らの意見はどうでもよかった。

まあ、それを言うなら、パックスス・ブランチャードもモーガンのことを知らない。

モーガンはドアに歩み寄って取っ手をつかんだ。

「どこへ行く気だ？」パックスがきいた。

「バーに戻るの。あなたが協力してくれないのなら、別の誰かを見つけるわ。作業員たちがどうなったか知りたいの。たぶん、デスタの手下に追いかけられたはずよ。殺されたかもしれない。作業員の状況がわからない限り、残るかどうか決められない」

「電話してみたら？」

「わたしの携帯電話は壊れたし、みんな電話を持っていないの」

パックスが悪態をつく。「そんな状態でバーに行かせるわけにはいかない」

「そんな状態って？　怒ってるってこと？」

「その格好だ」

モーガンは彼をにらんだ。「そうね。ズボンが長すぎるわ。はさみを持ってる？」

パックスがすばやくシャツを脱いで、十分前ならモーガンを喜ばせたであろう見事な腹筋をあらわにした。こんなばかが完璧な肉体を持っているなんてもったいない。

「これを着ろ」

モーガンは思わずにやにやしながらTシャツを脱ぎ、ブラジャーからこぼれそうな胸をさらしたあと、彼のボタンダウンシャツを着た。だが、ボタンは留めずに胸の下で裾を結び、滑稽なほど小さなTシャツを着ていたときよりもずっと肌を露出した。

「これでいい？」

彼のショックを受けた顔に、テストステロンによって燃えたつ純粋な欲望の色が浮かぶのを見て、満足感を覚えた。パックスが近づいてきて、モーガンを壁に追いつめる。「そんな格好じゃ行かせられない」

「どうして？」モーガンはきいた。真面目な話、バーに戻り、持てる限りの長所を利用して、協力してくれる人を見つけなければならない。作業員がどうなったか突きとめるのだ。力を貸してくれないのなら、パックス・ブランチャード曹長に邪魔されたくない。

「あの店にいる男どもが全員がこうしたくなるからだ」パックスがモーガンの後頭部をつかんで引き寄せた。舌が入ってきて、モーガンは怒りのこもった、人生で最高に熱いキスを味わった。

胸を包みこまれ、親指で先端を撫でられると、喉の奥から小さな声がもれた。そこに口づけてほしい。いますぐ。でも、このまま舌を絡めあうのも悪くない。ああ。情熱の味がする。欲望のにおいがする。とてもしっくりきた。

かたい胸の筋肉に手を這わせる。くっきりしている。肩から、モーガンを安全な場所まで運んでくれた腕の筋肉へと撫でおろした。

パックスが唇を離した。モーガンは目を開けた。彼の目に優しさは感じられなかった。欲望と怒りだけで、優しさなどみじんもない。

「副司令官に話してみる」パックスが言った。「ここで待ってろ。一時間以内に戻ってくる」

北緯十一度では太陽があっという間に沈み、パックスが命令書を持ってモーガンのCLUに戻ったときには、暗くなっていた。モーガンがシャツの結び目をほどいて、きちんとボタンを留めているのを見てほっとした。裾は垂れさがり、ほとんど膝まで届きそうだ。

セックスのあとにパックスのシャツを借りて着ているように見え、パックスはふたたび所有欲に駆られた。本当にそうだといい。彼女を自分のものにしたい。

モーガンを前にすると、野蛮な原始人になった気がする。明日は彼女と一緒に、彼女の原始人――ライナスを見に行くことを考えると、皮肉なものだ。

「明日の午前七時に出発する」サイン入りの命令書をモーガンの手に押しつけると、踵《きびす》を返して部屋を出た。突き当たりの角を曲がったところにある自分のCLUへ向かうまでのあいだ、背中に彼女の視線を感じていた。

これ以上、一分たりともモーガン・アドラーと一緒にはいられない。一緒にいたら、間違いなく彼女とセックスをするはめになるだろうが、それは大問題になる。パックスは明日、モーガンを門の外、つまり交戦地帯に連れだすだけでなく、彼女がジブチにいるあいだの護衛を副司令官に命じられたのだ。

Aチームが地元の人々をゲリラ兵に鍛えあげる任務を遂行するあいだ、パックスはインディアナ・ジョーンズの助手を務めなければならない。

7

「門の外に出たら」モーガンがSUVの助手席に乗りこむや、パックスは言った。「おれの言うとおりにしろ。反論するな。わかったか?」

「でも――」

「つべこべ言わずにおれに従うんだ。さもないと、基地に引き返す」

モーガンがジブチに残ると決めたら、そのあいだずっとパックスが張りつくことになる件は、言わずにおいた。それは問題にならない。パックスは説得して帰国させるつもりだし、彼女はすでに帰りたがっていることを考えれば簡単なはずだ。

モーガンは彼をにらみながらも、そっけなくうなずいた。

作業服についた血はほとんど洗い落としてあり、朝日を浴びたモーガンは美しく輝いていた。ブロンドの髪を、妹が八歳のときに自分でできないからと言ってパックスにやり方を覚えさせたような、手の込んだ編み込みにしている。部分的に染めていて、金色と黄色の色合いに、琥珀《こはく》色が少しまじっていた。

昨夜、そのなめらかでやわらかい髪に指をうずめ、怒りに任せて熱いキスを交わしたせいで、あまり眠れなかった。パックスは眉間にしわを寄せた。「帽子は持っているか？」

「吹き飛んだわ」

「ジブチ市のアパートメントに予備はないのか？」

モーガンが首を横に振った。「ないわ」

「なら、今日買おう」やれやれ。やることリストにショッピングが加わった。いや、そんなことはしなくていい。新しい帽子は必要ない。彼女はジブチから去るのだから。それでおしまいだ。

セキュリティを通過し、蛇紋石の門を通り抜けるまで丸二十分かかった。「これほど警備が厳重な基地は初めてよ」ようやく最後の検問所をクリアしたあとで、モーガンが言った。

「ここはソマリアとイエメンのすぐ近くにあって、どっちの国も、ここが飛ばしたのにせよなんにせよ、ドローンを嫌っている」パックスは横目でちらりと彼女を見た。

「ソマリアは西洋人を自国へ引きずりこむようになり、米兵は最高の人質と思われている。一度捕まったら、救出はほぼ不可能だ。だから、どうしても必要なとき以外は、誰も基地から出ないんだ」

「わたしを連れだすために、どうやって副司令官を説得してサインさせたの？」

「ハヴァーフェルド少佐——陸軍の司令官と、スキッパーのあいだには軋轢《あつれき》があるんだ」

「スキッパーって？」

「ああ、基地司令官のオリアリー大佐は、指揮官《スキッパー》とも呼ばれているんだ。ふたりのあいだに軋轢があるから、おれがきみを連れていくことで、部隊間の協力関係を示し、うちの特殊部隊が点数を稼げると、オズワルド大尉——おれの副司令官に話した」その後、大尉はハヴァーフェルド少佐を話に引きこみ、少佐がこのアイデアを気に入って、これまで存在しなかったモーガンの警護特務部隊を管理下に置き、パックスが部隊長に任命されたのだ。

モーガンに警護が必要だという考えには賛成だ。昨日の出来事から、それは明らかだ。だが、警護部隊に配属されるべきは海兵隊であって、ＳＯＣＯＭではない。モーガンがジブチに残るかどうか決断するまで、この話はしないつもりだ。特殊部隊の工作員が警護につくと知ったら、彼女は残るほうを選ぶだろうか？

「面倒をかけてしまってごめんなさい」

彼女はその半分もわかっていない。パックスはぶっきらぼうにうなずいた。「今日、きみの作業員は現場に出てくるのか？」

モーガンが肩をすくめる。「見当もつかないわ。来るといいけど。まず捜さないとね」

パックスは手を伸ばして後部座席の地図を取り、膝に置いた。「遺跡の場所は？」

モーガンが指を差したが、パックスは一瞥《いちべつ》しただけで、しっかり前方を見続けた。護衛兵を要請することもできたのだが、注目を集めたくなかった。行き先どころか、ふたりが出かけることさえ誰も知らない。彼女がジブチに残ることになれば、日によってルートを変更する必要がある。今日はBルート、明日はCルート、明後日はAルートというように。基地に出入りするルートは四つある。それらを不規則に利用しているのだ。

そんなことにはならないだろうが。モーガン・アドラーがジブチに残ることはない。彼女はアメリカに帰り、パックスはAチームの任務に戻るのだ。明日のルートや警護の計画を立てるなど、時間の無駄だ。

モーガンのレンタカーが見えてきた。残骸の山は路肩に押しのけられていた。地元の人間が廃品を利用するために回収するか、さもなければそのまま放置され、エテフ・デスタの残酷さを思い出させるものとなるだろう。

パックスはスピードを緩めずに通過した。

「ところで、兵士なのにパックス（ローマ神話の平和の女神〝パークス〟と同じ綴り）なんて名前なのね」長い沈黙が続いたあとで、モーガンが言った。

パックスはちらりと彼女を見た。「兵士は誰よりも平和を望んでいる」

「たしかにそうだけど、わたしの父は例外なんじゃないかってときどき思うの」モーガンが横を向く。パックスは前方のわだちに意識を集中しつづけた。彼女を求めるあまり注意が散漫になれば、門の外では危険だ。「真面目な話、パックスって本名なの？　愛称じゃなくて？」

パックスは本当のことを言おうかどうしようか迷った。別に話したって問題はない。

「出生証明書に記載されている名前は、パックス・ラヴ・ブランチャードだ」

モーガンが笑い声をたてた。「嘘でしょ。愛《ラヴ》と平和？」

パックスはうなずいた。

「驚いた。ご両親はヒッピーだったの？」

「ああ。妹の名前はガイア（ギリシア神話の大地の女神）・ラヴだ」

「どうしてヒッピーの息子がグリーンベレー隊員になったの？」

「どうして頑固な将軍の娘が考古学者になったんだ？」

「わたしの場合は、反抗よ」モーガンがふたたび前を向いた。「わたしが女性初の特殊部隊隊員になることが、父の夢だったの。わたしは射撃が得意――」

パックスは失礼にならないよう咳払いをした。

「ちょっと！　腕がなまっていただけよ。それに、ちゃんと命中させたわ」モーガンが少しためらってからきいた。「あの戦闘員はどうなったの？」

「朝までは持ちこたえた。それしか知らない」

モーガンが黙りこんだ。

パックスは彼女のおしゃべりが聞きたかった。父親との関係についてもっと知りたい。父親の意にそむいて帰国するよう説得するつもりならなおさらだ。「ほかに何ができるんだ？　つまり、正確かどうか疑わしい射撃のほかに？」

モーガンが鼻を鳴らした。「小学生のとき、射撃の訓練よりも先に武道の稽古を始めたの。喧嘩《けんか》のときに身を守れるわ。でも、予備役将校訓練課程《ROTC》を受講したとき、わたしは技術はあるけど、なんらかの特殊部隊訓練を受けるとして、体格のいい男の子たちについていく体力はないことがはっきりしたの。やる気にも欠けていた」声が小さく、暗くなる。「それに、父が決めたわたしの目標を達成できなければ、父は絶対に満足してくれないと気づいたの。わたしがしたことはすべて、父の要求を満たさなかった。陸軍兵士になったとしても特殊部隊に入れなければ、失敗と見なされたでしょうね。これまでそれを成し遂げた女性はいないということは忘れて。ひとりしかいない子どもが女だったショックに次ぐ失望となったはずよ。だから、大学一年のときに、父にやるよう言われていたことを全部やめたの。髪をピンクに染めて、鼻ピアスを開けた」

パックスは横目でちらりと見た。彼女の鼻の側面に、かすかなくぼみがあった。

モーガンが彼の視線をとらえた。「わたしは臆病だし、とても痛かった。だから、反抗するときは自分自身じゃなく父だけを傷つけようと決めて、一週間後に穴をふさいだの」モーガンが窓から差しこむ太陽の光に顔を向けた。「わたしがＲＯＴＣをやめたら、父は経済的援助を打ちきったけど、わたしは奨学金をもらい、多額の借金を抱えながらも、生まれて初めて好きなことを学んだ。人類学が心のよりどころになったの」かすかに笑う。「それに、人類学専攻の学生はキャンパスのヒッピーのようなものだったから、確実に父をぞっとさせることができたわ」

パックスは微笑んだ。「おれは子どもの頃、銃のおもちゃで遊ぶことを許されなかった。おれが銃に仕立てあげたおもちゃは全部禁じられた。スポーツも攻撃性を助長するからとやめさせられた」

「わたしは十五歳のとき、西ペンシルヴェニア射撃連盟のジュニアチャンピオンだった」彼女の誇らしげな口調を聞けば、射撃をやめたのは嫌いだからではなく、父親を怒らせるためだったのだとわかる。

パックスはふたたび横目でちらりと見た。「基地に戻ったら、練習場へ行ってふたりだけの競技会を開催してもいい」

彼女のハスキーな笑い声は、最高にセクシーだった。「だめよ。あなたに恥をかかせたくないわ」

生意気な発言に、パックスはますます興奮した。困ったことになった。

〝彼女は将校の娘だ〟同じ間違いを犯すわけにはいかない。

「じゃあ、どうして軍隊に入ることになったの？」モーガンがきいた。

「十八歳の誕生日に、両親にふたりのことは心から愛してるけど、そろそろ本当の自分らしく生きていきたいと話したんだ。両親はカミングアウトだと思いたかったようだが、そうじゃなかった」

モーガンが鼻を鳴らす。「あなたがゲイだと思う人なんていないわ」

「考えの甘い両親の視野の狭さを見くびるな」

「ご両親はあなたを受け入れているの？　ストレートの兵士として」

「ああ。うちの両親には独自のルールや信念があるが、その哲学の中心概念は人をありのまま愛するということなんだ。おれを拒絶したら、ふたりが支持するものすべてを否定することになる。といっても、兵士の息子を受け入れるのは楽じゃなかっただろうが、それで愛が揺らぐことはなかった」

「羨ましいわ」モーガンが切実な声を出した。

パックスは彼女の膝に片手を置いた。何げない慰めの仕草のはずだった。彼女に触れたら興奮してしまうことを忘れていた。

発掘現場に近づいたことに感謝し、何も言わずに手を離した。

できるだけ早く現場の視察を終えて基地に戻ったほうがいい。

モーガンの案内に従って標識のない道を奥へ進んだ。曲がり角を曲がり、脇に停《と》められた車が視界に入ると、モーガンがはっと息をのんだ。

「いいことか、悪いことか？」パックスはきいた。

「いいことよ。イブラヒムの車なの。五人の作業員のうち三人は車を持っていない。相乗りしてくるの。だから、少なくともイブラヒムはここにいるし、ほかの人もいるい」

かもしれない」

パックスは車を停めると、モーガンがドアハンドルに伸ばした手をつかんだ。「おれの言うとおりにするんだぞ。車があるからって、作業員たちがいることにはならない」

モーガンが眉をひそめる。「そうだけど、あなたが現れたら威圧感を与えて――」

「悪いが、おれはそのために来たんだ。おれは威圧し、威嚇する。必要ならば死ぬほど怯《おび》えさせて、彼らが昨日の爆発事件に関与していないかどうか突きとめる」

「まさか――」

「必ずそうする。おれが現場を調べるあいだ、きみはここで待っていろ。後部座席に隠れているんだ」モーガンが動こうとしないので、パックスはこう続けた。「協力しないなら、ただちに基地へ引き返す」

モーガンはパックスをにらみながらも「わかった」と言って、座席を乗り越えた。

「彼らはどこにいる？」パックスはきいた。

モーガンが後部座席におさまった。

「あの巨石のあいだに道があるの」フロントガラスの向こうを指さして説明した。

パックスはすばやくうなずくと、車のキーと、モーガンのために基地から持ってきた送受信無線機を彼女の手のなかに押しこんだ。「おれが使うチャンネルに合わせてある。きみが来ても安全だと判断したら、『ペパーミント・パティ』と三回繰り返す。ただちに基地へ戻ってほしいときは、『スヌーピー』と言う」『ピーナッツ』の登場人物を暗号として使うことにした。そうすれば彼女が覚えやすいだろうし、電波上のほかのやり取りと混同しない。

「銃声が聞こえたら」パックスは続けた。「運転して一キロ東へ行き、車を停めて無線機に耳を澄ませろ。『ウッドストック』と三回繰り返す。『ウッドストック』なら危険なし。基地へ戻ってほしいときは、きみが戻っても安全なら、『スヌーピー』だ。スヌーピーは常に、基地へ戻ることを意味する。五分以内におれから連絡がなければ、急いで基地へ戻れ」

モーガンが眉根を寄せる。「あなたを置いては行けないわ」

「置いていくと約束しなければ、引き返す。誓え」

小鼻をふくらませながらにらみつける彼女にキスしたくなった。だが、パックスは兵士で、欲情したティーンエイジャーではないから、ほかにすべきことがある。

「誓うわ」モーガンは歯を食いしばりながらも、怯まずに言った。

「よし。じゃあ、暗号とその意味を復唱しろ」

　モーガンがパックスの指示を復唱した。

「完璧だ」パックスは無線機の周波数を指さした。「設定を変えるな。念のため覚えておくといい。きみと話すときは、常にこのチャンネルを使う」

　モーガンがうなずいた。パックスは車から降りると、後部ドアを開けて装備を取りだした。

「M4なんか持って完全装備していったら、みんなを怖がらせてしまうわ」

　パックスはにやりとし、ヘルメットをかぶった。「そのためだ」そう言ったあと、愚かな衝動に屈してモーガンの後頭部をつかんで引き寄せると、軽いキスをした。自制心はどこかへ行ってしまったようだ。ドアを閉め、道のほうを向いた。

　モーガンの作業員がどちらの味方なのか、突きとめよう。


　同意すべきじゃなかった。ムクタールはすでに充分神経質になっている。昨日あんなことがあったあとだから、武器を持ってきていて、問答無用で撃つかもしれない。とはいえ、ここにいない可能性もある。

　モーガンはあとを追って、パックスが作業員たちを威嚇するのを止めたかったが、みんなが神経過敏になっていたら裏目に出るかもしれない。それに、彼の脅しを一瞬も疑わなかった。モーガンは基地に連れ戻され、情報に基づいた決断を下すチャンスを失うだろう。基地を出るだけであれほど煩雑な手続きが必要なのを実際に見たあとでは、二度目のチャンスがないのは明らかだった。

五分が過ぎた頃には、モーガンは汗だくになっていた。窓を少し開けていて、換気口も開いているから、焼けつくような高温とまではいかないものの、あと数分もしたらエアコンをつけずにはいられないだろう。

無線機が音をたてた。〝ペパーミント・パティ〟が三回繰り返される。よかった。モーガンはドアを開け、車から飛びおりた。巨石のあいだの狭い道へまっすぐ向かいながらつぶやく。「お願いだからみんな無事でいて。全員ここにいて」昨日は恐ろしい一日だった。彼らが逃げだしたとしてもしかたない。それでも、戻ってきてくれることを願っていた。

巨石の隙間に入りこんだ。髪が何かに引っかかって足が止まる。もつれをほどこうと手を伸ばしたとき、編んだ長い髪に絡んだ誰かの指に触れた。

喉をつかまれた。

アドレナリンが噴出し、時間の流れが遅くなった。呼吸がゆっくりになり、思考が途絶える。長年の武道の稽古のおかげで、マッスルメモリーが働いた。てこの作用を利用し、喉をつかんだ手を外してひねる。道の向こう、その下の広い峡谷まで届くことを願いながら、悲鳴をあげた。腕を巨石に叩きつける。敵が体を引く前に、うしろ蹴りを膝に食らわせた。男がうめき声をもらす。熱い息が耳にかかり、敵の位置がわかった。気管を肘で撃ち、体をひねってようやく敵と向きあった。

初めて見る男だ。昨日現れた手下のひとりではない。胸を蹴ると、男はあおむけに倒れ、背負っていたＡＫ－47が地面にぶつかった。モーガンから反撃を受けるとは思ってもいなかったに違いない。だから、銃を使わずに素手で襲ったのだ。もっとも、モーガンはいつも、男に見くびられる点を利用していた。ウェイトレス時代に、深夜勤務を終えて車へ向かう途中で襲われたことが二度あったが、二度とも、襲った男を病院送りにした。

男が必死に銃を手探りしはじめたので、モーガンは突進して顎を蹴った。男の頭がそり返ったあと、がっくりと横を向いた。気絶したか死んだか、どちらかだ。モーガンは荒い呼吸をし、寒気を感じながら男を見つめた。

なんてこと。反撃できなかったらどうなっていただろう。敵が素手でなく、アサルトライフルを使っていたら。

背後から足音と、パックスの叫ぶ声が聞こえてきた。「モーガン！」

モーガンは倒れている男に背を向ける勇気がなかった。気絶したふりをしているだけかもしれない。昨日はほかにもいた。あいつらはどこにいるの？「パックス！助けて！」

「いま行く！」パックスの声が狭い道を挟む巨石に反響した。

モーガンは巨石に背中を押しつけ、襲撃者をじっと見つめた。息をしている？

少なくとも、パックスは味方だ。彼の腕のなかに飛びこみたいけれど、そんなばかなまねはできない。たったいま、自分で自分の身を守ったのだ。いまさら囚《とら》われの乙女を演じる必要はない。それに、モーガンを抱えていたら、パックスはこの男が生きているかどうか確認できない。

モーガンは顎で男を示して言った。「背後から襲われたの。だから、そのお、反撃したわ」

パックスが倒れている男とモーガンを交互に見た。それから、男の周囲をゆっくりと歩いたあと、低い口笛を吹き、声に畏敬の念をにじませて言った。「武道は何年学んだんだ？」

「たった十二年」

「たった——十二年？」

「ええと、帯の昇段審査を受けていたのは十二年だけってこと。十八歳のときにほかのことと一緒にやめちゃったけど、それから十三年間、型の練習やスパーリングは続けてる。そうやって訓練しているの」

「じゃあ、実際は……二十五年やっているのか？」

「五歳のとき、わたしは体操がよかったんだけど、父が空手をやらせたがったのよ」

「いまだけは、我を通したきみの父親に感謝するよ」パックスが男の背中からＡＫ－47を取り外したあと、脈を確かめた。「きみの空手の段位は？」頸動脈《けいどうみゃく》に指を押し当てながらきく。

「黒帯。三段よ」モーガンがこの話を男性にすることはめったにない。空手三段だと言うと、それがはったりかどうか、あるいはモーガンをものにできるかどうか確かめるために、試合を申しこんでくる男が大勢いる。三段は十八歳にしたら非常に高い段位だ。

あまりにもしつこいので、申し込みを受けてしまったことが二度ある。ひとり目は屈辱を味わい、二度と連絡してこなかった。

ふたり目は、負けそうになると逆上し、凶暴になった。モーガンは重傷を負いかねない押さえ込みから逃れるために腕を折り、二度と連絡しなかった。

パックスはモーガンの話を信じたようだ。それに、あの体格を持ち、最強のグリーンベレーに所属しているのだから、自分の実力をモーガンに示す必要はない。

「脈はある」パックスが言った。

モーガンはほっとして息を吐きだした。正当防衛とはいえ、人を殺すことは望んでいない。昨日撃った男がまだ峠を越していないことを考えれば、ふたり殺していたかもしれない。

マイナス面は、この男をどうするべきか考えなければならないことだ。パックスが男をひっくり返し、背嚢から取りだしたプラスチックの手錠を手首にはめた。それから、うつぶせの体をじっと見つめた。

「こいつは地元の人間で、きみを、民間人を襲った。理論的には、地元当局に引き渡すのが筋だ。だが、地元当局は追跡調査が得意とは言えないから、この男は明日には釈放されるだろう。きみがまた狙われるかもしれない」

「襲われたのがあなただったら？」

「アメリカ軍が敵性戦闘員と見なして、勾留できる」

モーガンはゆがんだ笑みを浮かべた。「昨日の射撃に続いて、わたしの手柄を二度も横取りする気？」

「あんな下手くそな射撃を自分の手柄になんてしたくなかった」パックスがにやりと笑う。「でも、今日はよくやった」

「この男が目を覚まして、本当のことを話したらどうなる？」

「きみに叩きのめされたことを、こいつが認めたがると思うか？」パックスがウインクをした。「もし話したとしても、あとの祭りだ。勾留する価値のある情報を引きだせるといいんだが」

パックスが衛星電話で基地に連絡し、状況を説明した。ハンヴィーが男を引き取りに来ることになった。じっと見ていると、男の胸が規則的に上下しているのがわかった。しっかり呼吸をしている。

気絶しただけだった。

パックスは電話を背嚢にしまうと、男を持ちあげて肩に担いだ。「こいつのライフルを持て。先頭を歩いてくれ。誰かが飛びかかってきたら、問答無用で撃つんだ」そう言うと、肩にかけていたM4カービンを片手で握り、うしろを向いた。「おれは後方を防御する」

「作業員たちの様子は？」モーガンはAK－47を拾うと、使える状態であることをすばやく確かめた。

「負傷者はいない。行くぞ」

モーガンはうなずき、先に立って狭い道を引き返した。あちこちにある巨石の陰に敵が隠れていないか見渡し、「異状なし」と言ってから前進する。ようやく、車が停めてある平坦《へいたん》な空き地にたどりついた。

パックスがSUVのタイヤのそばに男をおろした。「周辺を調べて、仲間がいないか確認してくる。きみはこいつを見張っていてくれるか?」

モーガンはうなずいた。

「誰か知らないやつが見えたら、威嚇射撃して、おれを待て。わかったか?」

「わかった」

彼のまなざしに尊敬が読み取れ、モーガンは喜びを感じた。パックスはでこぼこの地形を東へ進み、男の車が隠してありそうな場所へ向かった。モーガンは意識を失っている男の見張りをしながら、自分が襲われた理由を考えた。いったいどうなってるの?

十分後、パックスが戻ってきた。「角を曲がったところに、おんぼろのトラックがあった。タイヤの跡は新しい。おそらく、きみが現れることを期待して、今朝運転してきたようだ。足跡はひとり分しかなかった。単独行動を取っていたらしい」

モーガンはＡＫ－47を置いて、肩をまわした。「向こうへ行って作業員と話してきてもいい？」

パックスが首を横に振った。「一緒に行く。この男を――」ブーツのつま先で男をつつく。「引き渡したあとで。きみをひとりで歩かせたおれがばかだった。同じ間違いは繰り返さない」モーガンの目を見て、小鼻をふくらませた。「きみはよくやった。すばらしかった」

モーガンは軽くうなずいたあと、気絶している男を見つめた。肌の色が黒く、髪は短く刈りこんであり、薄いひげを生やしている。ジブチ、エチオピア、エリトリア、ソマリア、どの国の出身でもあり得る。昨日の男たちと同様に、栄養失調だ。暗黄色の歯が、長年カートを噛《か》んでいることを示している。何もかもが貧困を、モーガンが想像もできない厳しい生活を物語っていた。

デスタのように堕落しているの？　それとも、自暴自棄になっているだけ？

モーガンは唇を噛んだ。「初めてジブチに来たとき、栄養失調の子どもたちが道端でぐったりしていて、水をせがむのを見てショックを受けたわ。何もあげないよう、イブラヒムに注意されたの。もしあげたら、次の日は五人、その次は二百人と増えていくからって」

「そのとおりだ。あの子たちはソマリ族の難民で、物乞いが手に負えなくなったら、政府に追いだされてしまう」

モーガンはうなずいた。「あの子たちの行き先は誰も知らないと、イブラヒムが言ってた」

「おれは派遣されてからすぐに目撃した。キャンプ・シトロンの入り口にたむろしていた子どもたちが、ある日突然いなくなった。数十人もの子どもたちが消えたんだ」

モーガンは身震いした。イブラヒムに注意され、生まれてから一度もまともな食事をとったことがないように見える子どもたちの訴えを無視している。物乞いする子どもたちの横を泣かずに通り過ぎることができるようになるまで、五日かかった。

「この男も同じだと思う？　悪人じゃなくて、生きるために必死なだけ？」

「悪と自暴自棄は紙一重だ。自暴自棄が悪を引き起こす。十歳にもならない少年たちが武器を持って人を殺すのを見てきた。子どもは悪じゃない。子どもに武器を渡す人間、子どもを性奴隷として売る人間が悪だ」

やはりパックスの言うとおりかもしれない。ジブチはモーガンのような女の来る場所ではない。

「おれが間違っていた」

モーガンはぱっと顔をあげた。気づかないうちに声に出していたのかしら？

違う。パックスは依然としてモーガンが戦った男を見つめていた。そういえば、やけに簡単に倒せた。この男は栄養失調で弱っていたのだ。唯一の強みであるAK－47は、手に持たずに背負っていた。モーガンを見くびっていたから。モーガンの身長が百六十三センチで、強そうに見えないから。

モーガンはパックスと視線を合わせた。「なんのこと？」

「ゆうべ、きみのことをばかだと言ったことだ。おれがばかだった。ごめん」

「ありがとう」

「それでも、きみには帰国してほしい」

モーガンはつい首を横に振り、口元をほころばせた。ただ謝ることができないのだ。男はどうしていつも謝罪を台なしにしてしまうのか。好きなようにしゃべらせることにした。本性がわかれば、彼への興味を失うだろう。

これ以上彼に惹かれたくない。

「そう。どうして？　大の男と同じくらい強い女に怖気づいた？　女に負けるのをひそかに心配している？」

パックスが笑った。モーガンに勝てると主張せず――確実に勝てるのに――力比べを申しこんでくることもなかった。微笑みながら近づいてくる。「それは違う、モーガン。きみに負けても気にしない。むしろそのほうがいい。きみがこんな危険な地域でも自分の身を守れるってことだから。おれがきみに帰国してほしい理由はほかにある」

「何？」

「きみがここにいたら、おれたちがセックスするのは目に見えている。いまだってゆうべ以上にやりたい。ばかみたいだが、野蛮な原始人になった気分だ」

「どうしてそれがいけないの？　わたしは独身だし、つきあっている人もいない」そのとき、モーガンははっと気づいてあとずさりした。彼は結婚しているのだ。彼の左手を確認する。指輪ははめていない。でも、戦闘配備中の兵士は指輪をするものなの？「あなたは？」とげとげしい声できいた。

「離婚した。つきあっている相手もいない」

モーガンはほっとした。「なら、合意のうえのセックスをしてもいいでしょう？　離婚したのは最近なの？」

「いや、昔の話だ。だが、今日きみを連れだせるよう、ゆうべ副司令官を説得したとき、副司令官と司令官が話を発展させたんだ。きみがジブチにいるあいだ、おれが護衛に任命された」

モーガンは息をのんだ。「どうしてそんなことになったの？」

「きみのプロジェクトのおかげでスキッパーが滑走路を手に入れたら、おれの司令官と副司令官はその一部を自分の功績にできる。ＳＯＣＯＭが護衛したおかげだと。だから、きみが残れば、おれたちはずっと一緒に行動することになる。いつでもきみが基地を離れるときは、きみを守るのがおれの任務だ」パックスがモーガンの腰に両手を当てたあと、撫でおろしてヒップをつかんだ。「どれくらいやらずに我慢できる？」

胸と胸を合わせ、ヒップに触れられていると、モーガンの体内ではアドレナリンが駆けめぐり、彼の全身から強烈なテストステロンが発散されるのがわかった。モーガンは彼の喉をなめたい衝動に駆られた。車に押しつけられて奪われたかった。いますぐ。「十分くらいかしら」

「だろ。きみを守ることがおれの仕事となると、大問題だ。セックスは邪魔になる。ミスを招く。そしてきみは、きわめて現実的な危険にさらされる」パックスが足元の男をさっと見た。「ちくしょう、いまだっておれはばかなことをしている。きみに気を取られて、一メートル離れた場所にいる敵に注意を払っていなかった」あとずさりし、そわそわと歩き始める。「仕事中にばかなまねをしたことは一度もない。愚かさは兵士にとって命取りになる」

「オリアリー大佐に命令を変更してもらうことができるかも」

「そして、おれの司令官を怒らすのか？　そんなのお断りだ」パックスがモーガンにぱっと視線を戻した。「つまり、ここに残るつもりなのか？」声が険しくなった。

「わからない。まだ作業員と話していないし。何人来ているのかさえ知らないのに」

モーガンは眉をひそめた。「どうしてここにいないの？　わたしが悲鳴をあげたのに、どうして彼らは現場に残っているの？」

パックスが顔をしかめた。「それは……そのお……現場で問題があって」

「問題って？」

「ライナスの頭蓋骨が消えた」

8

最初に伝えるべきだったかもしれない。だが、モーガンが忍者戦士のようなまねをしたせいで忘れていた。

ＡＫ－47を持った男をやっつけるとは。

それを認めたあとは、共犯者を探すなど、ほかに懸案事項があった。

「どういうこと？　頭蓋骨が消えたって？　昨日はまだ地中にあったのに。岩に埋まっていた。簡単には掘りだせなかったはずよ」

パックスは肩をすくめた。「イブラヒムがそう言ったんだ。たしかに何かが地面からえぐりだされた跡があった」

モーガンがふらふらと車から離れた。いまにも過呼吸を起こしそうだ。気絶するかもしれない。「吐きそう」片手を口に押し当て、もう一方の腕で腹を抱えて早足で歩く。全身に怒りと恐怖がみなぎっていた。「頭蓋骨がないと、頭蓋容量を推定できない。脳の大きさも、スペクトル図のどこに位置するのかもわからない……」

「貴重なものなんだな」

モーガンがさっとにらんだ。「頭蓋骨に含まれる情報に価値があるの。研究しなければ価値はない。デスタに売り飛ばされたら、どこかのばかの私蔵品に――」

「おれが言いたいのは、それが金になると思えば、デスタも壊さないってことだ」

「ええ、でもＩＳＩＳやタリバンやアル・シャバブは壊すかもしれない。信念にそぐわないから。ＩＳＩＳとタリバンはすでに世界遺産をいくつか破壊している」

「だが、どっちもテロ資金にするために遺物を売り飛ばしている。破壊するのは、大きすぎて運べないときだけだ」

モーガンが道を見やった。「そうね」少し考えてから言う。「イブラヒムと話がしたいわ」

「ああ。こいつを引き渡したらすぐに行こう」

「何人いた？」

「ふたりだ。イブラヒムとムクタール」

「ほかの人たちは――怪我したの？」

「いや、三人とも無事だと、イブラヒムは言っていた。ただ、怯えているんだ」

　モーガンがうなずき、無言でそわそわと歩き始めた。二十分後、憲兵隊が到着した。男はまだ意識を失っていて、憲兵のひとりが眉をひそめて言った。「病院船に空輸しなければならないかもしれない」非難のまなざしでパックスを見る。「昨日も戦闘員を負傷させたそうだな。なんてことをしてくれるんだ。医療費がかかるじゃないか」

　パックスは肩をすくめた。「向こうから攻撃してきたんだ。殺すより気絶させるほうがましだろ」

「輸血より銃弾のほうが安い」憲兵がぶつぶつ言った。

「情報は石油より価値がある」

「こいつが何か知ってるのか？」

「それはわからない。だが、昨日の男はデスタの居場所を教えると約束した。こいつもそれ以上のことを知っているかもしれない」

　憲兵隊が立ち去るやいなや、モーガンはまっすぐ道のほうへ歩きだした。パックスは追いかけた。「一緒に行こう」

　モーガンがうなずいた。パックスは先立って細い道を進み、長い年月をかけて浸食された峡谷へ向かった。モーガンが歩きながら説明する。「この地形はワジとさえ見なされないの。もう何千年も水が流れていないから。ワジは雨季には流れる。といっても、ジブチは雨が少ないけど」

峡谷の底に到着すると、パックスは振り返ってモーガンに手を貸し、地面に散らばる岩を乗り越えた。

モーガンが話し続けた。「数カ月前、地質学者が峡谷の壁に見られる層序の下層の年代を推定したの。その赤い層は——」厚い岩石層を指さす。「百五十万年以上前と推定された。遺跡はその下にあるから、それより古いの。はるかに」

彼女の声が変化した。態度も。この数週間、毎日通っている場所で、自分にはわかりきっている事柄について話しているにも関わらず、その声は驚きに満ちていた。まるで初めて見たマジックを説明しているかのように。

モーガンが手を離し、地面にオレンジ色のピンフラッグが刺してあるエリアへ駆けだした。そして、三角形の岩を拾い、戻ってきてパックスの手に押しつけると、そのあたたかい岩を握らせた。「あなたがいま握っているのは、約百五十万年前のホモ・エルガステルかホモ・ハビリスが作った道具よ」

この二十四時間のあいだにものすごい恐怖を味わったにも関わらず、畏敬の念を込めて、熱心にこの遺跡——彼女の遺跡についてパックスに伝えようとしている。

パックスは岩を握りしめ、鋭い角や割れた表面を観察した。「ホモ・ハビリス？

人類の原型か？」

「そう。現生人類――ホモ・サピエンス・サピエンスが属するヒト属の初期の種よ。ホモ・ハビリスはアウストラロピテクス属に分類すべきだという考えもある。単純に言えば、無毛で二足歩行のチンパンジーのような、道具を作った生物よ」

モーガン・アドラーについてひとつ言えるのは、この遺跡を愛しているということだ。これを発見したことで得られる名声が重要なわけではない。解き明かされる知識に心を奪われている。彼女にとってこれほどの情熱を抱けるようなものなのだ。ますます魅力的だ。

ジブチを離れると言ったときは、自分を偽っていたのだ。彼女がここを立ち去れるはずがない。ライナスを放棄できるはずがない。

帰国するよう説得できるとはもう思えなかった。無理だ。そして、さらに大きな、はるかに恐ろしい任務ができた――アウストラロピテクスの頭蓋骨をデスタの手にゆだねるよう説得しなければならない。

モーガンはイブラヒムとムクタールを抱きしめたかったけれど、どちらもハグをするタイプではなかった。ほかの三人の作業員たちも無事だと、イブラヒムは言った。

ひとりは怯えていて戻ってこられず、ひとりはこの仕事が好きではなかった。もうひとりのセルジュは、このまま仕事を続けたら、エチオピアにいる家族がデスタに狙われるのではないかと心配して辞めた。「残念だが、家族を危険にさらすわけにはいかないと言っていた」

モーガンはうなずいた。「無理もないわ、イブラヒム」パックスを見やる。「でもみんな戻ってきてくれるかしら……アメリカ軍が警備することになったら？」

ムクタールがそわそわと足踏みしながらパックスをちらりと見た。「戻ってこないと思う」小声で言う。兵士を恐れているのだ。さっきパックスがひどく怖がらせたのかもしれないけれど。モーガンには知る由もない。

モーガンが残る意思をほのめかしたせいで、パックスの緊張が高まっているのを感じながら、アウストラロピテクスの頭蓋骨がえぐり取られて穴の開いた発掘現場へ近づいていった。「いつ気づいたの？」イブラヒムにきいた。

「一時間くらい前だ」イブラヒムが言う。「ゆうべは戻ってこられなくてすまなかった――」

「謝る必要なんてないわ」モーガンはふたりの作業員と向きあうと、衝動的にその手を片方ずつ取り、両手で握りしめた。ふたりは気詰まりだろうが、触れたのはモーガンのほうで、それが肝心なことだ。「あなたたちが来てくれて感謝している」手に力を込める。「どうしようもないことだったのよ。それに、あなたたちがデスタの手下に傷つけられていたかもしれない」悔しそうな笑みをパックスに向ける。「昨日、ライナスの晩餐を爆発から救いだそうとしたんだけど、賢明な判断ではなかったと言われてしまったわ」

ムクタールが目を見開いた。「骨が吹き飛ばされたのか？」

パックスは昨日の出来事について話す時間がなかったのだと気づいて、モーガンはふたりの手を放した。発掘現場の横の地面に伏せ、昨日、遺跡から逃げだしたときに浅い穴に残していったこてを拾いあげると、不思議なほどうれしかった。まだマーシャルタウンのこてがある。十年前にフィールド授業のために購入し、それ以来、すべてのプロジェクトで使ってきたものだ。爆発でたくさんのものを失ったけれど、こては残った。

こての鈍い先端でかたい地面をつつきながら、昨日、基地の手前で起きたことをイブラヒムとムクタールに説明した。こてを研ぐ必要があるが、ジブチに残るなら、それより面倒なことがたくさんある。

岩に埋まったままのライナスの長い骨を見つめたあと、パックスを見やってから、残った作業員と向きあった。「昨日、そんなことがあったから、ジブチを離れようかと考えたの」肩をすくめたあと、正直に話すよう自分に言い聞かせた。「ううん、考えただけじゃない。それができたらすぐに出発していたでしょう。だから、ほかの人たちがもうやりたくないと思うのも完全に理解できる。非難したりしない。でもわたしは、気が変わった。ここに残ってプロジェクトをやり遂げるわ」

ほんの数センチ先に横たわる、露出した三百五十万年前の骨に触れた。

「ライナスのためにわたしたちができることはもうほとんどない。残りはこのままにしておきましょう。リーキー財団とか学術団体が、作業が適切に行われ、これ以上データが失われないよう助成金を出してくれるはず。明日から代替路線の調査を始めるつもりなの。ふたりとも仕事を続けてくれたらありがたいけど、無理強いはできないわ」

イブラヒムがにっこり笑った。「おれが今日戻ってきたのは、ドクター・モーガン、あんたの影響で考古学にはまったからだ。この仕事が好きだ。ジブチのためになることがしたい」

作業員たちにドクター・アドラーと呼ぶのをやめさせるのに何週間もかかった。妥協案がドクター・モーガンで、それを聞いたら笑みがこぼれた。「ありがとう」モーガンはそう言ったあと、ムクタールを見て問いかけるように眉をつりあげた。

ムクタールがうなずいた。「おれも続ける。デスタはすでにおれの妹を——唯一の家族を奪った。これ以上おれを傷つけることはできない」

モーガンはふたたび彼の指を握りしめた。「お気の毒に」

ムクタールが肩をすくめる。「何年も前の話だ。たぶんもう生きていない」それ以上の質問を許さない、平板な口調で言った。イブラヒムとムクタールの人生には、モーガンの知らないことがたくさんある。モーガンの特権を腹立たしく思っているだろうか？　ムクタールの妹は軍指導者にさらわれ、おそらく性奴隷として売られた。

一方、モーガンはグリーンベレーに守ってもらえる。

モーガンは手を離した。「ワジでわたしたちを襲った戦闘員から、デスタの居場所を聞きだせるかもしれないの。デスタを捕まえられるかもしれない」実際は、居場所が判明し、民間人を巻き添えにする可能性がなければ、アメリカ軍はデスタのアジトを爆撃するだろう。そして、デスタとともに薬物と武器が破壊される。迅速かつ効率的に。銃弾のほうが輸血よりも安いから。それがデスタの組織から武器を奪い、財源を枯渇させる唯一の方法だ。モーガンだけでなく、ムクタールもそれを承知しているはずだ。

「そうなることを期待してるよ、ドクター・モーガン」ムクタールが言った。

パックスの陰気な視線をモーガンは受けとめた。彼女が残ると決めたのを喜んでいないのだ。予想していたことだった。

モーガンは立ちあがってズボンを払った。ジブチに残ると決めたら、今日のうちにやらなければならないことがものすごく増えた。「基地へ引っ越すために、アパートメントへ行って荷造りをしないと」ジブチ市にあるモーガンのアパートメントは、政府が無料で提供してくれたものだが、爆破事件があったあとでは、アメリカ軍に保護してもらえる基地に寝泊まりするほうがいい。グリーンベレーのボディーガードがつくのもありがたい。たとえそのせいで彼に手を出せなくなるとしても。

「わかった」パックスが言う。

モーガンは眉根を寄せた。「でもその前に、ジブチの文化大臣のシャルル・ルメールに会って、デスタと、ライナスの頭蓋骨の窃盗についてどうするか話しあうべきね」

パックスがすばやくうなずいた。

「それから、フィールドノートと、新しいカメラとパソコンを入手しないと」

「とりあえず、基地の店で買ってスキッパーにサインしてもらえると思う。SOCO

Mに言って、きみに銃を支給してもらうよ」

モーガンはうなずいた。「ムクタールとイブラヒムに携帯電話を持たせたいの」

「手配しよう」

「ここじゃ携帯電話は使えないぞ、ドクター・モーガン」イブラヒムが言う。

「でも、あなたの住んでる場所なら使えるでしょ。また何かあったときのために、連絡を取れるようにしておきたいの」モーガンは手をかざし、谷の向こうにある、明日から調査を始める予定のもう一カ所のAPEを見渡した。ここよりも開けている。岩の露出部が少ないため、日陰がほとんどない。やる気のないボディーガードのほうを向いた。「帽子も買わないとね」


副司令官に命令を撤回してもらいたかったが、それは考えられない。そんな要求をしたらSOCOMでのパックスの経歴に傷がつくだけではない。要求が認められ、後任についた兵士が力不足だったら？　彼女の身に何かあったらどうする？

おれが失敗したら？

これまで失敗する可能性など考えたことはなかった。そういう選択肢はない。そんなことを考えていること自体、熱に浮かされている印だ。

厄介なことになった。

「大使館はまだ閉鎖されているの？」文化大臣に会いに行くため、町の混雑した道路を運転するパックスに、モーガンがきいた。

「いや、夜のあいだに再開した」

「文化大臣に会う前に、大使館へ行くべきかしら。頭蓋骨の件を伝えないと」

「きみの仲介者は誰なんだ？」

「地域連絡員のケイリー・ハルパートよ」

パックスはセンターコンソールから携帯電話を取りだしてモーガンに渡した。「電話帳に登録してある」

モーガンが体をこわばらせた。「ケイリーの電話番号が？」

「ああ」

「理由を聞くのが怖いわ。ケイリーは賭けのことを知っているのよ。いい気がしないでしょう」

モーガンがなんの話をしているのか、パックスは理解した。ケイリー・ハルパートは染みひとつないコーヒー色の肌と大きな茶色の目、ビヨンセ並みのスタイルを持つ美人だ。最近離婚したばかりで、口実を見つけては彼女のオフィスにやってくる米兵に迷惑している。ＣＬＵのシャワー室には、若い水兵が書いた彼女に関する落書きがある。陸軍兵士も大差ない。彼女をデートに誘いだせるかどうか賭けをしているという話を聞いたことがある。「おれのいるＡチームは、地元の人々をアメリカ式のゲリラ兵にするため訓練しているんだ。大使館の部隊防護班の職員と仕事をする機会が多いし、地域への働きかけをすることもある。彼女の電話番号が登録してあるのは、純粋に仕事のためだ」少し考えてから続けた。「彼女は魅力的だが口説いたことはないし、その予定もない」

モーガンはかすかに微笑んでから、携帯電話を見て言った。「パスワードは？」

パックスは四桁の番号を教えた。「スピーカーにしろ」ケイリーが電話に出ると、パックスは名乗ってから、モーガンを護衛することになったと説明した。

「よかった」ケイリーが言う。「モーガンが深刻な危険にさらされていると、オリアリー大佐から聞いたわ」

パックスは不安に駆られた。「オリアリーがきみに連絡したのか？」基地司令官としては奇妙な行動だ。だがそれを言うなら、この状況の何もかもが普通じゃない。

「ええ。ライナスの遺跡の場所をきくために。モーガン、どうしてライナスのことを教えてくれなかったの？」

「大佐に場所をきかれたの？」モーガンが張りつめた声できき返した。彼女もスキッパーの行動を不審に思ったのだ。

「もちろん、わたしは知らないから答えられなかったけど」

モーガンがほっと安堵の息をついた。

「でも、シャルルに状況を説明したわ」ケイリーが言った。

パックスはさっと横を向き、声を出さずに〝シャルル？〟ときいた。

「ルメールよ。文化大臣」モーガンが小声で答えた。「ケイリー、シャルルがオリアリー大佐に遺跡の場所を教えたかどうかわかる？」

「教えたと思う。そうだといいんだけど。デスタに遺跡を略奪される可能性があるから、大佐は化石を守ると言っていたわ」

しかし、今日、遺跡を保護する海兵隊員はいなかった。それどころか、ライナスの頭部が消えていて、戦闘員がモーガンを待ち伏せしていた。オリアリー大佐の言う〝保護〟とは、〝化石を地面から引きはがす〟ことなのだろうか。

モーガンが昨日の口汚い暴言に匹敵するほどの悪態をこらえているのがわかった。携帯電話を握りしめる手が怒りに震えている。パックスは路肩に車を停めてから言った。「ありがとう、ケイリー」

「どういたしまして」ケイリーが少し考えてから続けた。「曹長、わたし、何か悪いことをしたかしら？　オリアリー大佐は基地の最高責任者でしょう。彼に爆発のことを聞いたの」

「きみは悪くない。オリアリーは自分の仕事をしただけだ」パックスは電話を切り、モーガンの手から取りあげてダッシュボードに置いた。それから、ためらうことなく彼女を抱きしめた。

モーガンは彼の肩に顔を押し当て、うめき声をもらした。体が震えている。「ものすごく腹が立ったときに泣くの」しゃくりあげながら、恥ずかしそうに、弁解するように言うのを聞いて、パックスは笑いたかったが、その勇気がなかった。彼女がばかにされたと勘違いしたら、空手三段の腕前を披露されるかもしれない。

両手で彼女の頬を包みこみ、視線を合わせた。顔がまだらに赤くなっていて、目が腫れぼったい。「おれは女性に――男にだって泣くなと言うようなばかじゃない。涙は人間が感情を処理する方法だ。感情があるから人生は楽しい」

モーガンの唇にかすかな笑みが浮かんだ。「ヒッピーのご両親の教えね」

「正しい教えがたくさんある」

「オリアリーはライナスを盗むために兵士を派遣したのよ、パックス！」モーガンの頬をふたたび涙が伝う。「頭蓋骨を壊したかもしれない！　いいえ、きっと壊したわ」ひと息ついてから続ける。「それに、いくつもの国際協定に違反したし、それ以上にアメリカの法律に――」

ジブチが無法地帯だということを、モーガンは忘れている。たしかにそのような協定は存在するが、ここでは実際には適用されない。オリアリーを非難することはできても、徒労に終わる可能性もある。だが、いまその話をする必要はない。彼女の怒りをあおるだけだ。「頭蓋骨が壊されたかどうかはまだわからない。アメリカ軍が持ち去ったのかどうかも」

「でも、それなら筋が通るわ。遺跡を守ると言っていたのなら、誰か現場にいるはずなのに、いなかったんだから」

パックスも同じように考えた。くそっ、どうしようもないくらいこの女が好きだ。

「頭蓋骨はかたい岩のなかに埋まっていたの」モーガンが言葉を継ぐ。「傷つけずに取りだすことはできなかったはず。だからわたしは、デスタの手下が現れたときも、現場に残していったのよ」

「いますぐオリアリーに会いたいか？」

モーガンが両の手のひらで涙をぬぐった。「ここまで来たんだから、文化大臣と話をするわ」

「それから、きみのアパートメントへ行って荷造りしないと」

モーガンがかぶりを振る。「基地に引っ越して、オリアリーの指揮下で暮らすことなんてできない。彼が遺跡を荒らすよう命じたのなら」

「基地を離れたら危険だ。町ではきみを守れない」パックスがモーガンと一緒にジブチ市に滞在することを副司令官が許可するはずがない。それはいいことだ。彼女と暮らしたら二時間も経たないうちにベッドに入っているだろう。

「危険はすでに去ったかも。デスタは基地に爆弾を運ぶためにわたしを利用した。だからもう用済みなんじゃないかしら」

「ほんの数時間前に襲われたのを忘れたのか？」

「でも、やっつけたわ」

パックスは目を細めてにらんだ。「次は銃で狙われるかもしれない」

モーガンが口を引き結んだ。「わたしは射撃の名手よ」

「だが、銃を持っていない」

モーガンが肩をすくめる。「手に入れるわ」

「オリアリー大佐の許可がないと、簡単には手に入らない。きみが基地に住むのを断れば、支給されないだろう」

「この話はひとまず置いておいて、大臣と話をしましょう」

シャルル・ルメールはモーガンをあたたかく迎えたあと、ただちにほかの二名の大臣――天然資源大臣のアリ・アンベールと観光大臣のジャン・サヴァン――に連絡して話し合いに参加させた。

モーガンが大臣たちに紹介されるあいだ、パックスはドアの近くに立ち、壁と同化しようと努力した。三人の男たちに、ただのボディーガードだと思われたかった。エテフ・デスタにライナスの話をした人物がいる。ケイリー・ハルパートはオリアリーから聞くまで知らなかったのだから、彼女ではない。ということは、このなかの誰かがデスタに教えたのかもしれない。そうだとしたら、なぜだ？

黒人で、アクセントからフランス国籍か、フランスで教育を受けたと思われるルメール文化大臣は、ライナスをしきりに気にしていた。「きみの国の大佐が兵士を派遣したのだから、ライナスは保護されていると信じている」

パックスは体をこわばらせた。くそっ。大臣はオリアリーが何をしたかわかっていない――本当にオリアリーの仕業だとしたら。護衛を送りだしたはずが、兵士が誤解してライナスをパトロールする代わりに持ち去った可能性はあるだろうか？

モーガンのこわばった背中を見て、どう話すつもりだろうかと考えた。彼女の言うとおり、オリアリーが国際法に違反する命令を下したのだとしたら、ジブチでそれに対処する権力を持つのはルメールだけだ。オリアリー大佐のキャリアが、モーガンの手にゆだねられているのかもしれない。

「アメリカ軍が二十四時間体制の警備を行うとは思えません」モーガンは巧みに問題を避けた。「それを望むべきだという確信もありません」秘密めかして身を乗りだす。「アメリカ軍のやり方はご存じでしょう。常に支配しようとする」笑って発言をやわらげ、相手を味方に引き入れる方法を知っているビジネスウーマンの姿が垣間《かいま》見えた。「ジブチに警備していただいたほうがずっと安心できます。そちらに遺跡の警備をお願いできますか？」

ルメールは降参して両手をあげた。「むろん努力はするが、うちではデスタのような軍指導者に対抗できない。職員の仕事は観光客相手に商売しようとする盗掘者から文化遺跡を守ることで、政府転覆をたくらむ軍指導者を相手にするなど無理だ」

サヴァン観光大臣が口を挟む。「観光客が増えれば警備に予算をかけられるが、そもそも警備が不充分だと、ソマリアやエリトリアの不穏な状況を警戒し、エチオピアのデスタのようなイッサ族の軍指導者を恐れている観光客を呼びこめない」

パックスはジブチで地元の人々と過ごすうちに、根深い部族の派閥と、それがもたらす政治的分裂について詳しくなった。部族主義が支配するジブチでは、人々はイッサ族かアファル族に分けられる。イッサ族はソマリ系で、アファル族は隣のエチオピアのダナキル族に結びついている。とはいえ、国よりも部族の違いのほうが重要だ。エチオピアの軍指導者エテフ・デスタはイッサ族で、明らかにアファル族である観光大臣が、その事実を話に紛れこませたのだ。

天然資源大臣のアンベールが体をこわばらせたので、彼はイッサ族で、悪名高い同族の人間のことを思い出させられて不快に感じたのだろう。

パックスがいるAチームの最初の仕事は、ジブチの訓練兵に部族よりもジブチ人としての自覚を持たせることだった。それができない兵士はプログラムから外された。

アンベールがモーガンのほうへ身を乗りだした。近すぎる、とパックスは思った。彼女もそう感じていることが、こわばった背中に見て取れた。「遺跡を警備するようきみがアメリカ軍を説得してくれたら」アンベールが言う。「ジブチは心から感謝する」

「わたしからも話してみますが、公式のルートを通したほうがいいかもしれません」

モーガンが返した。「わたしは軍人ではないので、そんな権限はありません」

「しかし、きみの父上は将軍なんだろう?」アンベールが尋ねた。

パックスは体をこわばらせた。モーガンの父親がアドラー将軍だということを、どうして天然資源大臣が知っているんだ?

この成り行きはどうも気に入らない。

モーガンが咳払いをした。「そうですが、わたしの仕事とは関係ありません」

アンベールが冷やかな笑みを浮かべる。「もしかしたら、アメリカ軍の協力は必要ないかもしれないな。中国はいつでもジブチに協力する姿勢を示している。まもなく中国はエリトリアの脱塩工場の建設に着手する。オボックの中国軍基地の拡張を認めれば、水パイプラインの建設を約束してくれるだろう」

パックスは怒りをこらえて無表情を保った。最近アメリカ軍は、中国の一万人の兵士が駐屯するため、オボックの小規模な第二基地を引き払うことを余儀なくされた。中国はアメリカが太刀打ちできない勢いでジブチに投資していて、ジブチ政府は、エリトリアかエチオピアの支持者と政府転覆をもくろんでいるらしい国に中国が門戸を開いていることも気にかけずにその金を受け取っている。

政府が転覆した際に権力を握れるのならば、中国は誰であろうと支援する。

中国がライナスを守るわけがない。ルメールに嗅ぎつけられるまで、中国は鉄道の西端の多くの遺跡を破壊したと、モーガンが言っていた。ルメールは、それらの遺跡がジブチの観光産業に利益をもたらす可能性を理解している数少ないジブチ人のひとりで、鉄道路線の残りの考古学調査を推進した。それがモーガンの契約と、基地の拡張――中国の地盤と釣り合いを取るためだ――と引き換えに調査を促進するというアメリカ軍の合意につながったのだ。

高官の贈賄も絡んだ複雑な状況で、軍事行動の脅威も伴うだろう。その間ずっと、パックスは数週間、あるいは数カ月後には存在しないかもしれない政府を守るために兵士を訓練している。ジブチ政府が転覆したら、兵士たちは誰のために戦うのだろう？　イッサ族かアファル族か？　エチオピアをめぐってエリトリア人のためか？ジブチ人はどうなるのだろう？

アフリカ全土でアメリカ軍が常駐しているのはキャンプ・シトロンだけだが、権力が弱まっている大統領に振りまわされ、アメリカは基地を失うかもしれない。一方、隣のエリトリアでは、はなはだしい人権侵害のため人々がボートで逃げだしており、中国はその状況をかき乱して収拾がつかなくなるのを待っている。

地域全体が刻々と引火点に近づいているのだ。

「ジブチの文化遺跡を守るうえで、中国はお粗末な仕事をしました」モーガンがとげとげしい口調で言う。「ライナスを守れるとは思えません」

「この発見をいつ公表できるのか知りたい」観光大臣が口を挟んだ。「ライナスのような遺跡はわが国の観光産業にすばらしい影響を与えるだろう」

「カリウム・アルゴン法の年代測定結果を待っているところです」モーガンが答えた。

「年代が確定する前にこの種の発見を公表するのは、査読を省略して科学雑誌で発表するようなものです。専門家集団の精査に耐える自信がないかのように思われ、発見の真実性が疑われます。わたしは請負の考古学者です。仕事には自信がありますが、わたしの仕事は候補路線沿いの遺跡を発見することです。古人類学的に完全な分析を行うことではありません。そのための専門家が必要です。専門家が加わり次第、公表しましょう。二、三週間後には化石の年代が確定する予定で、連絡を取った二名の専門家は、写真で予備的評価を行うことも可能だけれど、現場で骨を見たいと言っています」

パックスは頭蓋骨が紛失した場合の影響を考え、アメリカ軍が実際に頭蓋骨を持ち去っていて、損傷がないことを心から願った。

そうでなければ、結局中国がライナスを保護することになるかもしれない。

「そのあいだに」モーガンがルメールに言う。「わたしは明日からもう一カ所のＡＰＥの調査を開始する予定です。ライナスはそのままにしておいて、遺跡の場所は秘密にし、専門家による分析結果を待ちましょう」

ルメールがうなずいた。オリアリーに頭蓋骨をもとの場所に戻す時間を与えたモーガンを、パックスは尊敬した。頭蓋骨が損傷していなければ、そもそも持ち去ったのがアメリカ軍ならばの話だが。

9

パックスはジブチ市にあるモーガンのアパートメントの玄関の鍵を開けた。ドアを押し開けたあと、うしろにさがる。彼女をひとりで廊下に残すつもりはないので、部屋に入る前にできる限り室内を調べなければならない。

こういった場合、拳銃を使うのが常だ。だが、パックスはM4カービンを選び、時間を無駄にする気分ではなかった。部屋のなかに誰かいたら、そいつは後悔するだろう。

寝室がひと部屋のアパートメントに侵入者はおらず、パックスはドアを閉めて鍵をかけてからモーガンにきいた。「何か動かされていないか?」

モーガンが眉根を寄せ、部屋を見まわした。まるで変化を感知する透視能力があるかのように、美しい目を細めている。

半分閉じた目が実にセクシーだ。

「ええ。資料が」

「なんだって？」

「本の山、デスクの横の。順番が違う。わたしは〝カルシウム不足のコサック兵〟（一八五六年にドイツで発見されたネアンデルタール人の化石）の本を読んでいたのに、上から二番目になっている。自然人類学の教科書を最後に開いたのはいつか覚えていない――何週間も前のことなのに、一番上にある」モーガンが部屋のなかに足を踏み入れた。「それから、人類の進化の塗り絵。母が送ってくれて、二日前に届いたばかりなの。あれが参考書のところにあるのはおかしい。辞書の塗り絵やクレヨンと一緒に置いてあったはずなのに。ヒューゴーへのプレゼントなの」デスクの上のペンが詰まったカップの横にある塗り絵とクレヨンの箱を指さした。

「ヒューゴー？」パックスはきき返した。

「通りの先にあるレストランのオーナーの息子。近所で英語を話す数少ないジブチ人のひとりなの。読み書きを教えているのよ」

モーガンがふたたび眉根を寄せて本を見つめた。「地質学の論文が一冊なくなってる。わたしのじゃないのに。ブルサールがわたしのために参考書として置いていったの。第二次世界大戦中にヴィシー政権がフランス領ソマリで行った地質調査の希少なモノグラフ。あれがなくなったと知ったら、ブルサールは動揺するわ」

「ブルサールって？」パックスは尋ねた。次々と知らない名前が出てくる。名前を書き留めて、図表を作ったほうがいいだろうか。

「アンドレ・ブルサールは、ライナスを発見した谷で最初に地層の年代を推定したフランス人地質学者よ。中国に遺跡を破壊するのをやめるよう言って、わたしの契約のお膳立てをしてくれた人。候補路線のAPEの地質調査を行って、路線沿いの地面に遺物が散らばっているのに気づいたのよ」

「APEってなんだっけ？」

モーガンが微笑んだ。「ごめんなさい。潜在的影響エリア――建設によって破壊される地域のこと。ブルサールの地質調査が、わたしの調査にとても役立っているの。このアパートメントは政府が用意してくれて、前はブルサールが住んでいたのよ。彼は一月にフランスに帰ったんだけど、わたしの調査に必要になるとわかっていたから、参考書やモノグラフを何冊か置いていってくれたの。わたしの調査が完了したら、パリにある彼の自宅に郵送することになっている」

「じゃあ、モノグラフがなくなっていて、本の置き場所が変わってるんだな。ほかには？」

そのとき、携帯電話の着信音と振動音が聞こえた。

「あなたの？」モーガンが音のしたほうを振り返った。

パックスは背後を見やった。キッチンのテーブルに携帯電話が置いてある。「違う。あの電話はきみのじゃないのか？」

モーガンがかぶりを振る。「わたしのは昨日壊れたわ」

外へ逃げだす時間はないので、パックスはモーガンをできる限り電話から遠ざけるため、寝室に押しこんだ。起爆装置かもしれない。

音が鳴りやんでも、爆発は起こらなかった。

二十秒後、ふたたび鳴りだした。

「出るべき？」モーガンがきいた。

パックスは途方に暮れた。こんな仕事は専門外だ。ＶＩＰの警護をする訓練は受けていない。副司令官はいったい何を考えているんだ？

〝自分でまいた種だ〟

「そこにいろ」パックスはキッチンへ向かった。振動している電話を手に取り、画面をスワイプしてスピーカーボタンを押す。無言で待った。

「ドクター・モーガン・アドラー」男の声が聞こえてきた。「ジブチから出ていけ」

10

モーガンは携帯電話を奪い取って、いったい何者なのかと尋ねたかった。だがその前に、パックスが電話を切ってバッテリーを取り外した。「三十秒で荷造りする。きみは服をまとめろ。おれは資料を片づける。本を全部持っていくことはできないから、三冊選べ。バッグをくれ」

モーガンはクローゼットからキャンバス地のバッグを取りだして彼に放った。

「フィールドノートはどの本よりも大事なものよ」

寝室でふたつ目のバッグに服を詰めたあと、三つ目のバッグにブーツと補助的な発掘道具を入れた。

制限時間を三十秒は過ぎたところで、パックスが寝室の戸口に現れた。「時間切れだ。行くぞ」

モーガンはメインルームで立ちどまった。デスクの引き出しにしまっていたＵＳＢ

メモリを、パックスは荷物に入れてくれただろうか？　デスクに近づこうとすると、腕をつかまれた。

「だめだ。行くぞ。またあとで来られるはずだ。たぶん」

モーガンは彼のあとについて部屋を出た。パックスはSUVの後部座席にバッグを放りこむと、猛スピードで駐車場を走り去った。モーガンが絶対に足を踏み入れなかった脇道を通って、ジグザグに町を走り抜ける。

「基地につながる道路で簡単にわたしたちを見つけられるのに、尾行者を探すなんて時間の無駄よ」モーガンはそう言いながらも、苦々しく思った。結局、基地に引っ越すしかないようだ。オリアリーの取った行動は最悪だが、軍の保護を受けるほかに選択肢はない。

「基地には行かない。まだ」

「じゃあ、どこへ向かっているの？」

「さあな」パックスが急に左折したあと、右へ急カーブした。前方の道路からバックミラーにさっと視線を移す。「見つけたぞ、くそったれ」

「つけられてるの？」

「ああ。白のトヨタ・ランドクルーザー。おれたちを監視し、尾行している人間がいるはずだ。おれたちがきみのアパートメントにいることを知っていた。だから、あのタイミングで電話をかけることができたんだ。そいつが何者にせよ、大臣のオフィスからつけてきたんだろう」

パックスは不規則に角を曲がった。大型ＳＵＶは道をそれ、スリップして、何度か操縦を誤ったのではないかと思わせた。「ねえ……高速追跡の訓練は受けていないわよね？」モーガンは恐怖で喉が締めつけられ、甲高い声を絞りだした。

パックスが横目でちらりと見て笑った。「どうしてそんなことをきく？」

片輪でカーブしたので、モーガンは悲鳴をあげた。「別に！」激しい心音に負けないよう叫ぶ。

「大丈夫だ。おれに任せろ」

そのあとパックスは、それまでの荒い運転とは打って変わって車列の隙間に滑りこむと、なめらかに車線変更し、彼のめちゃくちゃな運転によって生じた渋滞にはまった白のトヨタを引き離した。

パックスの得意げな笑みを見て、モーガンはぐるりと目をまわし、まだ鼓動が静まらないのに気づかれないことを願った。「悪くない救出劇だったわね」精一杯平気なふりをして言う。

パックスが笑い声をあげた。「ときどき自分でも感心するよ」

モーガンも笑った。ハン・ソロの台詞《せりふ》を引用できる男性はタイプかもしれない。

パックスはにやりとしながらも、前方の道路から注意をそらさなかった。基地と反対方向に向かっている。

「どこへ行くの？」

パックスが肩をすくめる。「わからない。副司令官に連絡して報告しないと。ライナスについて何か知ってるかきいてみる」

「それがいいわ」モーガンはオリアリーに会う前に、彼がしたことを正確に知りたかった。市場につながる脇道を指さす。昼下がりで、混雑しているだろう。「市場の端にある広い駐車場に車を停められるわ。ちょうど新しい帽子も買いたかったし」

パックスはモーガンの提案に従った。狭い駐車スペースに大きなSUVを割りこませたので、ふたりとも運転席側から降りるはめになった。駐車場はおんぼろの車やトラックであふれていたが、みな市場を歩きまわっているらしく、ほとんど人けはなかった。

パックスが戦闘服を見おろした。「ここで迷彩服を着ていたら目立ってしまう。ここでこそ目立ちたくないのに」シャツのボタンを外すと、前面に〝アメリカ陸軍〟と書かれたＴシャツが見えた。

「あなたが着られそうなＴシャツを貸してあげる。それでもあなたが兵士だってことはばればれだけど、少なくとも非番に見えるでしょう」モーガンは座席のあいだから身を乗りだし、後部座席にある服の入ったバッグを探ると、寝巻きにしているワシントン・レッドスキンズのＸＬサイズのＴシャツを取りだしてパックスに渡した。

「レッドスキンズ？」パックスが顔をしかめる。「ほかにないのか？　人種差別的な名前を持たないチームのは？（〝レッドスキン〟はアメリカ先住民の蔑称）」

「ごめんなさい、この八年間ずっとワシントンＤＣにいたから」

昨夜、ＣＬＵで盗み見たあとなので、モーガンはパックスが陸軍のシャツを脱ぐ様子を興味深く見守った。すてきな胸。広くて厚みがあり、盛りあがったかたい胸筋を覆うちょうどいい量の毛は腹筋でいったん消えたあと、おへそのまわりからその下へ向かって細い矢印になっている。

これほどすばらしい眺めを見たことがあるかしら？　必死に抑えこんでいた欲望が解き放たれた。手が勝手に動いて、割れた腹筋に触れる。パックスははっと体を引いたが、モーガンはそのまま、引きしまった筋肉を覆うなめらかな肌に指を滑らせた。その感触が気に入り、今度は手のひらを這わせた。筋肉が硬直している。

毛に沿って下へなぞっていくと、パックスがその手をつかんで手のひらを彼の口に押し当てた。「やめろ、モーガン。どうせその先はないんだ」

モーガンは彼の胸を撫でおろして、ズボンに手を入れたかった。かたくなったものをつかんでしごきたい。かがみこんで口に含みたい。先端に舌を這わせたあと唇で包みこみ、喉の奥まで受け入れたかった。

一度目はあっという間に達するだろう。口のなかで解き放たれた精を吸い尽くしたあと、彼が回復したら、モーガンが上にまたがって激しいセックスをする。敏感な乳首を吸われながら深く突かれ、のけぞってあえぎながらのぼりつめるのだ。

モーガンはSUVの助手席で、市場へ向かう人々が背後を通り過ぎるなか、それを想像した。彼も同じことを望んでいる。同じくらい強く。いまはふさわしい時でも場所でもないけれど、いつかそうなる。必ず。ふたりで過ごす一瞬一瞬が、大きな地震が起きたあとの、津波が来る前の海のようだった。ゆっくりと波が引いていき、やがてその波が押し寄せる。引く時間が長引くほど大きな波になる。

肝心なのは、波にのまれたときに溺れないことだ。愛と平和のブランチャードにのめりこんでしまわないように。

すべてはアドレナリンのせいだ。発散しなければならない。今日も昨日と同じくらい恐ろしい日で、体がアドレナリンを噴出しつづけている。

軽く触れただけでこんなに興奮するなんて正気ではない。お互いのことをほとんど知らないのに。アドレナリンが生みだす欲望に詳しいわけではないけれど、規制物質に指定するべきじゃないかしら？

モーガンは彼の手の下からそっと手を抜いた。「出身はどこなの、パックス？」声がかすれた。まるで想像したことを実際に経験し、叫びすぎて声がかれたかのように。

「オレゴンだ」

モーガンは微笑んだ。「そうよね。ヒッピーの子どもだもの。ポートランド？」

パックスが首を横に振った。「ユージーンだ」

「入隊してからどれくらい経つの？」

「やめてくれ」パックスが言う。「身の上話をする必要はない。初デートじゃないんだ。セックスはしない」ひと息入れてから続けた。「絶対に」

「絶対？」モーガンは突っかかった。「アメリカでも？」

「モーガン、きみがジブチを去ったら、おれたちは二度と会わない」

「それがあなたのやり方なの？」

「ああ。だがそもそも、きみとは何もしない。きみは仕事の対象。おれの任務だ。おれは仕事中はセックスをしない」

彼の股間がふくらんでいなければ、モーガンは拒絶されたことに傷ついただろう。彼も同じくらい欲望を感じている。ただ、欲望に従って行動するつもりがないだけだ。

パックスがレッドスキンズのシャツを頭からかぶった。「いいか、これから市場へ行く。きみは帽子や土産物を見る。おれと腕を組んだ。恋人同士のように」

「大丈夫なの？　イスラム教国なのに」

「イスラム教徒は市場でアメリカ人がアメリカ人らしくふるまうのを見慣れている。眉をひそめるかもしれないが、おれは体が大きくて厄介な相手に見えるから大丈夫だ。はぐれる心配をしたくない。歩きながら、おれは何本か電話をかけて親しい友人と話すふりをする。一瞬たりとも離れるな。人ごみに流されてはぐれないように、おれの腕をしっかりつかんでろ。わかったか？」

モーガンはうなずいた。

「車から降りても平気なのね？」

「ああ。人ごみのなかで見覚えのある顔を探す。誰か見つけたら教えろ」

「わかった」

パックスは車のドアに手を伸ばしたものの、その手を止めてモーガンの目を見た。

「高校を卒業したあとすぐ陸軍に入った。今年の六月で十四年になる。兵士にしかなれない」

避けられない津波。波が彼を連れ去る前の引き潮。ただ彼は、モーガンよりも流れに逆らうのが得意だ。

モーガンは言われたとおり腕を組んだ。彼にもたれかかり、あどけない目で見上げさえして、彼を笑わせた。奇妙な状況のさなかに、ばかなことをして楽しんでいる。昨日は恐ろしい日で、今日もまた新たな恐怖が生じた。襲撃され、何者かがアパートメントに侵入していた。

電話がかかってきて、ジブチから出ていくよう言われた。

エテフ・デスタの仕業なの？

エテフ・デスタが黒幕だという証拠はない。昨日、遺跡に現れた戦闘員がそう言っただけだ。ＩＥＤやスナイパーによる攻撃もデスタの命令だというのは憶測にすぎない。

エテフ・デスタがスケープゴートである可能性は？　知る由もない。

モーガンが撃った男は目を覚ましただろうか？　男の名前さえ知らない。今日、またひとり病院送りにしたが、当然の報いだ。

今日の男はどうしてひとりで現場に戻ってきたの？　モーガンを拉致しようとしたのだろうか。

わたしが女だから襲ったの？　それとも、ライナスと関係がある？　競売でブロンドは人気があるという話を聞いた。ジブチに来る前に、髪を染めることを考えたほうがいいと、ある役人にさりげなく言われた。

忠告に従っておけばよかったのだろうが、誰かに狙われるとは思っていなかったのだ。モーガンのプロジェクトは目立つものではなかった。鉄道建設計画のほんの一部だ。注目を浴びたのは、アメリカ軍が鉄道の完成を熱望しているからにすぎない。ジブチ政府が如才なくふたつを結びつけて、アメリカ軍に資金を出す動機を与えたのだ。

天然資源大臣がモーガンの父親のことを知っていた。モーガンが女だということもはじめから知っていて、驚いたふりをしていただけだったのだろうか。わたしを選んだのは、博士号を持っていて不安定な地域を訪れる意欲があったからではなく、わたしを脅かせば将軍やアメリカ軍を引きこめると期待したからなの？

ばかばかしい。そうだとしたら、契約の早い段階から陰謀がめぐらされていたことになるが、そのときはまだ、わたしが何を見つけることになるか誰も知らなかった。

そんなことを考えてしまうほど動揺している。おかしなことを考えたせいで、パックスの腕をつかむ手が滑った。モーガンは彼の腕を取り直して、ふたたび歩きだした。

暑いなかジブチ人やソマリ族、フランス人がぶらつき、市場は混雑していた。至るところにバスがでたらめな角度で停めてあり、その前に露店が設置されている。かたい地面にブランケットを広げ、その上に商品を並べて売っている商人もいた。

市場の端に、エチオピア・ビル、ユーロ、米ドル、ケニア・シリング、ジブチ・フランなどさまざまな通貨の詰まった黄麻布の大袋を持った女がいる。市場の商人の多くがジブチ・フランを好む。服を荷造りしたときに取ってきた現金はユーロとドルだけだったので、モーガンはパックスを引っ張ってそちらへ向かった。

両替をすませると、色とりどりでいい香りのする新鮮な輸入果物——ジブチには農産物がない——が並ぶ屋台を離れ、帽子を探すために織物屋へ向かった。

人がぶつかってきて、何人かがふたりのあいだを通ろうとしたが、モーガンは約束を守り、パックスの腕にしがみついた。両替をしているあいだは気まずかったけれど、ルールはルールだ。気に入らなくてもルールに従うことはできる。

とはいえ、パックスと腕を組むのは苦ではない。

彼を見上げると、りりしい唇がゆがんでいた。電話の内容のせいだろう。モーガンは買い物に気を取られているふりをしつづけ、ジブチの朝焼けの色をしたスカーフを巻いてみた。レースで縁取られた薄手の美しいスカーフだが、実用的ではない。

振り返り、ブーニーハットが積んである露店へまっすぐ向かおうとした。ところが、パックスはその場を動かず、携帯電話をしまって財布を取りだした。そして、商人に二千フラン渡し、スカーフを受け取った。

「美しい女性には美しいスカーフを」商人が強い訛りのある英語で言い、パックスはスカーフをモーガンの頭にかぶせた。

「そのとおりだ」パックスが商人に言った。

モーガンはパックスの行為に感動し、彼の目を見たかったが、黒いレンズに覆われていた。「ありがとう」

「レッドスキンズのシャツのお返しだ」そのぶっきらぼうな声から、衝動的にプレゼントしたことをすでに後悔しているのがわかった。誤解されるのを心配しているのだろう。

誤解した？

もちろん、思いやりのある行為だけれど、だからといって状況は何も変わらないことはわかっている。

パックスがスカーフをモーガンの肩にかけ直した。「やっぱり作業用の帽子も必要だな」

モーガンはうなずき、ブーニーハットの露店へ行って、最初に見つけたサイズの合う帽子を買った。パックスは帽子を褒めるふりをしながら、モーガンの頭越しに、サングラスの奥の鋭いまなざしで周囲を見まわした。

パックスが自分の任務を真剣に受けとめていることに、モーガンは感謝した。個人の警護をするのは初めてのようだが、うまくこなしている。除隊したら警備業界で働けるだろう。

モーガンはその考えを頭から振り払った。将来の女性の顧客にばかげた嫉妬を感じただけではない。彼は兵士以外の仕事をするつもりはないとはっきり言っていた。

軍人の子どもとして育ったモーガンは、軍人の恋人や妻にはならないと決めていた。もしパックスと結局寝ることになったとしても、得られるのはセックスだけだ。たとえ完璧な腹筋の持ち主だろうと、陸軍兵士と真剣につきあうつもりはない。

ふたたび歩きだし、からの屋台のあいだに入った。「どうだった?」

パックスはモーガンの耳に唇を近づけ、小声で話した。「ここでは話せない」モーガンの髪を新しい帽子の下に押しこんで、役割を演じた。

これは演技だということを、忘れてはならない。見せかけにすぎないのだ。でも、楽しむことはできる。モーガンはパックスに体を寄せた。彼の大きな体とからの屋台に挟まれ、モーガンの姿は隠れている。いたずらしたくなって、胸骨柄のくぼみに舌を這わせた。その喉元の溝に専門用語でない呼び名があるのだろうが、モーガンは知らない。でも、人間の——ヒト科のも——すべての骨の突起や粗面を正しい名称で呼ぶことならできた。

「きみはいけない子だ、ドクター・アドラー」

「お尻を叩いたら?」

サングラス越しでも、パックスの熱い視線が感じられた。「スパンキングが好きなのか?」

「時と場合によっては。いくときなら好きよ。それ以外はいやだけど」

「くそっ」パックスがささやく。「その場面が頭から離れない」

モーガンは笑みを浮かべた。「忘れる方法がひとつあるわよ」

パックスが眉根を寄せる。「そんなことを言うなら、きみの嫌いなやり方で尻を叩いてやる」

モーガンは唇をなめた。「素手で裸のお尻を叩いてくれるなら、悪くないかも」

パックスはモーガンの腕をつかみ、屋台のあいだの奥、市場に散在するバスの一台の横に引っ張りこむと、埃っぽいバスの側面に背中を押しつけた。「きみがそんな調子だと、おれはやっちまう。終わったらすぐベッドから出ていくが、謝らないぞ。わかったか？　やるだけだ。感情は絡まない」

「それでいいわ」

モーガンはキスをされると思った。だが、彼はモーガンの手を引っ張って、人ごみのなかに戻った。「もう行くぞ」

彼が怒っているのに気づいて、モーガンは立ちどまった。

「いいかげんにしてくれ、モーガン。話はわかっただろ」

それでもモーガンは、彼が防御の盾にひびが入っていることを認めるまで迫るのをやめるつもりはない。彼から得られるものは――彼が降参したなら――怒りに満ちたセックスだけだ。でも、怒りに満ちたキスは、ものすごく激しかった。怒りに満ちたセックスで妥協できる？

最高にセクシーな男とする、怒りに満ちた激しいセックス。

ぜひお願いしたいと思うのは、間違っているの？

11

自分の発言を逆手に取られ、パックスは完全に頭にきた。駆け引きをしているわけじゃない。パックスは真実を話し、モーガンは挑戦に応じた。だが、モーガン・アドラーは自分が何をしようとしているのかわかっていないのだ。

「帽子は買ったし、電話もすませた。行くぞ。十分後に海兵隊員と待ちあわせている」

ＳＵＶまでの距離を四分の三ほど進んだところで、見覚えのある男を見つけた。大臣のオフィスの前の道端でカートを噛んでいた男だ。人ごみを見まわして誰かを捜している。

パックスはシャツを着替えたが、モーガンはそのままだし、きれいに編みこまれた長い髪は見つけやすいだろう。

パックスはモーガンの新しい帽子のつばを引きさげ、二台のバスの隙間に彼女を押しこんだ。バスの窓越しに市場と男が見える。

両手で彼女の頬を挟み、キスをした。顔を隠すためだったが、案の定、モーガンはパックスの首に手をまわし、髪に指を滑りこませてきた。差し入れられた舌を、パックスはありがたく吸った。

手に入れられるのはこのキスだけだ。楽園の入り口。その先へ進めないのを知っていて、唇を思う存分むさぼった。

副司令官はパックスをちょっとした地獄へ送りだした。毎日、世界一セクシーな女の近くにいるのに、集中力を保っていなければならないうえに、彼女が将軍の娘だということを忘れないようにしなければならないのだ。彼女の父親がいやなやつだろうと関係ない。モーガンとセックスをしたら、ほぼ確実に将軍の知るところとなるだろう。腹に一物あるどこかのばかが密告するに決まっている。下士官が将校の娘に手を出すのは絶対にまずい。

パックスはまだ若く愚かだったときに、その間違いを犯した。特殊部隊資格課程に入るためにパックスが三年間必死に努力したあとで――初デートで元妻に伝えた目標だった――当時の義理の父親はそれを阻止しようとした。大佐の娘婿が下士官では不足なので、グリーン・トゥ・ゴールド・プログラムに進ませたかったのだ。最悪なのは、リーサも夫が士官プログラムに進むことを望んでいて、父親をそそのかしていたことだった。下士官の夫は自分にふさわしくないと感じていたのだ。

ふたりの結婚生活は一年も持たず、パックスが特殊部隊資格課程に入ってから一カ月後に、離婚届にサインした。そんな経験をしたら、兵士は将校の娘を警戒するようになる。

パックスは唇を離し、耳元でささやいた。「おれの四時の方向、バスの向こう側に男がいる。大臣のオフィスの前にもいた。きみの顔を隠すためにキスした。それだけだ」

その言葉は本当でも嘘でもあった。顔を隠すためのキスだった。そこからそれ以上のものを得たことは、彼が黙って対処すべきだ。

モーガンが頭をさげたままバスを見やった。パックスは彼女の顔が隠れるよう移動した。

「見えるか？」パックスは小声できいた。

「ええ」

「こっちを見てるか？」

「いいえ」モーガンがふたたび見やった。「果物の屋台のほうへ歩いている。遠ざがどうにか避けられた。それに、今日の事件を調査する憲兵に、男の人相を伝えることができる。

「よし。ここから出るぞ」

ＳＵＶに戻るためには引き返さなければならなかったが、ふたりを捜している男を

かっていくわ」

そのあとは、何事もなく待ち合わせ場所――町の外れにある放棄されたガソリンスタンドに到着した。数分後、装甲ハンヴィーがやってきて、パックスとモーガンは後部座席に乗りこんだ。海兵隊員二名がＳＵＶに乗って町を走りまわり、そのあいだにモーガンをキャンプ・シトロンまで無事に送り届けることになった。

基地に着くと、モーガンはまっすぐオリアリーのオフィスへ向かった。パックスは副司令官のオズワルド大尉と面会し、モーガンのアパートメントから取ってきた携帯電話を渡して、その日あったことを説明した。一時間後、ふたりは広い会議室にいた。そこでモーガンは、ジブチにいるアメリカ軍にとって優先事項であると同時に大きな失敗にもなった考古学プロジェクトに対処する最善の方法を決めるために、軍の高官と会った。

テーブルの中央に、三百万年前の頭蓋骨が置かれている。ほぼ無傷だが、左側の頬

骨沿いに最近破損した箇所があり、眼窩《がんか》の骨の破片が頭蓋骨の横に積み重ねられているのが、素人目にもわかる。

オリアリー大佐は、人類の進化に関する知識を変えるかもしれない唯一の目覚ましい発見物が自分の命令によってこうなったことを、残念がっているようには見えなかった。

パックスは苦笑いした。そんなふうに考えるなんて、モーガンの熱意に感化されたようだ。

モーガンが大佐をやりこめるところを見てみたいが、自身のキャリアのためには、モーガンが大佐のオフィスでふたりきりで会ったほうがよかったような気がした。モーガンのために、彼女が怒りの涙をこらえられることを願うばかりだ。オリアリーは涙を弱さと見なし、つけこもうとするだろう。

いま、モーガンはテーブルの向こう端に無言で座っている。パックスと目が合ったが、慎重に無表情を保っていた。

そんなに平然とした顔をしていられるのが不思議でならない。はた目には、誘惑に負けそうになりながら必死で闘っているふたりには見えないだろう。

正直に言うと、このよそよそしい仮面をつけた彼女よりも、情熱的で怒りに燃えた彼女のほうがいい。モーガンは感情に満ちあふれた生き方をしている。彼女のそういうところが好きだ。

だがそれを言うなら、彼女のほとんどすべてが好きだ。

テーブルで交わされる意見を聞いていると、モーガンが恐れていたとおり、海軍がプロジェクトを乗っ取って、彼女を踏み台にしようとしているのは明らかだった。この部屋にいる権力者たちが、考古学のこの字も知らないことも。海軍には、過去に遺跡を訪れて調べた専門家がいるが、現在はアメリカにいる。民間の雇用者を至急ジブチに派遣するのは、旅行命令を行う本国の役人の専門分野ではない。

モーガンのほかに、無言でテーブルに着いている軍人ではない女性がもうひとりいる。サヴァンナ・ジェームズがCIA局員であるのは公然の秘密で、彼女がこの会合に招かれたことで、パックスにさらなる疑問が生じた。CIAがどうしてモーガンに関心を持つんだ？

CIAがデスタに関する情報を集めているのはたしかだが、ジェームズの担当は中国のはずだ。これはデスタの問題ではないのかもしれない。デスタが中国のスケープゴートにすぎない可能性もある。

考古学のことを何も知らない男たちが、モーガンのプロジェクト——と彼女——の対処法について意見を述べるあいだ、四十分近く沈黙を守ったあとで、モーガンはようやく咳払いをした。「海軍の考古学者が明日ここに来られるかどうかの問題ではありません」静かに放たれた言葉が、愚かな憶測を立てる無知な男たちのざわめきに滑りこんだ。

低い声は、叫び声とはまた違う効果をもたらす。静寂が訪れ、モーガンが椅子から立ちあがった。

「わたしのプロジェクトを引き継ぐ方を連れてくることはできません。契約したのはわたしです。わたしが責任者です」

オリアリーが反論する。「デスタは相手が男なら――」

モーガンが無表情でオリアリーを見据えた。だがパックスは、彼女の目に軽蔑の色を見て取った。「デスタはわたしを男性だと思っていました」落ち着いた口調で言う。「麻薬や人身を売買する軍指導者を、ご自分の性差別の言い訳に使わないでください、大佐。わたしは仕事を遂行する能力があり、フィールドワークを適切にこなしています。しかし、あなたは」ライナスの頭蓋骨を指し示した。「デスタと同様に、この発見物に大きな損害をもたらしました。遺跡を保護する必要があります。あなたの無知から守らなければなりません。わたしからプロジェクトを奪うおつもりでしたら、あなたがなさったことを文化大臣に報告します」

　パックスは誇らしい気持ちでいっぱいになった。おれの女は自分の力を知っていて、それを利用して権力者を退けた。

　おれの女?

　また原始人に戻ったみたいだ。

「モーガン」オリアリーが言う。「きみは感情的になっている。もっと論理的に――」

「ドクター・アドラーです」モーガンが訂正した。「わたしは考古学の博士です。あなたは考古学の学位をお持ちですか、オリアリー大佐?」テーブルに両の拳をつく。「最も専門的な知識を持ち、契約上仕事を行う義務があり、プロジェクトの責任者である人間が、いつ感情的になったとおっしゃるのですか? どこが論理的でないのですか? あなたがわたしに立場をわきまえさせようとしているのはわかっています、大佐。ですが、わたしの立場はプロジェクトの責任者です。誰も――絶大な権力を持つアメリカ軍も」部屋にいるもうひとりの女性をさっと見た。「CIAも、わたしを追いだすことはできません」

　モーガンもサヴァンナ・ジェームズの正体に気づいていたのだ。興味深い。

「わたしはこのプロジェクトに名前だけ関わるつもりはありません」モーガンが言葉

を継ぐ。「あなた方が鉄道建設を推し進めるために、破壊され得る文化遺跡をきちんと評価することなく路線を安易に承認しようとしているのは明らかです。第一、まともな考古学者ならそんなことに同意しません。ですから、内部の考古学者を連れてきても無駄ですよ。きっとわたしに味方します。しかし、さらに重要なのは、このプロジェクトに別の人間を参加させるのは不可能だということです。あなたにその権限はありません。あなたはキャンプ・シトロンの市長かもしれませんが、わたしのプロジェクトは基地の外部で行われています。あなたに決定権はありません。このプロジェクトは現在も今後も、わたしのものです」

深呼吸してから続ける。

「わたしはジブチに残ります。自分の仕事をします。あなたは滑走路を手に入れる。ですが、わたしの仕事を邪魔するようでしたら、あなたが古人類学に関してはまったくの素人である兵士たちを派遣してライナスを地面から引きはがし、国際協定やアメリカの法律に正確にいくつ違反したか、クライアントに報告します。その場合、滑走路はどうなるでしょうね、大佐」

モーガンはテーブルに着いている男たちひとりひとりと目を合わせ、最後にパックスを見た。パックスはかすかに唇をつりあげ、自分は彼女に賛成で、彼女の味方だと伝えた。だが、曹長のパックスはこの場で一番階級が低く、唯一の下士官だ。

　モーガンがオリアリーに注意を戻した。「わたしの仕事を遂行するために、携帯電話とパソコンとカメラが必要です。わたしのは爆破されてしまったので。今夜、わたしの部屋に届けてください」

　ふたたび頭蓋骨を指し示す。

「ライナスはこの基地の安全な施設に保管します。世界的な古人類学者二名に連絡して、ジブチまで頭蓋骨を調べに来てもらえるかきいてみます。ふたつ返事で承諾するでしょうから、彼らの旅費を支給し、滞在用の部屋を用意してください。あなたが頭蓋骨を壊したのですから、修復費用はそちら持ちでお願いします。頭蓋骨の状態に関しては、あなたが全面的に責任を負います。わたしのせいではありません。幸い、ふたりとも化石修復の専門家なので、破片が消滅していなければ、データの損失もなく、マスコミに公表するまでに修復できるでしょう。

　それから、明日の午前七時までにプロジェクトの作業現場へ行きたいのですが、車と警護部隊を提供してもらえないのなら、ジブチのアパートメントに戻って、これ以上アメリカ軍からの干渉を受けずにプロジェクトを遂行するつもりです。わたしがここに閉じこめられるようなことがあれば、わたしの契約に関わるすべての人に、あなたがしていることとその理由を知らせます。文化財が自分にとって不都合だから、軽率にも無視しようとしていることも含めて。ジブチは貧しい国かもしれませんが、自国の文化財の価値をよく理解しています。あなたの干渉を重く受けとめるでしょう」

そう言うと、会合のあいだずっと無視され、軽んじられていた美しい小柄の女性は背を向けて部屋から出ていった。

パックスは椅子の背にもたれて微笑んだ。おれの女は女性差別主義の無知な軍首脳たちへの対応にかけても黒帯三段のようだ。

12

午前六時半きっかりに、モーガンのCLUのドアをノックする音がした。モーガンはその向こうにパックスがいることを期待してドアを開けたが、そこには初めて見る若い海兵隊員が立っていた。ネームは〝サンチェス〟で、少年のようにあどけない顔をしていて、十九歳くらいに見える。砂漠用の迷彩服を着用し、軍の装備をいくつも取りつけたベルトを巻いていた。「あなたの護衛に任命されました。もう出られますか？」

「ええ。道具を取ってくるわ」モーガンは必要な道具をまとめると、CLUを出て鍵をかけた。サンチェスのあとについて車へ向かう。パックスの居場所をききたかったが、彼は知らないだろうし、グリーンベレーの兵士に病的な関心を持っていることを宣伝してもしかたない。

気分が落ちこみ、パックスのそばで仕事をするのをとても楽しみにしていたことに、自分専用のグリーンベレーが守ってくれると思って安心していたことに気づいた。

二名の武装した海兵隊員が同行し、作業員が三人減ったことを別にすれば、調査はライナスを発見する前の数週間と同様に進行した。

海兵隊員たちは一見、ジブチで四十度の暑さのなか完全装備で警護をするよりも、最終試験の勉強をし、女の子をプロムに誘っているほうがふさわしく見える。だが、一時間もすると、彼らが一人前であることがはっきりし、モーガンは守ってもらえることに感謝した。

その日、二カ所目のAPEの狭い一区画を調査し終えた。モーガンはイブラヒムと翌日の作業の打ち合わせをした。日々東へ移動するため、新たな集合地点と備品の移動が必要となる。二週間以上同じ場所に留《とど》まったライナスの発掘作業とは異なる。

作業員が減ったので、調査は長引くだろう。デスタがプロジェクトと、それに関わる人々を脅かしたあとでは、新しい作業員を見つけるのは難しいと、シャルル・ルメールはほのめかしていた。

デスタに関しては、パックスがアパートメントから持ちだした携帯電話から何か判明したかどうかも、病院送りにした戦闘員たちが役に立つ情報を提供したかどうかもわからない。モーガンは蚊帳の外に置かれているが、輪のなかに入ることが、昨夜の会合で、二カ所目のAPEをざっと調べたあとで重要な遺跡はなかったと嘘をついてほしいとあからさまに言った男たちにプロジェクトを引き渡すことを意味するのだとしたら、別にかまわなかった。モーガンが断ると、内部の専門家を呼んで承認させると言いだしたのだ。

モーガンは長年のあいだに、陸軍や海軍の考古学者たちとも何人か会ったことがあるが、ジブチのように豊かな文化遺産を持ち、先史学的に重要な場所でそんなことを認める専門家がいるとは思えなかった。人が考古学の道に進むのは、その学問に情熱を持ち、文化遺産を保護したいからだ。安易に承認するためではない。

とはいえ、それを証明するためだけに、支配権を放棄するつもりはなかった。

パックスと会合の話をするのを楽しみにしていたのに、今日、彼は姿を現さず、その理由について誰も何も言わなかった。

完全装備で暑いなか立っている海兵隊員たちを気の毒に思った。モーガンと作業員たちは必要なときは日よけを設置し、頻繁に休んでいるが、海兵隊員はひとりずつしか休憩できない。常にどちらかが見張っている。モーガンたちも同じ状況で働いているとはいえ、少なくとも楽しい仕事だ。すべての瞬間に発見の可能性が秘められている。ジブチはこれまで仕事をしたどこよりも、そういう場所だ。

百万年から三百万年前の人類の祖先が作った道具をこの手で持つことになるとは、夢にも思わなかった。ものすごく刺激的だった。そして、ライナスを発見したときの喜びを表す言葉は見つからない。

仕事を終えてキャンプ・シトロンに戻ると、オリアリーのオフィスに呼びだされた。モーガンは不安に駆られた。頭蓋骨を損傷したことに対する脅迫を回避する方法を見つけたの？　モーガンをプロジェクトからおろすよう説得するために、シャルル・ルメールに全部打ち明けたのかもしれない。モーガンが解雇されるとしたら、ジブチに残るよう圧力をかけたのがオリアリーだったことを考えると、皮肉な話だ。モーガンは自分の決断を後悔していないし、オリアリーから圧力をかけられなかったとしても同じ選択をしたかもしれないが、それでもなお彼のやり方には腹が立った。

何時間も現場にいて埃と汗にまみれていたので、大佐に会いに行く前に、割り当てられた三分をまるまる使ってシャワーを浴びた。

身なりを整え、オリアリーと対面するための心の準備をした。オフィスに通されたとき、大佐は電話中で、なかに入って座るよう身振りで命じた。モーガンは従い、膝の上で両手を組むと、緊張した様子を見せないよう気をつけた。

非常に長い時間が経ってから、オリアリーが電話を切ってモーガンの目を見た。沈黙が流れる。口を開く前に所定の数を数えているのだろうか。威嚇の授業でそういうテクニックを教わるの?

モーガンは権力を振りかざされるのには将軍の父親で慣れきっていたので、汗ひとつかかずに待つことができた。

オリアリーがようやく口を開いた。「われわれは出だしを誤ったようだ、モーガン」

「ドクター・アドラーです」モーガンは訂正した。彼をオリアリー大佐と呼ばなければならないのなら、尊大だとしても肩書をつけて呼んでもらう。

オリアリーがうなずいた。「ドクター・アドラー、きみが指摘したように、わたしはいくつか間違いを犯した」

「いくつかの間違い。数えあげましょうか?」モーガンは人差し指を立てた。「ひとつ。貴重な、その種では唯一の化石に重大な損傷を与えた」指を増やす。「ふたつ。危機にさらされているデータを完全に無視して、わたしのプロジェクトを横取りしようとした。三つ。父を利用してわたしに圧力をかけ、実質的にわたしと父の関係を終わらせた。それがわたしの見解ですから、水に流せないからといって悪く思わないでください」

オリアリーが椅子の背にもたれてモーガンを見つめた。むっとした表情をしている。

いったい彼に何を期待していたの？　謝罪？　ばかばかしい。オリアリーはおそらく父と同類だ。父がひとり娘に〝すまなかった〟という言葉を口にする前に、モーガンは地獄でダウンヒル競技をしているだろう。

突然、オリアリーが深いため息をついて、姿勢を崩した。「わたしがしくじった。あらゆる面で」

あまりにも意外だったため、モーガンは大佐の言葉をすぐにはのみこめなかった。彼は上に立とうとするのをやめたのだ。背筋を伸ばして、次の言葉を待った。

「申し訳なかった、ドクター・アドラー」

心のこもった口調で謝られ、モーガンはファーストネームで呼んでくれと言いたくなった。けれど、これもまた策略かもしれない。問いかけるように小首をかしげた。

「わたしの意見を言わせてくれ。許してもらえるとは思わないが、理解してほしい」オリアリーが立ちあがって、窓のほうを向いた。「この部屋はアフリカとアラビア半島のテロとの戦いの中心だ。基地を指揮し、ここで作戦行動を行っている各部隊と協力するのがわたしの仕事だ。きみの言ったとおり、わたしは実質的にキャンプ・シトロンの市長だ」

振り返ってモーガンに微笑みかける。

「基地で最高位の将校ではないが、わたしの関心は基地にあるし、そうでなければならない。ほかの将校たちが各自の部隊のことを考えなければならない一方で、わたしはアフリカの角における自分たちの存在のことを考えている。

その仕事、基地の要求を考えるせいで、ときどき視野が狭くなる。しかし、わたしの過失はテロ組織の攻撃の成功につながる可能性がある。テロ組織は拡大し、勢力を得ている。アル・シャバブは、ISISがイラクやイラン、トルコ、シリアでしてきた以上の残虐行為をここで行っている。アル・シャバブの攻撃は、アルカーイダが中東でしてきたことと同等に壊滅的だが、アメリカ人の多くはアル・シャバブの存在すら知らない。わたしはほとんどのアメリカ人には見えない戦争を戦っている――みなドローンだけを見て憤っている」

モーガンは体をこわばらせた。自分もドローン攻撃には抵抗がある。「でも、ドローンは民間人を、家族を、子どもたちを殺します。機械が無責任に死をもたらします」

オリアリーがうなずいた。「ああ。ミスが増加する。だがわれわれは、特定の個人を標的にする本当の理由を公にすることはできない。例をあげると、中国がエテフ・デスタに武器を供給していて、その脅威がまったく新しいレベルに到達したのではないかと一年以上前から疑っている。完全武装したデスタは、われわれのアフリカ大陸でのテロとの戦いを台なしにする可能性がある。デスタを始末しなければならない。早急に。居場所を突きとめたら、総力を注いで組織のメンバーを殺害する。しかし、きみが軍指導者の標的にされていることを考えれば、ドローンを使ってデスタを殺害することをきみに弁解する必要はないはずだ」

「はい。偽善的だとはわかっています。道徳的見地からドローン攻撃には反対ですが、標的がデスタなら応援します。ワジで曹長が撃った男が居場所を白状するといいのですが」

オリアリーが窓から目を離して、モーガンのほうを向いた。「実は、その件できみを呼びだしたんだ。その男は今朝、デスタのアジトを吐く前に殺された」

モーガンは動揺した。「殺された？　湾の軍艦にいたんじゃないんですか？」男がヘリコプターで運ばれるのを見た。軍艦の上で殺人事件が起きることなどあるのだろうか。

オリアリーがうなずいた。「医療施設にいた別の患者――これもまた抑留者が監視兵を倒し、メスで戦闘員の喉をかき切った」

モーガンは息をのんだ。「監視兵は無事でしたか？　ほかに怪我人は？」

「監視兵は脳震盪《のうしんとう》を起こしたが、それ以外は問題ない」

「襲ったほうの抑留者はどうなりましたか？」

「医療施設から脱走しようとして射殺された」オリアリーが少したためらってから続けた。「殺人犯は、昨日、ライナスの遺跡できみとブランチャード曹長を襲って勾留された男だ」

次々と明らかにされる事実に衝撃を受け、モーガンはふたたび息をのんだ。「そういう計画だったんでしょうか？　遺跡でわたしたちを襲ってわざと捕まり、船に侵入するという」

オリアリーが肩をすくめる。

「計画的でない犯罪か、非常によく計画された犯罪かも不明だ。犯人はまず逃げられないとわかっていたはずだ。デスタのアジトを秘密にするためにそこまでする、自己犠牲の精神が気にかかる。

デスタがこれまで自爆攻撃を利用したことがないのは、信奉者が宗教ではなく、政治的イデオロギーによってエリトリア政府の転覆を望んでいるからだと、われわれは考えていた。単純な権力欲が、デスタに投資する中国を含む系統と結びついた」

ふたたび窓のほうを向く。

「しかし、これは……違う。情報部によると、船上の戦闘員を殺害した男は、アル・シャバブのメンバーの可能性がある。つまり、エテフ・デスタがテロ組織と手を組んだか、アル・シャバブがエテフ・デスタを隠れみのとして利用しているかのどちらかだ。いずれにせよ、向こうはわれわれがデスタの居場所を突きとめることを望んでいない。この脅威を排除するのは苦しい戦いだ。

デスタがアル・シャバブと協力していることを示す証拠がほかにもある。きみの車の爆破を含む月曜の基地への組織的攻撃が、これから起きることを予告しているのだろう」

モーガンに向き直った。

「月曜日にきみと会ったとき、わたしは状況を大局的に見ていた。わたしの基地が攻撃を受けた。わたしの護衛隊がスナイパーに狙われた。基地に通じる主要道路で爆発が起きた。独自の滑走路があれば、もっとすばやく対処し、補給品や人員をもっと容易に運ぶことができる。キャンプ・シトロンの市長として、市民のことを考えなければならない」

モーガンはうなずいた。アフリカにおける対テロ戦争で、滑走路を得ることがアメリカ軍にとって重要なのはよく理解している。

「ライナスを回収しに海兵隊員を送りだしたのは、ブランチャード曹長とキャラハン軍曹の検問につながった密告をした人物からふたたび連絡があって、デスタが化石を奪うつもりでいると聞かされたからだ。知ってのとおり、最初の密告は事実だった。二度目を防ぐために行動を起こしたことを後悔はしていない」

モーガンは胃がきりきりした。「昨日はどうしてその話をしてくださらなかったんですか？」会合の前にふたりで会ったとき、大佐はなんの説明もしなかった。モーガンは不快な気分で会議に出席し、ライナスの粉々になった頬骨弓と眉間——道具を作って使えるアウストラロピテクスの脳を保護していた骨の破片を見てぞっとした。人生最後の日に道具を使って狩りをしていた男性。その骨が三百五十万年ものあいだ無傷で残っていたのに、アメリカ軍がその存在を知ってから数時間も経たないうちに壊されたのだ。

モーガンはそんな気持ちで会合にのぞんだ。オリアリー大佐からほんの少しでも説明があれば、まったく違っただろう。

「昨日話さなかったのは、密告者がデスタの組織内部の人間であると考える理由があり、その情報のすべてを機密扱いにしているからだ」オリアリーがかすかに微笑んだ。

「むろん、きみに対しても」

「それなら、どうしていまお話しになったのですか？」

「今日、さらに密告があったからだ。きみに関係している」

モーガンは恐怖が込みあげた。「わたしに？　またメッセージを届けるとかそういうのですか？」

「今回はもっと個人的なことだ。デスタは……きみに関心があるらしい」

「関心って？」ぞっとして、声がうわずる。

「きみを第五夫人にしたいと言っている」

息が苦しくなり、ようやく言った。「まさか、そんな」

オリアリーが肩をすくめる。「どれだけ本気かは知る由もないが、無視はできない」

モーガンは混乱し、ぱっと立ちあがった。そんなことがあるはずない。あってはならない。嘘だ。「この話を利用してわたしをプロジェクトからおろそうとしたり、ここに閉じこめようと――」

オリアリーが片手をあげた。「それはない、ドクター・アドラー。二度ときみのプロジェクトに干渉するつもりはない。それに、きみが現場に姿を現さなければ不審に思われる可能性があるし、われわれに情報提供者がいることを知られたくない」

「それなら、通常どおり仕事を続けるんですか？」

「完全に通常どおりとはいかないが。ブランチャード曹長の要求に従って、きみに銃を支給する。使い方はわかっているんだろう?」

モーガンはうなずいた。

「よし。もうひとつ予防策を講じたい。デスタには絶対に気づかれない」オリアリーが部屋を横切ってドアを開け、誰かに入るよう合図した。

昨日の会合に出席していた女性が、頑丈そうな黒い箱を持って部屋に入ってきた。その箱をサイドテーブルに置き、小さな四角い部分に親指を押し当てた。すると、上部にある三角形のパネルが開き、キーパッドが現れ、女性がいくつかボタンを押すと、箱の蓋が開いた。「まだ正式に紹介されていませんでしたね」女性が言う。「サヴァンナ・ジェームズです」

「CIAの?」モーガンは尋ねた。

ジェームズはそれには答えず、こわばった笑みを浮かべた。

「ドクター・アドラー」オリアリーが言う。「きみの腕にGPS発信器を注入する許可をもらいたい」

モーガンの額に汗が噴きだした。存在しないはずのものを体に埋めこむと言いだした正気でない将校とエアコンのきいた快適なオフィスにいるのではなく、灼熱《しゃくねつ》の太陽の下にいるかのようだった。「皮下追跡装置なんて、SFの世界にしか存在しませんよね？」

ジェームズが大佐の代わりに答えた。「『ハンガー・ゲーム』に出てくるような、継続的に発信する装置はまだありません。トランプカード大のバッテリーが必要になるでしょうし、定期的に充電しなければなりません。これは極秘です。敵に存在を知られたら役に立たないので」幅二ミリ、長さ十五ミリの、銅めっきのビニールのような細片を差しだす。「可撓《かとう》性があるので動作に合わせて曲がります。注入部位が癒合すれば、痛みはありません。このサイズのチップは、四時間信号を発信できます。三メートル以内で携帯電話が機能している必要があります。携帯電話がその信号をキャンプ・シトロンにある基地局に送信します」

「それなら、なんの役に立つんですか？」モーガンはきいた。「四時間は長いとは言えませんし、この地域に携帯電話の基地局はめったにありません」その装置に害はないように思えた——自分の皮膚の下に埋めこまれない限りは。

「この装置は最大二カ月間、休止状態を保つことができます。起動させて初めて作動します。拉致された人が、救助が計画され、実行されるのにかかる時間ほど移動しないと確信してから起動させれば、四時間は充分に余裕があります」

それでも望みは薄い気がするが、望みがまったくないよりはましに違いない。というより、人身と麻薬を売買する軍指導者の第五夫人になるよりはましだ。「どうやって起動させるんですか？」

「チップを十秒間押すのが、一番簡単な方法です。マッサージすると、五秒で起動します。そういうわけで、眠っているあいだに押される可能性の少ない場所に埋めこみます。なおかつ、両手を前やうしろで縛られている場合でも届く腕の部分に」

モーガンは両手首を合わせた状態で、右手で左腕に触れた。十秒間圧力を加えやすい場所に、ジェームズが赤い線を引いた。次に、手首をうしろで合わせて同じことをした。ジェームズは今度は青い印をつけた。

「これでよし。あとは鼻です」ジェームズが言う。

「鼻？」

「両手を頭上で縛られたようにあげたら、赤や青の印をめがけて、鼻を腕に目一杯、押しつけてください」

「サヴァンナって名前はあなたに似合わないわ」モーガンは言った。「本名じゃないでしょう」

「ええ」

「ださいクリスマスのセーターみたい。着心地が悪そう。ちくちくしていて」

ジェームズが笑った。「基地の男たちはわたしを見るとじんましんが出るみたいよ。どうしてそう思うの？」

「第一に、あなたは南部の女性《サザン・ベル》じゃない。南部出身ではないサヴァンナをひとり知ってるけど、ご両親がそうだった。もっと大きな理由は、あなたがそう名乗ったとき、声に感情がこもっていなかったから。サヴァンナという名前につながりがないか、気に入っていないかのどっちかよ」

ジェームズが肩をすくめる。「どうでもいいことよ。どうせここの人たちはみんな名字で呼ぶし。さあ、鼻を腕に押しつけて」

モーガンは言われたとおりにし、チップの位置が決定した。脇の下と肘の内側の中間、上腕骨の三角筋粗面の近くだ。手を背後で縛られた場合は人差し指が、前で縛られた場合は親指が届くし、その両方が無理でも鼻で触れられる。

ピアスガンのようだが、それよりも太く平らな針がついている装置をジェームズが箱からてきぱきと取りだした。滅菌したチップを入れたカートリッジをセットして言う。「一瞬、締めつけられるだけだから」装置をいったん置き、アルコール消毒綿に手を伸ばした。

モーガンは反射的に、追跡装置が注入される場所を手で覆った。「健康上のリスクは？　五年後に腕の癌《がん》になるとか」

ジェームズが肩をすくめる。「長期的な影響は不明だけど、チップを二カ月以上埋めこんだままにしておくことは避けたほうがいい。取りだすのは簡単よ。大きなとげを抜くようなもの。金属アレルギーはある？」

モーガンは唇を引き結んだ。「ないけど、これまで何か埋めこまれたことは一度もないし」

「反応があるとしたら二十四時間以内に起きるから、そのときはチップを除去するわ」

「間違って装置を起動させた場合はどうするの？」

「三十分以内にリセットすれば、そのまま使える。作動した時間によって送信時間も減るけど」

「どうやってリセットするの？」

ジェームズが箱からテレビのリモコンのような道具を取りだした。「これを使う。チップをスキャンして設定を戻すの。リセットボタンのようなものね。チップを埋めこんだら、一度テストするわ」

「現場に出ているときに間違って起動させたら？　三十分以内に戻ってこられないわ」

「そのときは、チップを交換しなければならない。でも、とんでもなく高価なものだから」ジェームズが眉をひそめる。「そんなことにならないよう気をつけて」

　モーガンは深呼吸をしてから、腕を差しだした。現実とは思えなかった。ＣＩＡの諜報員《ちょうほう》――かどうかは知らないけど――に極秘の科学技術装置を注入されるなんて。エチオピアの軍指導者に第五夫人にと望まれているせいで。だが、針の鋭い痛みが、夢ではないことを示していた。注入は痛くないというのは嘘だった。筋肉に入り、ものすごく痛かった。

「一日かそこらは触ると痛むわ。少なくとも五日間は注入部位に包帯を当てておいて」

「作動しているかどうかはどこでわかるの？」

「わからないわ。送信機をつけている印は外に示せない。危険すぎるから。でも、きちんと作動するかテストしましょう。十秒間押してみて」

　注入されたばかりの場所を押すと、モーガンの口から悪態が飛びだした。額から冷や汗が噴きだす。

ジェームズが箱の画面を見つめた。「九秒で起動。問題ないわ」

それから、モーガンの腕の上でリモコンを振り、ボタンをいくつか押した。モーガンはＣ-３ＰＯ（『スター・ウォーズ』に登場するロボット）のごとく、電源を切りたいというばかげた衝動に駆られた。

「これでよし。次はマッサージしてみて」ジェームズが言う。

マッサージは押すよりもさらに痛かった。これが痛くないなんて、ジェームズはマゾヒストで、モーガンはＣＩＡにはめられたのだ。

「四秒。完璧」

ジェームズがふたたびチップをリセットした。モーガンは腕がずきずき痛み、これでテストが終了したことを願った。「失敗率は？」腕をそっと支えながらきく。明日の試掘で死ぬほど痛むだろう。

「臨床試験では二十パーセント」

「高いわね」

「八十パーセントの助かるチャンスがないよりはましだわ」

言えてる。

「実地での失敗率は？」

「知りようがないわ。行方不明者が追跡装置を作動させる前に死亡したか、利用できる携帯電話の信号がなかったか。変数が多すぎて、装置自体のせいかどうかわからない」

喉が渇くのを感じた。「何人いるの？　腕に追跡装置を入れて行方不明になった人が？」

なんてことをしてしまったのだろう。モーガンは腕に追跡装置を埋めこまれた。目の前の女性は質問に冷淡に答えるロボットに違いない。

「悪いけど、それは機密情報よ」ジェームズはそう言うと、箱を持って歩きだし、ドアの前で立ちどまった。「ばかな兵士とスパーリングしたくないの。男って女とスパーリングすると何かを証明したがるし、わたしはただでさえじんましんを引き起こしているから、最悪よ。あなたは強いって噂《うわさ》だし、ふたりとも鍛えておかないと。明日の夜、一緒にジムへ行かない？」

モーガンは思案した。仕事のあとはいつも疲れているし、運動をするのはせいぜい週に一度だ。でも、ジェームズの言うとおり、プロジェクトを完遂したいなら最高のコンディションを保つ必要がある。彼女は本物のスパイのように、情報を入手するために誘ったのだろうか。「いいわよ……サヴィー。七時に会いましょう」

「サヴィーなんて呼ばないで」

モーガンは微笑み、痛む腕をつかんだ。ほんの少しでも、彼女を困らせることができてうれしかった。「ヴァンナのほうがいい？」

ジェームズが肩をすくめる。「どっちもいや。みんなと同じようにジェームズと呼んで」

モーガンはかぶりを振った。「どっちか選んで」

「わかった。サヴィーでいいわ」サヴィーがため息まじりに言った。「じゃあ、十九時に」ドアを閉め、モーガンはオリアリー大佐と取り残された。

「プロジェクトが完了してアメリカへ戻ったら」オリアリーが繰り返した。「追跡装置については他言無用だ」

モーガンはうなずき、ぐったりしてオフィスをあとにした。カフェテリアで夕食をとるつもりだったが、腕が痛むし、食欲がない。ベッドでダンゴムシのように丸まり、誰かに慰めに来てほしかった。

でも、母はアメリカにいて、モーガンの状況に気づいていない。父は気にかけていなかった。そして、モーガンが寝たいと思っている男は、何も言わずに姿を消してしまった。

毎日が流れるように過ぎた。夜にサヴィーとスパーリングするのは楽しかった。大変な仕事を終えたあと一緒に過ごせる相手がいるのはありがたいし、サンドバッグや人間を相手にフラストレーションを発散できる運動を、自分がどれだけ必要としていたかに気づいた。

サヴィーは温和なタイプではないけれど、率直ではっきりしているところをモーガンは気に入った。時と場所が違えば、いい飲み友達になっていたかもしれない。ただ、サヴィーは自分のことは何も話さなかった。仕事のことも。その代わりに、モーガンを質問攻めにし、プロジェクトのことや、アメリカ大使館の職員からジブチの大臣、モーガンが来る前にシャルル・ルメールが雇った作業員に至るまですべての人についてききだそうとした。

モーガンは分析され、情報を引きだされているのだと気づいていたが、気にしなかった。隠さなければならないことはないし、ＣＩＡの情報収集に協力するのは当然だ。それに、サヴィーには辛辣なユーモアのセンスがあり、モーガンは切実に笑いたかった。

キャシアス・キャラハン軍曹が話題にのぼったときだけ、サヴィーのポーカーフェイスが崩れた。何かあると思って問いつめるとすぐ無表情に戻ったので、気のせいだったのだろうかと、モーガンは思った。パックスのいるAチームがどこへ行ったのか、サヴィーも知らないと言ったが、本当かどうかはわからない。

注入部位はすぐに癒合し、痛みは消えた。五日も経つと、腕に追跡装置を埋めこんでいるのを忘れることができた。その後、エテフ・デスタの組織内の人物からの密告はなく、以前と同様に作業が進んだ——厳しい暑さのなか、砂漠を何時間も歩き、イブラヒムとムクタールと話しあい、遺跡を記録し、移動した。新たに発見した遺跡の深さを調べるために試掘坑を掘った。新たな日常が生まれ、現場にAK-47を持った男たちが現れたときに始まり、市場での情熱的なキスで終わった非現実的な二日間をほとんど忘れられた。

正確には、司令部の緊迫した会合が最後かもしれないけれど、あのキスを記憶していたかった。

会合以来パックスを見かけておらず、基地を離れたのだろうかとモーガンは思い始めた。Aチームは地元の人々を訓練し終え、アメリカに帰ったのかもしれない。でも、そうだとしたら、サヴィーも隠さずに認めたはずだ。

パックスはモーガンの警護の免除を求めたに違いないと、心の奥底ではわかっていた。賢明な選択だが、それでも胸が痛む——というより、鼠径部を撃たれたような痛みを感じた。その一方で、明白な事実——モーガンがパックスを求めていること、その気持ちをパックスもよく知っていること、パックスがモーガンの警護を外れ、黙って姿を消したことを無視できず、感傷的というより、不愉快な気分になった。

パックスはグリーンベレーの隊員だから、基地を自由に歩きまわれるはずだ。モーガンの部屋を知っているのに訪ねてこなかったことに、モーガンは自分でも驚くほど傷ついていた。

追跡装置を注入されてから六日後、モーガンとイブラヒムとムクタールは休みを取った。爆発事件が起きる前は、休みの日は町で過ごし、市場を見てまわったり、地元の人々と交流したり、ヒューゴーに英語を教えたりしていた。だがいまは、基地に閉じこめられていて、無用なショッピングのために車を出してもらえるとは思えない。モーガンが門から出る際は必ず護衛をつけるとオリアリー大佐は言っていたし、デスタが彼女に病的な関心を抱いていることを考えると、それに反対するつもりはなかった。

基地から出られず、モーガンは時間を持て余した。図書館で本を借りて読むこともできるが、小説に集中できそうにない。それを言うなら、一週間の労働で疲れきっていて、何もせずエアコンのきいたCLUに閉じこもっていたかった。朝食をとりにカフェテリアへ行くのさえ億劫《おっくう》だ。

それでも、朝食をとったあと、図書館へ行ってみることにした。髪を編み始めたところで、ドアをノックする音がした。

いま手を離したら、最初からやり直すはめになる。寝巻きにしているタンクトップとヨガパンツを見おろして顔をしかめたあと、ドアを見つめた。たぶん大佐の副官がプロジェクトの進捗状況をききに来たのだろう。この一週間、毎日訪ねてきていたのに、昨夜は来なかった。モーガンがブラジャーをつけていないのを見て気まずい思いをしたとしても、休みの日の早朝に会いに来るほうが悪い。モーガンは足で鍵を開けて「どうぞ」と言ったあと、鏡に向き直った。

ドアが大きく開き、熱気が押し寄せてきた。なかに入るようふたたびうながそうと横を向いたとき、体にぴったりしたアンダーアーマーのTシャツとトレーニング用の短パンを着たパックスが目に入り、言葉を失った。

パックスがモーガンの全身をなめるように見て、ぴちぴちのタンクトップにかろうじて覆われた胸の上で視線を留めた。先端がかたくなっていることに気づいたに違いない。モーガンは鏡に向き直り、高鳴る胸をよそに平然とした態度を装おうとした。

「冷気が逃げちゃうから早く入って」彼の胸を見たら頭が働かなくなったので、機械的に髪を編み続けた。シャツが張りついていて、すてきな筋肉がくっきりと浮かびあがっている。

パックスは言われたとおりにし、閉めたドアに寄りかかった。モーガンはどうにか編み込みを完成させると、彼のほうを向いた。

「国に帰ったんだと思い始めていたところよ」

「いや、うちのチームはあいかわらず地元民の訓練で忙しくしていた。三日間、西の山にいて、昨日の夜遅くに戻ってきたんだ」

三日間。つまり、先週は基地にいたのに、モーガンを避けていたのだ。「うまくいった?」モーガンは声を絞りだすようにしてきいた。

パックスが肩をすくめた。「死者は出なかった」

「それなら、よかったわね」モーガンはベッドサイドのテーブルから髪留めを取って髪を結ぶと、腕組みをして彼が話しだすのを待った。

パックスのりりしい顔にゆっくりと笑みが広がった。大男で堂々としていて、威圧感があるけれど、笑顔で印象がやわらぐ。セクシーで満足そうで、その目の輝きでアラスカのバローの冬の日でもあたためられるだろう。

「着替えろ」パックスが言う。「射撃場に行くぞ」

「射撃？　あの最悪な会合の日からなんの連絡もなかったのに、いきなり射撃に誘うの？」

　パックスがうなずいた。「そうだ」

「まだ朝食を食べていないの」

「食堂からブリトーを持ってきた。車のなかで食べればいい」

　モーガンはこわばった笑みを浮かべた。「射撃場でピクニック？　ロマンティックね」

「デートに誘ってるわけじゃない、モーガン。きみが拳銃を携帯していないとサンチェスから聞いた。射撃の腕を取り戻して、現場では銃を携帯するんだ」

　モーガンは目を細めてにらんだ。「そんなふうに威張り散らしていると、わたしの父そっくり。フロイトの考えとは逆に、興ざめだわ」

「それはよかった。将軍の娘に手を出すつもりはないから」

「嘘ばっかり」モーガンは拳を腰に当てた。「最初にキスをしたとき、わたしの父が将軍だと知っていたでしょ」

「あれは間違いだった」

「そうね」

パックスがふたたびモーガンをじろじろ見た。「早く着替えろ、モーガン。時間がない」

「これを着ていくと言ったらどうする？」モーガンは自分がどうして怒っているのか、なぜ彼をからかってしまうのかわからなかった。わけがわからない。何を怒ることがあるの？

モーガンが言い寄ると、彼はもっともな理由で拒んだ。その理由が問題ではなくなったあとも、数日間モーガンを避けていた。

そのせいかもしれない。

拒絶されたことをうまく受けとめられないのだ。

それに、彼を怒らせるのは楽しかった。

「冗談じゃない」パックスが言う。「〈ダブルD〉のタンクトップ姿で射撃場には行けない」

自分は露出狂なのかもしれない。「わかった」モーガンはタンクトップを脱ぎ捨てた。ブラジャーを取ろうとロッカーのほうを向いたとき、肩に手が置かれた。振り向かされ、冷たい壁に背中を押しつけられる。パックスが大きな手でモーガンの両手首をつかんで頭上で押さえつけ、ゆっくりと眺めまわした。

裸の胸をなめるように見るその視線を、モーガンは気に入った。押さえつけられ、視線の愛撫《あいぶ》を受け入れるしかない。胸の先がかたくなり、なめられ、触れられたがっているのに、パックスは見るだけだった。

「きみの胸は最高に美しい、モーガン。完璧な胸だ。そのパイオツを吸って、クリトリスをなめたい。やりまくりたい」

モーガンがつきあったエストロゲン支持者たちは、〝パイオツ〟なんて言葉は使わなかった。やけにセクシーに聞こえて、まるで彼に頭のなかをのぞきこまれ、自分でも知らなかったスイッチを入れられたみたいに興奮した。

「じゃあ、そうして」モーガンは吐息まじりの声で、祈るように言った。

「やらない。なめないし、触らない。濡《ぬ》れたあそこに舌も入れない。きみとはやらない。きみを射撃場へ連れていって、標的を撃つ。それがすんだら、ここまで送って、おれは自分の部屋に戻る。ひとりになったらすぐに目を閉じて、きみの完璧な胸を思い出しながらマスターベーションをする」

「どうして？」喉がからからに渇いて、声がかすれた。

「おれはまだきみの警護部隊の隊長だからだ。また現場できみを警護する」パックスが手の力を緩めた。「さあ、早く着替えろ」

「そうなの？　でもあなたは——やめたんだと——」モーガンは頭がくらくらしていて、言葉が出てこなかった。

「三日間はおれがチームにいなきゃならなかった。副司令官が許可したんだ」パックスが横を向き、短く刈りこんだ髪をかきあげた。「会合のあと、きみと関係を持つなと直接命令された」

「どうしてそんなことができるの？　わたしは軍人じゃない。あなたの上司でも部下でもない。副司令官には関係ないでしょう？」

「おれは軍人だ。おれの私生活はおれのものじゃないし、これは個人的なことでもない。派遣され、基地に住んでいて、たまたま将軍の娘だった民間人を警護する任務を受けた。おれたちが寝たら、軍の幹部たちが首を突っこんでくる。おれはこそこそするつもりも、副司令官に嘘をつくつもりもない。キャリアを台なしにしたくない」パックスの目から表情が消えた。「きみにとってのライナスと同じくらい、おれにとってこの仕事は大切なんだ」

モーガンはすばやくうなずき、ブラジャーをつかんだ。彼にとって大事なものがかかっているのだと理解できた。彼をからかうのは、拒絶を挑戦と考えるのはやめよう。職業人らしくふるまうべきだ。

13

今後数週間、史上最高にセクシーな女を警護する日々は、ちょっとした地獄になるだろう。アドレナリンの影響がなくても惹きつけられるだろうかと考えていたが、その答えが今日わかった。

モーガンは、破れて色あせたジーンズをはいた女のように色気を身にまとっていて、それが実に自然だった。化粧もピンヒールも派手なドレスも必要ない。実際、彼女ががっしりした革のワークブーツ以外の靴を履いているのを見たことがないし、ジブチに基本的な化粧道具を持ってきているかどうかも怪しい。いつだってセクシーなカクテルドレスよりも、シンプルなTシャツを選ぶだろう。

モーガンもパックスが彼女を求めるのと同じくらい激しく彼を求めているのに、手を出せない理由がいくつもある。

最悪だ。

射撃場で、パックスは彼女を試すために銃をひととおり並べた。「射撃の名手なんだろ。口で言うだけでなく行動で証明してみせろ」

「望むところよ」モーガンが自信満々の笑みを浮かべた。

パックスは首を横に振ったあと、M4カービンを選んで撃ち、最初の標的の仕組みを説明した——円盤に命中させるとアームが左から右に揺れ、もう一度命中させるともとに戻る。「外しても気にするな。あまりからかわないようにするから」

モーガンがM4を手に取った。アームがスイッチを入れたかのように左右に揺れた。

「ライフルは簡単だ」パックスは感心し、思わず笑みをもらした。

モーガンが笑い声をあげた。「やっぱり楽しい」

満足そうな笑顔に、パックスはキスしたい衝動に駆られたが、その代わりに、もっと遠くの小さな標的を設定しに行った。近い標的が簡単すぎるのは明らかだ。

「今週あなたがどこにいたか、どうして誰も教えてくれなかったの？」戻ってきたパックスに、モーガンがきいた。

「今回のような訓練——四十人以上の訓練兵たちと三日間防壁の外で行うようなものは、最高機密なんだ。アル・シャバブやアルカーイダに居場所を嗅ぎつけられたら、大量殺戮《さつりく》が起きるかもしれない。訓練兵たちでさえ、行き先は知らなかった。きみが基地から出ないのなら教えられただろうが、きみは毎日地元の人と交流しているし、大臣たちと定期的に連絡を取っている。だから、きみには伝えないという決定が下された。おれが決めたことじゃない」

モーガンが眉根を寄せた。「そういうことなら、あなたに腹を立てるのは筋違いね」

近くに人はいないが、パックスは声を潜めた。「別に怒ってくれてもかまわない」

「わたしが本気で怒ったところを見たことがないからそんなことが言えるのよ」

「そんな機会は一生ないだろう」パックスは台の上のさまざまな銃を指さした。「無力な兵士よりも、無力な標的に怒りをぶつけたほうがいい」

モーガンはひとつひとつ銃を取って撃った。何度か撃ち損じることはあったものの、彼女は調整して的に当てる方法を正確に知っている。二十五ヤード、五十ヤード離れた支柱の上のゴルフボールのようなとんでもない標的でも、五発以内で命中させた。パックスが二十五ヤードの地点に置いた綿棒も、一発で仕留めた。百ヤードの地点にエムアンドエムズ・チョコレートを置いて試してみたくなる。

くそっ。この女を抱きたい。

〝おれの女〟

とんでもない考えだ。

モーガンがＡＫ－47を手に取った。「支給された9ミリ拳銃に満足しているのに、どうしてこんなものを練習する必要があるの？」

「なんでも撃てるようになっておいてほしい。ＡＫは戦闘員が好む武器だ」彼女が標的に命中させるたびに欲望が高まり、パックスにとっては地獄のようだった。

「もう動きはないわ。水曜日以来、デスタは影を潜めている。こんなことをしても時間の無駄かも」

「セクシーな特殊部隊隊員と射撃練習をするよりも楽しい予定があったのか？」

「あら、キャルが来るの？」

パックスは笑った。これでいい。冗談を言いあえる。こうして緊張をやわらげるしかない。にやりとしてシャツの裾をめくり、腹筋を見せた。「これを忘れたのか？好きだろ？」

モーガンが肩をすくめる。「この一週間、筋骨たくましい海兵隊員たちと一緒にいたから」

背後からキャルの笑い声が聞こえた。「勘が鈍ったな、パックス。おれならもっとさりげなくアピールするぞ」

パックスはキャルに微笑みかけたが、その連れを見て笑顔がこわばった。「おまえには腹筋がないからだろ」

キャルがにっこり笑った。「ほかのもので補える」

モーガンが笑いに息を詰まらせ、銃を台に置いたあと、キャルをハグした。キャルが隣にいるAチームのメンバーを紹介した。

バスチャンの野郎がモーガンの手を両手で握りしめたのを見て、パックスは背中をこわばらせた。イエメンでの出来事以来、状況は変わってしまった。パックスがものにしたいのにできない女だからというだけで、バスチャンはモーガンに言い寄るだろう。

原始人がふたたび姿を現した。〝おれのものだ。全部〟

だが、そうじゃないし、そうすることもできない。

調査についてキャルにきかれ、モーガンが生き生きと答えた。やはり、彼女は仕事が大好きなのだ。「今週、あなたたちも現場にいらっしゃいよ」

「おれたちは地元の兵士たちの訓練で忙しいんだ」キャルが答えた。

「その人たちも連れて。いつかは文化遺跡を警備することになるんでしょう。遺跡荒らしからの保護が、ジブチの軍事費の大部分を占めているから」

「きみが案内して、いろいろ教えてくれるのか？」バスチャンが尋ねる。

「もちろん」

「どう思う、パックス？」キャルがきいた。

「別に問題ないだろう。副司令官に話してみよう」

キャルがうなずいたあと、パックスの鋭い視線に気づいて、連れと一緒に射撃場の向こう端へ移動した。バスチャンが歩きだすまで、モーガンを名残惜しそうに見ていたのが、パックスは気に食わなかった。パックスがモーガンといちゃついていたと知ったら、バスチャンは放っておかない。

モーガンがまた標的を撃ち抜き、パックスは引きあげどきだと思った。彼女をCLUに送り届けたあと、約束どおり、シャワーを浴びながらそのゴージャスな体と絡みあっているところを想像して、マスターベーションをした。


モーガンはクリスマスの朝の子どものように、次の作業日を待ちわびた。グリーンベレーと訓練兵たちが遺跡にやってくるかどうかはわからないが、そのせいで興奮しているわけではない。今日は一日じゅう、パックスのそばにいられるのだ。ボディーガードとその対象者以上の関係にはなれないのだから、それをこれほど喜ぶのは問題だ。それでも、その気持ちは消えないし、元気がわいてくる。

ハンヴィーの前でパックスと落ちあった。サンチェスもいたが、もうひとりの海兵隊員は以前の任務に戻っていた。モーガンはいつもどおり、後部座席に乗りこんだ。

「ドクター・アドラー、プロジェクトの進捗状況を聞かせてくれ」パックスが言った。

モーガンはバックミラー越しに彼と目を合わせて、名前の呼び方を訂正するなという無言のメッセージを受け取った。モーガンはうなずいた。ふたりには隔てが必要で、名前の呼び方はその第一歩だ。モーガンがサヴァンナをサヴィーと呼ぶと言い張ったのは、隔てを取り除くためだ。パックスとはその反対のことをしなければならない。彼はブランチャードだと、サンチェスと同様に名字で考えようとした。サンチェスのファーストネームも教えてもらったが、使わないので忘れてしまった。

「二カ所目のAPEを調べていて、遺跡と混入遺物をいくつか発見したの。ライナスのような大発見ではないけど」

「調査にあとどれくらいかかるんだ？」

「二週間――長くて三週間。細長い地帯だし、歴史豊かな国だから」

「そのほかの面では全然恵まれていないけど」サンチェスが道端のがれきの山に群がる子どもたちを見ながら言った。

パックスは未舗装道路の端を走り、すれ違うラクダを積んだトラックに道を譲った。

プロジェクトエリアの一部は、ラクダでしか行けない。そのときは、ラクダを用意するようジブチ政府に頼んであるが、アメリカ軍が関与しているいまとなっては、どちらが用意することになるのかわからない。

モーガンは笑みを浮かべた。大きなラクダの取引になる。アメリカの警護部隊がついてよかったことのひとつは、プロジェクトの段取りの一部を任せられることで、モーガンは仕事に集中できる。パックスにラクダ商人になってもらおう。

現場に先に来ていたイブラヒムとムクタールと、作業を開始した。パックスーーブランチャード曹長がいても、何も変わらない。彼は警護部隊長の椅子にすんなりおさまった。つややかな陸軍新兵徴募パンフレットのとおり、静かなるプロフェッショナルだ。

見つめるだけで、欲望があふれてくる。

その日は例のごとく、厳しい暑さだった。午前十一時から午後一時まで、ムクタールとイブラヒムはいつもの休憩を取った。彼らがポップアップ式の日よけの下で昼寝をするあいだ、モーガンはビーチチェアで午前中の仕事のメモを整理した。

日よけとビーチチェアと太陽と言えばまるで海にいるようだが、水は一滴もない。この国でいまも人が生きているのが不思議なくらいだ。何万年ものあいだ、水不足の問題を抱えてきたというのに。

今朝、モーガンが発見した遺跡は、たった五千年前のものであることをあらゆる特徴が示している。最も基本的な資源を欠いた環境で、人間はいったいどうして適応できたのだろう。

パックスがモーガンのそばのかたい岩だらけの地面に腰をおろした。モーガンは地図を広げ、遺物があった場所に印をつけながら、ちらりと微笑みかけた。「よければ、ハンヴィーの裏にもうひとつ椅子があるわよ」地図に集中しながらつぶやく。

「くつろぎすぎるとまずい」

モーガンはうなずいた。それがふたりが犯した最初の過ちだった。打ち解けすぎた。そのせいで危険なドアを開けてしまった。しっかり閉めておかなければならない。

生ぬるい風が日よけをカタカタ鳴らし、日陰をなくした。モーガンは背中が汗ばみ、体を起こして熱を逃がした。

パックスが水のボトルを差しだした。「飲め、ドクター・アドラー」

モーガンはボトルを受け取り、ほとんど飲み干した。丸一日分の水を持ち運ぶのは不可能だが、ハンヴィーに数ガロン置いてある。

「いまは何をしているんだ？」パックスがきいた。

モーガンは地図を見せ、発見した遺跡を指さした。「水がないのに、この辺りに遺跡がいくつもあるのは変だわ」

「二百万年前は淡水湖がたくさんあったんじゃなかったっけ。だからライナスは生きながらえたんだろ？」

「二、三百万年前はね。でも、今日発見したのは最近のものなの。この種の居住地にしては最近すぎる。五千年、最大でも七千年前。つまり、水がなくなってからかなりあとに人が住んでいたってこと」

「それがどうした？　いまだって人は住んでるだろ」

モーガンは道端の子どもたちを思い出した。「もちろん、いまでも人は住んでいるけど、ジブチでは作物は育たないから、大半は港湾の廃棄物を食べて生きている。それに、インフラがある——必需品の多くを輸入している。脱塩工場が建設されれば、水も輸入することになる」

モーガンはプロジェクトエリアである、細長い地帯を見渡した。「あなたが知っているかどうかわからないけど、数日前に天然資源大臣からメールを受け取ったの。中国がエリトリアの脱塩工場の建設を急速に進めているそうよ。わたしの調査で、そのパイプラインのルートも許可されることを望んでいる。ひとつの環境コンプライアンスで、ふたつ――パイプラインと鉄道を手に入れようとしていて、一週間以内に調査を終えれば、多額のボーナスを出すって」

「終わらせられるのか？」

「無理よ。終わったと嘘をつかない限り。デスタのせいで作業員が逃げださなければできたかもしれないけど」モーガンは眉をひそめた。「パイプラインの重要性はわかってる。飲料水がこの地域を流れることになる。そうしたら、ジブチ人の生活水準は変わるわ。でも、建設には一年かかる。調査のために、あと二週間くらい待てるでしょう」首を横に振る。「中国が我を通していたら、そもそもわたしが調査することにはならなかった」

「ジブチに関して、中国は何か思惑がある。善意の水道事業者になろうとしているわけじゃない」パックスが言う。「代理戦争を期待しているんだ。つまり、どさくさに紛れて領地を奪うつもりだ。だから、キャンプ・シトロンはなくてはならない。基地が拡張すれば、駐在が拡大する。中国が活動する余地が減る」

モーガンはうなずいた。「中国が費用を出すとしても、ジブチに水パイプラインができてほしいと思うのは間違っているかしら？」

「喉が渇いている子どもたちに水を、飢えた子どもたちに食物を与えたいと思うのは正しいことだ。ただ、アメリカが建設するんだったらいいのにと思う。エリトリアではなく、ジブチに」パックスが指から渇いた土をさらさらとこぼした。「だが、アメリカの納税者がそれを許さない。カリフォルニアやナバホ居留地で水問題を抱えているのに。だから、中国が足がかりを得た」

パックスが立ちあがった。「今朝、きみが発見した遺跡の話に戻るが、五千年前にここに人が住むのは不可能だったと言うんだな？」

「個人や少人数の集団だったらあり得る。遊牧生活様式で生きていけたでしょうけど、今日発見した遺跡には、村の特徴があるの。つまり、大人数の集団が長期間居住していたってこと。季節的な居住地だったとしても、水がないことを考えると理解できない。遺跡を発見したいなら水源の近くを探せというのが、考古学の基本理念のひとつなの」

「五千年前に水がなかったという確信があるのか？」

「わたしは地質学者ではないから、断言はできないけど、前に話した地質学者のアンドレ・ブルサールが、数カ月前にここを調べたの」

モーガンは貴重な水をごくごく飲んでから続けた。

「契約がまとまると、彼は最新情報を伝えるために、調査結果を送ってくれた。全ルートで採取したサンプルの結果よ。ルート沿いの青のピンフラッグは、彼がコアサンプルを採取した場所を示しているの。

わたしが到着する二週間くらい前に、メールをもらったわ。すごく興奮していたけど、詳しいことは書かれていなかった。でも、その数日後に、今度は『忘れてくれ』というようなメールが届いた。ライナスを発見したとき、このことだったのかもしれないと思って、メールを返したの。ライナスの晩餐の近くに青のピンフラッグが差してあったから。わたしが化石の年代を間違っているかもしれない、彼がなんらかのテストを行ったかもしれないと思って。でも、メールが宛先不明で戻ってきたから、電話してみたけど、電源が入っていなかった。シャルル・ルメールが連絡してくれると言っていたんだけど、いろんなことがあってすっかり忘れていたわ」

「ブルサールはパリに住んでるんだろ？」

「ええ。わたしの知る限りでは、いまはそこにいるはず」

「仕事のあと、大臣に連絡してみようか」

モーガンはしかめっ面で地図を見た。「そうしたほうがいいかも」椅子から立ちあがり、等高線を眺める。「今日、ムクタールがシャベルで掘っただけだけど――堆積物が沖積層に見える。でも、どうして河川のシルトがあるのか理解できない。ブルサールの地質報告によると、この谷を最後に水が流れたのは二十万年前。沖積層はとっくに消えているはず」

モーガンは日よけの下から出て遺跡に戻った。ムクタールが地下一メートルから取りだしたなめらかな円い砂利を見たかった。

試掘坑のそばにひざまずく。試掘坑は過去をのぞく窓だ。この国の土地のほとんどが岩石から成り、土や水は少ない。だがときおり、運よく掘り返すことができるやわらかい土壌がある。

頭に帽子がかぶせられた。「帽子を忘れるな」パックスが言う。「色白なんだから」

モーガンはちらりと微笑みかけた。りりしい顔は、見るたびにかっこよくなっていく。まばゆくて、ふたたび地面を見おろした。「ありがとう」川の砂利を見て、眉根を寄せる。「この小石が変則的なものである可能性は充分にある」

モーガンはムクタールが置きっぱなしにしていたシャベルを取って、ブルサールの青のピンフラッグに近づいた。そして、ピンフラッグを抜き、数カ月前にブルサールがほぐした土を取り除いた。

ブルサールの削孔はムクタールの試掘坑よりも数メートル深かったが、埋め戻された土のなかに、同様の川砂利が見つかった。彼も砂利を発見したのだ。しかし、その深さは特定できない。

やはり、変則的なものかもしれない。ブルサールはこの発見に興奮したものの、無駄骨に終わった可能性が高い。

削孔を埋めていると、パックスが新しい水のボトルを持ってきてくれた。「ありがとう。面倒見がいいのね」

「誰かがやらないと。きみは仕事に集中するとほかのことが目に入らなくなってしまう」

パックスは別だけど。モーガンは細胞レベルで彼を意識しているが、それを伝えるべきではない。水をがぶ飲みしたあと、顔にかけて冷やした。

「昨日、射撃をしていたときと同じだ」

モーガンは腰の拳銃に手をやった。「夢中になってしまうのね」

「射撃が大好きなんだろ？」

「たぶん……そうね」

パックスが微笑んだ。「でも、やめた。父親を困らせるために、大好きなものをあきらめたんだな」

「十八歳は理屈で動けないのよ。父を怒らせるために絶対菜食主義者《ヴィーガン》になったりもしたけれど」

パックスが疑うように眉をつりあげた。「チーズとベーコン増量のクラブハウスサンドを昼に食べていたよな」

「ええ」モーガンはにやりとした。「でも、この十三年間、お肉や乳製品を食べているところを父に見られたことはないわ」

「頑固だな」

「そうなの」少し彼と距離を置いたほうがいい。モーガンは削孔に向き直り、足で地面をならしたあと、ふたたびピンフラッグを刺した。「衛星電話で大臣にかけてもいい？　ブルサールに連絡したい。仕事が終わるまで待てないわ」

「もちろん」

プロジェクトの予算では、衛星電話を持つ余裕はなかった。町を離れると携帯電話の電波が届かないので、アメリカ軍がつけてくれた護衛が持っている衛星電話は、大きなおまけだ。

ルメールはすぐに電話に出た。ブルサールの居所がわかったかどうか尋ねると、大臣の声が暗くなった。「今日、仕事のあとにわたしのオフィスに来られるか？」

モーガンがパックスに尋ねると、彼はうなずいた。モーガンは時間を決めてから電話を切った。大臣が詳しく語らなかったことに、胸騒ぎがする。電話をパックスに返してから、腕時計を見た。「休憩時間はあと一時間ある」

「おれは前方の調査エリアを偵察してくる。サンチェスとここにいろ」

モーガンはうなずき、ふたたび日よけの下のビーチチェアに座って、丘を下るパックスの背中を見送った。

セックスができないからって、一緒にいることを楽しむのもだめなの？　友達になれない？

だめだ。友情は欲求不満につながるだけだろう。


パックスの特殊部隊チームと訓練兵たちは、気温が四十度から三十八度にさがった夕方近くに到着した。

モーガンは訓練兵たちを案内するようイブラヒムとムクタールに頼み、彼らがフランス語とアラビア語で話すあいだ、パックスとうしろに立っていた。イブラヒムは生き生きとしていて、自分の仕事に誇りを持っているのが伝わってくる。

「彼も考古学者なのか？」パックスはモーガンにきいた。

「いまはそうよ」モーガンがにっこりした。誇らしげに作業員を見つめている。「二カ月前は、考古学について何も知らなかった。文化大臣がイブラヒムとムクタールと、もう辞めた三人を作業員として雇ったの。わたしのフランス語よりも、彼らの英語のほうが上手だし――わたしのアラビア語は論外よ――炎天下で地面を掘ったりアカシアを取り除いたりするのもいとわないから選ばれた。彼らは優秀よ。手際がいい。それに、わたしよりはるかにこの土地を知っている。遺跡を発見するには、何よりも地形を知ることが大事なの。わたしは探すべき印を教えただけ。彼らは本も読んだ――最初に、参考資料を入れた電子書籍リーダーをあげたの。プロジェクトが終了したあとも、文化財省に残れるといいんだけど」

「これは彼らのキャリアになるかもしれないんだな？」パックスは自分たちの仕事が似ていることに気づいた。パックスは地元の人々に兵士になる方法を教えている。モーガンは考古学者になる方法を教えている。ジブチはその両方を必要としていた。

調査エリアの案内が終わると、特殊部隊チームはバスいっぱいの訓練兵とともに去り、パックスは予定どおり、モーガンを連れて大臣のオフィスへ行った。サンチェスが玄関で見張り、パックスはオフィスのなかまでついていった。

ルメールはモーガンをあたたかく迎えたが、問題を抱えているのは明らかだった。

デスクの上で両手を組みあわせ、ジブチ人らしく話すのを忘れてしまったかのように、フランス訛りが強くなっている。「ムッシュ・ブルサールの所在について、ちょうど今日回答を受け取ったところだ。どうやら行方不明のようだ」

モーガンが体をこわばらせた。わずかな反応だったが、パックスは見逃さなかった。

「行方不明？　いつからですか？」

「難しい質問だ。クリスマス休暇から、誰も彼を見かけていないそうだ。しかし、一月の終わりに、鉄道プロジェクトに関する調査結果の最終報告書を送っている」

「最終報告書が添付されたメールをもらいました」モーガンが慎重に言った。

「ああ、わたしもだ。パリ当局がわたしが受け取ったメールから、送信元を調べることになった。報告書をまとめるためにフランスに帰ったと思われていたが、出入国記録がない。だが、最終報告書のハードコピーがパリから郵送されている」

「つまり、報告書は……偽造されたのですか？」

「その可能性はある。彼の大学の同僚に頼んで、誤りや地質学者が使わないような言葉が含まれていないか調べてもらっている。フランス国家警察にもコピーを渡して、彼の研究と一致するかどうか判定するプログラムにかけている」

「どうしていままで、彼がパリにいないことに誰も気づかなかったんですか？」モーガンがきいた。

「このプロジェクトのために、彼は一年間の有給休暇を取っていた。モロッコの貸別荘で報告書をまとめ、そこで数カ月間、残りの休暇を過ごすつもりだと、同僚にメールで知らせていた」

「じゃあ、パリの人はみんな彼はモロッコにいると思っていて、こっちの人たちはパリにいると思っていたんですか？」

「そうだ。しかし、賃貸契約が切れて、家主が問いあわせた。携帯電話は料金の滞納で止められていた。メールアカウントは使用されないので停止された」

「フランス国家警察が捜査しているんですね。ジブチ当局は関わっているんですか？」

ルメールがあきらめたように肩をすくめた。「われわれはパリ当局と違って人手も予算もない。フランス国家警察が警部を送りこんでくれることを期待している。結局のところ、行方不明になったのはフランス人だ。地元警察がフランス国家警察の介入に文句をつけることはないだろう」

「手がかりはもう失われてしまったでしょうね。ブルサールの行方がわからなくなってから二カ月以上経っているんですから」

パックスは前に出た。「ドクター・アドラー、ブルサールからメールをもらって、興奮した様子だったと言っていたが、メールは本人が送ったものだと思うか？」

モーガンが首を曲げて振り返った。窓から差しこむ光が金色の髪に光輪を描いている。「ええ。彼は発見したことについて議論したがっていたけど、確証を得るためにさらにサンプルを採取するつもりだった。その次にこの件は忘れてくれというメッセージが届いたのだから、あんなメールをほかの誰かが送ってくるとは思えないわ」

「つまり、二通のメールのあいだに、ブルサールは姿を消した可能性がある」

「ええ」

「彼がメールを送信した日付はわかるか？」

モーガンが眉根を寄せた。「一通目はわたしがヴァージニアを発《た》つ一週間——いいえ、二週間前」

パックスはさらに一歩進みでた。「二通目との間隔は？」

「それを読んだとき、わたしは最後の予防接種を受けるために待合室にいた。手帳を確認しないとならないけど、たしか出発の八日前だったと思う。だから、五日間？」

「それでもかなり幅があるな」パックスは言った。地質学者の失踪は、デスタや一週間前の爆発事件と関係があるのだろうか？

「地元警察がきみから情報を得たがっている」ルメールがそう言ったあと、咳払いをしてから真実を口にした。「というより、少なくとも情報があれば、彼らも行動を起こす気になるかもしれない。ドクター・アドラー、きみがムッシュ・ブルサールと最後に連絡を取った人物である可能性は充分にある」

その発言が、ジブチの日差しに何時間もさらされたツナマヨサンドイッチのごとく気にかかった。モーガンが気づいた変則的な沖積層が関係しているとしたら？　パックスは青のピンフラッグを思い出した。「ピンフラッグに何か書いてあった。あれはなんだ？」

「ブルサールが削孔調査の番号と深さと日付を書き留めたの」

「それなら、フラッグの日付と一通目のメールの日付を比較すれば、どの調査のことを言っていたのかわかるんじゃないか？」

モーガンがかすかに身震いしたのが見て取れた。「そうね。そのとおりよ。冴《さ》えてるわね」

パックスは体を褒められるのには慣れていた――モーガンも同じ反応を示した。だが、いまのように頭も褒められるのはめずらしい。多くの女は、元妻でさえ、体の大きな兵士という外面しか見ない。だが今日、モーガンは調査現場で、簡単な言葉を使ったりせずに、パックスが基本的な地質学を理解していないと決めつけることなく、仕事を説明してくれた。

モーガンは博士で、パックスが大学へ行かなかったことを知っているのにだ。彼女はものすごく頭がいいのに、対等に接してくれる。パックスの職種を考えれば、不愉快なくらいめずらしいことだ。彼女が欲しくなる理由がまたひとつ増えた。

パックスが違うタイプの男、違うタイプの兵士だったら、すべてが終わったあと、ふたりの関係に何かしらの希望があったかもしれない。しかし、彼は仕事が人生そのもので、特殊部隊にいる限り、仕事とチームが一番大事だ。そうでなければ、自分にとっても、パックスを頼りにしているチームメンバーにとっても命取りになりかねない。

モーガンは二番目にされていい女じゃない。

ルメールに逐次連絡するよう頼んで、オフィスをあとにした。基地に戻ると、モーガンの部屋からパソコンを持ちだし、Ｗｉ‐Ｆｉが使える建物に移動した。正面玄関の階段をあがるとき、パックスはモーガンの腰のくびれに手を置いた。横目で見られ、すばやく手を引っこめた。

くそっ。気が緩んでいる。基地のなかだというのに。

デスクに着くと、モーガンがパソコンを立ちあげ、ブルサールから送られてきたメールの日付を書き留めた――モーガンが記憶していたとおり、どちらも一月だった。

それがすむと、パックスは腕時計を見た。十二時間ぶっつづけで働き、そのほとんどが猛暑のなかだった。「腹が減ってないか？〈ベアリー・ノース〉になんか食いに行こうか」

モーガンはかぶりを振った。「カフェテリアにしておくわ」

賢明な判断だが、パックスは無理強いしたくなった。セックスも、つきあうこともできないが、せめてあと一時間一緒にいたかった。「頑張ったんだから、ビールの一杯くらいいいだろ」

「いい考えだとは思えないわ、ブランチャード曹長」

その日、初めて階級をつけて呼ばれ、パックスはしっくりこなかった。距離を置くことを望んでいたのに。「仕事が終わったら、パックスと呼んでもかまわない」

「だめよ。やめておくわ」モーガンがパソコンを持ってドアへ向かった。「お疲れさま、曹長。明日の午前六時半きっかりにまた会いましょう」パックスに反論する暇も与えず、外に出た。

14

「ピンフラッグの表記が変わっている」モーガンは言った。「調査番号の上に日付が書かれていて、数字の6が……違う。手書きのメモをたくさん読んだから、筆跡は見分けられるわ。ブルサールの6は、閉じてないこともあるの。下の輪から描き始めるんだと思う。このフラッグの数字を書いた人は、上から始めて輪を描いて、最後に線を越えている」

ブルサールのピンフラッグを調べるために、一緒に長い道のりを歩いてきたパックスを見上げた。イブラヒムとムクタールは、サンチェスと調査エリアに残って、今日の作業を始めている。「このフラッグを立てたのはブルサールじゃない」

たどってきた道筋を、パックスが振り返った。「ほかは彼が立てたものか？」

モーガンはうなずいた。「そうだと思う」

しばしばシャープシューターと呼ばれる細いスコップで、穴のなかのほぐれた土をつつく。少しためらったあと、削孔を掘り返した。別に法医学的証拠をめちゃくちゃにするわけではない。「ジブチにこの事件を捜査する力があればいいのに」土を取り除きながら言う。「ひとりの人間の行方がわからなくなっているというのに、少なくとも、この国では何も行われないのだと思うと不安になるわ」手袋をはめた手で、額の汗をぬぐった。「ここに来てから二週間後、調査中に女性の骨盤骨を見つけたの。少なくとも死後六カ月は経っていて、絶対に女性だった——だから、ブルサールではないわ。警察に通報したんだけど、相手にされなかった。〝人は必ず死ぬ〟って言われたの」

「それがジブチだ」

「そう思った」

「ジブチは無法地帯だと、最初に言っただろ」

「ようやくわかってきたわ」シャープシューターが何かかたいものに当たった。モーガンは土を掘りだして、穴のなかに手を突っこんだ。「地下三十センチに硬盤層」眉根を寄せる。「ブルサールは硬盤層に行き当たって調査を中止した可能性があるのに、フラッグにはバケットオーガーを用いた深さ二メートルの探測と書いてある。実際は三分の一メートルもないのに」

穴のそばに腰をおろした。「表面上は本物らしく見えるくらいまで掘って、ほぐれた土に正しい間隔でピンフラッグを刺したんだわ」手袋を外してボトルを開ける。冷たい水を顔にかけてから飲んだ。「彼はもう生きていないと思う?」

「おそらく」

「ブルサールはここで何かを発見して興奮した。日付からして、ライナスではない。ライナスが発見された場所を、彼は十二月に、休暇で帰国する二週間前に調査していた。年が明けた直後に戻ってきて、最後に調べたのは、わたしたちが昨日調査した場所よ。それが一月十一日のことで、この一月十六日の調査は偽物」

パックスがモーガンの隣に座った。「昨日、きみは奇妙なことに気づいて、まさにその場所を調査したあと行方不明になった地質学者と話をしたがった」

モーガンはぞっとした。体感温度三十八度の世界で。

「鉱業権に関わる話かな?」パックスが言う。「貴重な鉱床の印を発見したのかもしれない」

「あり得るわ。これまでこの地域を地質学者が本格的に調査したことはなかった――だから、第二次世界大戦中のヴィシー政権のモノグラフがとても重要だったの。ブルサールが調査するまで、国の西半分の基本的な土壌図さえなかった」モーガンは土をすくい、指からさらさらとこぼした。「ジブチが巨大なダイヤモンド鉱山の上にあったとしてもおかしくない」渇いたシルトは指にくっつかない。手のひらに息を吹きかけ、細かい土の粒を飛ばした。

「でも、違うと思う。沖積層のことを考えると、ブルサールがジブチにとってさらに貴重なものを見つけた可能性があるわ」太古からの広い谷を見渡す。「ここに水があったんだと思う。みんなが思っているより近い時代に。想像しにくいけど、昔、この地域を氷河が通過した。それが溶けて、湖や泉になったのよ」

「最近──地質学的に言って──ここに水があったとしたら、現在のジブチにとってどんな意味を持つんだ？」

「千年のあいだに湖が浸《し》みこみ、泉が涸《か》れたのかもしれない。ジブチは背斜に覆われた深い帯水層の上にある可能性がある。地質調査が行われていなかったから、これまで知られていなかっただけで」唇を噛む。「わたしは地質学者じゃないし、乾燥環境の専門家でもないけど、もしジブチが手つかずの水源の上にあるとしたら？　エチオピアやエリトリア──アメリカや中国に依存しつづけているのは、水不足が一因なのよ。水が状況を一変させるわ」

「帯水層があるとしたら、きみは見つけられるか？」

モーガンはかぶりを振った。「まさか。地質学者でないと。ブルサールがいないと」眉根を寄せる。「もしあるとしたら、深さは数百メートルかもしれない。ブルサールは表面の印を発見しただけでしょうね」

「ブルサールがそういうものを発見したとしたら、誰に話すだろう？」

「天然資源大臣のアリ・アンベールよ。ルメールに話すかどうかはわからない」

パックスが景色を見渡した。「チームを引き連れて戻ってこよう。衛星電話で地元警察に連絡し、ピンフラッグからわかったことを話して、ブルサールの捜査が始まるのを願おう」

モーガンはうなずき、シャープシューターの平らな縁を使って穴を埋めたあと、ピンフラッグを刺した。

警官は英語を話せなかったので、パックスがモーガンの言葉をフランス語に訳して話した。電話を切ったあと、りりしい顔を不満げにしかめた。「やつらは何もしないだろう」

「結局、フランス国家警察の事件になるみたいね」

パックスがうなずく。「この件が最終的にデスタにつながるなら、国際刑事警察機構《インターポール》が出てくるだろう——麻薬や人身売買の捜査をしているから。だがいまのところは、フランス国家警察に期待するしかない」

「今夜、基地に戻ってから連絡してみる」ある意味では、フランスの警察に接触するほうが楽だ。地質学はモーガンの専門ではないし、乾燥した貧しい無法の国に、新鮮な水への期待をあおるのは賢明ではない。

問題の一部は、ブルサールがこの地域の専門家だったことだ。ほかの人を呼んで調査してもらうこともできるが、ブルサールと違ってこの地域の知識や経験を持たない。ブルサールはエチオピアやエリトリアで仕事をしていた。深部に帯水層が存在するとしても、ブルサールの足取りをたどれるくらいの専門知識を持つ人間がいなければ、その場所や規模が解き明かされることはないだろう。

幸い、ブルサールは熱に耐えられる金属製のピンフラッグを残していってくれた。

その夜、モーガンはフランス国家警察と長々と話をしたあと、〈ベアリー・ノース〉へ夕食をとりに行くことにした。サヴィーにスパーリングの約束をキャンセルされ——例のごとく、理由は教えてくれなかった——時間が空いたのだ。ブルサールのことが心配で胃が締めつけられるような感じがする。ビールを飲めば気分がやわらぐかもしれない。でも、〈ベアリー・ノース〉へ行けば、また違った緊張にさらされる恐れがある。パックスに出くわすかもしれない。

調査現場で一緒に過ごして、喜びとともに苦しみを味わった。前は寝たいだけだったけれど、彼を知れば知るほど一緒にいるのが楽しくなり、彼の知性やユーモア、隠れた能力に気づいた。コンロの上でぐつぐつ煮えるソースのように、欲望の味が濃くなった。

しかし、どんなに彼とのつながりを感じても、その欲望の味を味わうことはできない。〈ベアリー・ノース〉に行けば、ほかにいい男がいるかもしれない。グリーンベレー隊員を頭から追いだすためには、気晴らしが必要だ。

ファーストフードのハンバーガーがフランス料理の代わりになるだろうか。

店はすいていて、テーブルやカウンターの半分も埋まっていなかった。カウンター席に着くとすぐに、水平たちの会話に引きこまれた。彼らは陽気ではつらつとしていたが、モーガンは心から楽しめなかった。ファーストフードを食べたい気分じゃない。

モーガンの右隣に、パックスと同じチームの男性が座った。「一杯おごらせてくれないか、ドクター・アドラー？」

「モーガンでいいわ」彼の名前を思い出せない。軍服ならネームが入っているから便利だが、バーではみな私服を着なければならないのだ。

「セバスチャン・フォード准尉だ」相手の男性が名乗ってくれた。「バスチャンと呼んでくれ」

　Ａチームにいるふたりの士官のうちのひとり――副長――で、パックスの直近の上官だ。そんな人といいちゃついたら、大変なことになる。「ありがとう、バスチャン、でももう間に合ってるわ」

「パックスとはつきあってないって、たしかな筋から聞いたけど」

　バスチャンの率直さがありがたかった。こっちも率直に話せる。「ええ。でも、わたしはばかじゃないから」

　バスチャンがのけぞって笑った。ハンサムだ――それは認める。黒髪とアーモンド形の目が、ネイティブ・アメリカンかアジア人の血を引いていることをうかがわせる。端整な顔立ちで、南ヨーロッパの褐色の肌を持つりりしい顔をしたパックスとは全然違う。パックスはバスチャンのような正統派の美男子ではないが、また別の魅力がある。

「おれがばかってことかな？」バスチャンがきいた。

「わたしを口説こうとしているならね」

「じゃあ、ばかだな」

　モーガンはグラスを持った。席を変えよう。

バスチャンがモーガンの手をつかんで引きとめた。「ここにいてくれよ。きみがいやがるようなことはしないから」

「あなたとパックスの喧嘩のネタになるつもりはないわ」

「話を聞いたんだな」

「いいえ。パックスがあなたの話をしたことはない。でも、わたしは将軍の娘よ。五十メートル離れたところからでもあなたが威張った態度を取っていることに気づいたわ」

バスチャンがふたたび笑い、バーテンダーに合図して酒を注文した。「それなら、きみのプロジェクトの話を聞かせてくれ。大昔のとんでもないもの《シット》を見つけたんだって？」

モーガンは糞石《シット》など見つけていないと冗談を言いたかったが、どうせ理解してもらえないだろうし、説明したら面白くなくなってしまう。だから、その代わりに、村の遺跡と沖積層と行方不明の地質学者の話をした。しかし、バスチャンはすでにその話を耳にしていた。

「ビリヤードをやらないか？」会話が途切れると、バスチャンが空いている台を顎で示した。

「いいわね」モーガンはスツールから滑りおりた。夕食をとらなかったが、空腹を感じない。ブルサールがおそらく殺されたことを知ってからずっと、軽い吐き気が続いている。ビールがやっとだ。

バスチャンはよくいるタイプのプレーヤーだった。そこそこうまくて、これ見よがしに気取っている。

けれども、モーガンのほうが上手だった。モーガンは彼を油断させるため、最初の二ターンは手を抜いた。もう余裕で勝てると思ったバスチャンは腕自慢をしようと、難しいショットを狙った。だが、ミスしてモーガンのターンになった。そろそろ本気を出そう。パイントグラスを取って残っていたビールを飲み干してから、キューをつかんで、ブレイクランアウト（ブレイクインしたあと、一度もミスせずにテーブル上のすべてのボールを取りきること）に取りかかった。

四つ目のボールを沈める頃には、バスチャンもモーガンの魂胆に気づいた。「くそっ、だましたな」

「お金を賭けていないんだから、だましたことにはならないわ」モーガンは台に向き直って、ウォーミングアップストロークをした。ロングショットで、台に乗りださなければならない。バスチャンにヒップを見せつける格好だが、どうしようもない。これはビリヤードだ。勝つためにプレーする。いつだって。

ボールを沈めた直後、背後から低い怒鳴り声が聞こえてきた。振り返ると、パックスがバスチャンの顔に顔を近づけていた。最悪のタイミングでやってきたに違いない。もうっ。こうなることを恐れていたのだ。

キューを置いた。パックスがバスチャンに手をあげたとは思わないが、明らかに威嚇している。「パックス、さがって」モーガンは低い声で言ったあと、店内を見まわした。ビリヤード台の前で起きている事件に注意を払っている人はほとんどいない。パックスのキャリアを台なしにする事態に発展する前に、ここから連れだせるかもしれない。パックスの手首をつかんだ。「外に出て。早く」

モーガンはドアへと一歩踏みだしたが、パックスは動こうとしなかった。モーガンは手を離してひとりで歩きだした。自滅したいなら勝手にすればいいが、それを見守るつもりはない。

バーの外で、湿った空気を深々と吸いこんだ。胸の痛みがやわらぐことはなかった。

「モーガン、待て！」

振り返ると、結局、追いかけてきたパックスが目に入った。モーガンは話す気になれず、足を止めることなく角を曲がった。

パックスが追いつき、モーガンの腕をつかんで引きとめた。「フォード准尉とお楽しみのところを邪魔されて怒っているのか？」

モーガンはかっとなった。「最低」怒りで声が震える。「わたしがあなたのチームの人といちゃつくような女だと、本気で思ってるの？　あなたのことしか考えられないのに？　あなたのことしか欲しくないのに？」モーガンは彼の手を振り払って歩き続けた。

涙が込みあげる。愚かな怒りの涙だ。コントロールできないことがいっそう腹立たしい。父はモーガンを泣きやませる最善の方法は、泣くのが恥ずかしいと思わせることだと考えていた。悔しいけれど、それが心に焼きついていて、いまでも泣くことを恥じていた。

さらに悔しいのは、パックス・ブランチャード曹長のような原始人を自分が求めていることだ。モーガンのことを悪いように考え、いわれのない愚かな嫉妬で上官に詰め寄るような人を。

そんな人をどうして求めるの？

それに、彼を絶対に手に入れられないという事実が、どうしてこんなにつらいの？

モーガンは自分のＣＬＵのドアを勢いよく開けた。パックスがついてきて部屋に入りこみ、ドアを叩きつけるように閉めた。モーガンは振り返って彼と向きあい、頰を濡らす恥ずべき涙を両手で隠した。次の瞬間、壁に押しつけられた。パックスはモーガンの両手を顔から引きはがして頭上で押さえつけたあと、息もできないような怒りに満ちた激しいキスをした。

モーガンはうめき声をもらし、舌を絡ませた。手を引き抜いて、彼の髪に指を通す。腰に脚を巻きつけると、パックスはモーガンの背中を壁に押しつけて支えながら、片腕をヒップの下に滑りこませた。痛みにも似た切迫感に駆られて唇を奪い、嚙み、胸をつかむ。

モーガンも同じ切迫感を抱いてキスに応えた。彼の舌を嚙んだあと、口の奥に吸いこむ。

そう、これだわ。

何日もこれを夢見ていた。彼の髪を引っ張り、股間を屹立《きつりつ》したものにこすりつける。「お願い、パックス」バーで起きたことについて話したくなかった。話なんてしたくない。セックスがしたい。パックスと。

パックスがヒップをつかんで股間を押しつけた。モーガンはうめき声をもらし、彼の舌をさらに強く吸ったあと、ズボンのファスナーに手を伸ばした。

パックスがたちまち体をこわばらせた。

彼の手がヒップから離れ、モーガンの脚が床におりた。パックスは唇を離すと、ゆっくりとうしろにさがって距離を開けた。

「くそっ、モーガン。おれは間違ったことをした」声に深い後悔が表れている。さらに一歩あとずさりし、髪をかきあげた。「何もかもだ」首を横に振る。「バスチャンがわがもの顔できみのお尻を眺めていたのを見て、かっとなったんだ。くそっ、きみが欲しくてたまらなくて、ほかの男がきみを見ると思うだけで、嫉妬で頭がおかしくなりそうになる」

「わたしはあなたのものじゃないわ、パックス。でも、だからといってあなたのチームの人とセックスすることは絶対にない。わたしがそんなことをすると思うなんて、侮辱だわ」

パックスの茶色の目に感情があふれた。「あいつがどんな目つきできみを見ていたか知らないだろ」

「どうでもいいわ。あなたはわたしを、わたしを侮辱している。彼は男よ。わたしはビリヤード台に身を乗りだしていた。普通の男の反応よ。見ていた人はほかにもいるでしょう。それに、わたしはわざとそんなポーズを取ったわけじゃない。ボールをつこうとしていただけ」

「それはわかってるが、バスチャンとおれは……ガスと炎の関係なんだ。イエメンでの作戦行動でまずいことになってからずっと。あいつはおれを責めていて、おれは……向こうが正しいから嫌ってる」

「まずいことって起きるものでしょ？　実戦ならなおさら」

「あれはそういうんじゃない」パックスが髪をかきあげた。「だが、きみの言うとおりだ。おれはきみを侮辱した。ごめん」さらに一歩うしろにさがる。「ただ、きみを見ると、独占欲に駆られるんだ。きみはおれのものだ」

「違うわ。そうしないってあなたが決めたのよ」

「そうできないいんだ。命令にそむくことはできない」

モーガンは肩を怒らせた。「そうね。でも、これが終わってからは？　あなたがわたしの護衛じゃなくなったら？」

「きみはジブチを離れ、おれはどこか次の任地に赴く」

「いつかはアメリカに帰るでしょ。少なくとも一年のうちの半分はアメリカにいるんじゃないの？」

「陸軍はおれの人生そのものだ、モーガン。何年も前に決めたんだ。仲間の奥さんが三角にたたまれた旗を渡される儀式に出席したときに。特殊部隊にいる限り、誰とも

──深くはつきあわないと。一番大切なのはチームで、子どもたちをあとに残して父親の代わりに旗を抱きしめさせるようなまねはしないと。だから、今度おれがアメリカに帰ったときにやりたいなら、やろう。だが、それ以上を求めているなら、やめておけ」

「アメリカで未来のない関係を持つめったにない機会を、何カ月も待ちわびろと言ってるの？」パックスが言葉どおりモーガンを心から求めているのなら、待つ理由を与えるだろう。少なくとも、期待を持たせるはずだ。

「おれが与えられるものはそれだけだ」

モーガンは腕組みをした。どうしてこんなに胸が苦しいのだろう。始まってもいない関係を終わらせるだけなのに。彼は、モーガンに待つ価値はないと言った。ルールを変更する理由にはならないと。拒絶されるとやはり傷つく。「じゃあ、やめておくわ」

「それでいい」パックスがそっけなくうなずいた。「ただ、おれのチームの男に近づくことだけはやめてくれ」

モーガンは目を細めてにらんだ。「ふざけないで。わたしはバスチャンといちゃついてたわけじゃない。わたしが興味を持っていないと、彼は知っていた。そんな浅はかな女じゃないわ」胃がむかむかする。「でも、誰と仲よくしようと、わたしの勝手よ」パックスに詰め寄り、拳で胸を叩く。「それから、あなたのチームメンバーじゃない人とわたしがつきあったとしても、あなたに何か言う権利はないわよ。あなたはいまも今後も可能性はないと突き放したんだから。わたしはあなたのものじゃない。わたしが何をしようと、誰とデートしようと寝ようと、あなたに発言権はない。わかった？」

パックスは厳しい目つきでうなずいた。「わかったよ。おやすみ、ドクター・アドラー」

「せいせいするわ、ブランチャード曹長」パックスが出ていったあと、モーガンはドアを閉めて床にくずおれ、恥ずべき涙をこらえた。

15

パックスは彼のＣＬＵのドアに、副司令官からの呼び出し状が貼ってあるのを見ても驚かなかった。〈ベアリー・ノース〉で嫉妬をあらわにしたことを見逃してもらえると考えるのは、虫がよすぎる。その場にバスチャンが来ているのを見ても、驚かなかった。だが、意外にもその目には喜びではなく、悔恨の念が表れていた。この野郎。やつはパックスが食いつくと知っていて、餌をまいたのだ。

「われわれが戦場にいることを、おまえたちはわかっているのか？」オズワルド大尉が怒声よりも怒りが伝わる低い声で言った。「ジブチはわれわれに友好的かもしれないが、ソマリアがすぐ近くにあるし、エリトリアとエチオピアでＩＳＩＳが勢力を得ている。門のすぐ向こうで、アル・シャバブやアルカーイダが待ち構えていることは言うまでもない。それなのに、おまえたちは愚かにも、〈ベアリー・ノース〉の真ん中で、女をめぐって争ったというのか？」パックスをにらみつける。「アドラー将軍の娘には手を出すなと命じたはずだ」

　パックスは彼女にも名前があって、父親とは別のアイデンティティーを持っていると指摘したくなるのをこらえ、気をつけの姿勢を取ったまま言った。「わたしはドクター・アドラーと交際していません」

「そんなことはきいていない。わたしの命令にそむいて彼女とやったかどうかきいているんだ」

「いいえ」

　大尉は本当かどうか見きわめるかのように、パックスの目をのぞきこんだ。パックスは侮辱を感じ、怒りが込みあげた。バスチャンに気があるとパックスに思われたモーガンも、こんな気持ちを味わったのだろう——潔白を疑われ、憤慨した。

　失敗した。完全に。

　オズワルドはそっけなくうなずいたあと、バスチャンに言った。「ティーンエイジャーの少女のように噂好きなおまえたちのことだから、ブランチャード曹長がドクター・アドラーにほれこんでいることはおまえも知っていたはずだ。ブランチャードが近づくたびに、彼女も発情していると聞いたぞ」

　モーガンを侮辱され、パックスは気色ばんだ。仕事中の彼女は、プロフェッショナルそのものだ。しくじったのはパックスのほうだ。

「彼女を口説くとは、いったい何を考えているんだ？　ましてや、おまえたちは同じチームだろ。自分を守ってくれる仲間にひどいことをするな」

「口説いてなどいません」バスチャンが少しためらってから続けた。「その前に拒絶され、ばかと言われました。そのあと、ビリヤードをしていただけです」

パックスは右手を握りしめた。モーガンはビリヤードをしていただけで、バスチャンは彼女の胸や尻を眺めていた。これで、パックスが粗暴なまねをしてモーガンとの関係を壊したことがはっきりした。

「これ以上言い訳は聞きたくない、フォード准尉。おまえは愚かなことをした。責任を取れ」

「はい」

オズワルドがふたたびパックスをにらんだ。「おまえをただちに彼女の警護部隊から外す。後任はリプリー軍曹だ。おまえは午前六時半に引き継ぎをしてから、フォード准尉の指揮下で通常の任務に戻れ」

「はい」

「今後も彼女には手を出すな」

「了解しました、サー」

「解散」

パックスは部屋を出たあと、これでよかったのだと自分に言い聞かせた。リプリーはいいやつで、妻と子どもたちを愛している。モーガンは安全だろうし、これでパックスは毎日彼女と会わずにすむ。だが、本音を言えば、彼女の虜《とりこ》になっている自分以上に彼女を守れる男がいるとは思えなかった。


パックスが警護部隊から外されたと聞いても、モーガンは驚かなかった。軍のやり方を知っているから、バーで起こした騒ぎのせいで彼がそれ以上の罰を受けないことをただ願っていた。自業自得だとはいえ、彼のキャリアが危うくなることは望んでいない。モーガンは彼のキャリアのために苦しんでいるのに、結局、経歴に傷がつくことになったら残念だ。

リプリー軍曹は難なく警護部隊の指揮をとった。サンチェスは何も言わなかったが、詳細は知っているに違いない。そのため、道中は沈黙が続き、長く感じられた。現場に到着すると、モーガンとイブラヒムとムクタールはいつもの作業に取りかかり、海兵隊員とグリーンベレー隊員は巡回を開始した。一行は先史時代の村をあとにし、鉄道の候補路線に沿って移動した。十メートル幅の平行線の内側を歩いて調査し、混入遺物を発見した。

混入遺物はそのままの状態で記録した。さらに遺物が発見されたら遺跡と見なされ、遺跡の平面の境界を決めるため、試掘坑を掘って深さを調べながら歩くことになるだろう。アメリカでいつもやっていたことと同じだが、ここで発見した道具は百年や千年ではなく、何十万年も前のものである可能性がある。

このプロジェクト、これらの遺跡や混入遺物には意味がある。モーガンの発見が、人類の進化に関する知識にわずかながらも重要な変化を与えるだろう。爆発事件や基地への組織的攻撃の原因がライナスだったのかどうかは依然として不明だ。だが、発見を公表していなかったことを考えると、謎は深まるばかりだ。

ISISやタリバンが嗅ぎつけ、彼らのイスラム教の解釈にそぐわない情報を破壊しようとして攻撃したのだとしたら、キャンプ・シトロンではなく遺跡を直接狙ったはずだ。

水が関係しているのだと考えざるを得ない。五千年前にここにあったかもしれない水。素人のモーガンでも形跡に気づいたのだから、ブルサールも同じものを見たに違いない。そして、誰かに話した。

その後、行方不明になり、彼の報告書から、地質学的にそれほど遠くない過去にこの地域に水があったことを示す情報はすべて削除された。

パックスに話したが、そのような発見を隠蔽する理由はひとつしか思いつかない。水はなくなったが、完全に消えたわけではない。ジブチが何世代にもわたって国を支えられるような深い帯水層の上にあるとしたら？

その水を支配する者が、軍指導者、国王をもしのぐ力を持つだろう。神だ。

文化大臣か天然資源大臣にこの説を話すことも考えたが、それはまさにブルサールがしたことだろうから、オリアリー大佐に相談するほうがいい。アメリカの地質学者を呼んでくれるかもしれない。だが、その日、仕事を終えて基地に戻ったとき、オリアリーに会うことはできなかった。モーガンの優先度が低くなったのだ。プロジェクトは進んでいるし、デスタの脅威もおさまった。

大佐は副官にモーガンを押しつけた。副官は興味のあるふりをし、途方もない説を立てたモーガンの専門知識について容赦なく質問を浴びせたあと、大佐に伝えておくと約束した。地質学者を呼ぶ費用を出す価値があるかどうかは、大佐が判断する。

モーガンはその後ジムへ行ったが、サヴィーはいなかった。サンドバッグを相手に汗を流してからＣＬＵに戻ると、ベッドに倒れこんでこれからどうするか考えた。

〈ベアリー・ノース〉には行きたくない。昨夜失態を演じた場所だから、二、三日は避けたかった。

カフェテリアも気が進まない。でも、何か食べなければならない。こんなとき、ジブチ市のアパートメントに戻りたくなる。暑くてぼろく、騒がしい部屋だったけれど、プライバシーがあった。それに、異国の町や郊外を探検できた。

モーガンは異国の環境で成長していた。異国で外国人として暮らすと、学ぶことがたくさんある。脳が新しい情報を処理する以上に楽しいこともいくつかあった。新しい眺めや音、外国語のリズムやなじみのないスパイスの香りを吸収すること。異なる文化を持つ人々の交流を観察すること。

軍事基地はそれとは正反対の場所だ。兵士たちが世界のどこにいようと自国にいる気分になれるよう作られた島だ。モーガンが育った基地も、本土の地理的中心地であるカンザス州レバノンよりもアメリカらしかった。

ジブチ市のアパートメントにいた頃、モーガンは十歳の少年を通訳にして、外国の世界にどっぷり浸かっていた。

先週、アパートメントに戻ったときのことをふと思い出した。地質学のモノグラフ。ブルサールのほかの本はそのままあったのに、あれだけがなくなっていた。ブルサールもあの部屋に住んでいた——行方不明になった時点で住んでいた場所だ。ブルサールの代わりに引っ越しの作業をした人物は、彼がモーガンに本を置いていくと約束したことを知っていた。つまり、殺人犯は彼のメールを読んだのだ。

殺人犯がブルサールのアカウントを利用してメールを送ったことを考えると驚くような話ではないが、その人物は細心の注意を払い、彼が姿を消したことを二カ月間、誰にも気づかれないようにした。

どうしてモノグラフだけ持っていったの？

アパートメントに残りの本を取りに行きたかった。ほかにもブルサールの私物が残っているかもしれない。

モーガンは体を起こした。キッチンに置いてあった携帯電話は、ブルサールのものだったの？　パックスが電話を副司令官に渡し、それまでデスタの近くにあったかどうかが調べられた。だが、プリペイド式携帯電話だと決めてかかって、持ち主については調べていないかもしれない。

電話を調べた人を探して、何がわかったかきさだしたほうがいい。アメリカ軍はわざわざフランス国家警察と連携するだろうか？　ブルサールの失踪と携帯電話に直接的なつながりがあることが証明されない限り、エテフ・デスタの捜索に関する情報を共有するとは思えない。

リプリーの上司の副司令官――オズワルド大尉は、アパートメントへ行くことを許可してくれるだろうか？　その答えを知る方法はひとつしかない。大尉のオフィスの場所なら知っている。シャワーを浴びてから彼を捜しに行こう。どうせ外に出るなら、カフェテリアで夕食をとってもいい。どうすればいいか示してくれる人に出くわすかもしれない。オズワルド大尉の電話番号を教えてもらえるかも。

モーガンはパックスのＣＬＵの場所も、携帯電話の番号も知らなかった。

そのほうがいいのだろう。

16

理想の女がカフェテリアに入ってきたのを見て、パックスは顔をしかめた。同時に胸が高鳴り、彼女に会えるのを期待していたことを心のなかで認めた。自分は大ばか者だ。

キャルが、パックスとバスチャンを順に見たあと、首を横に振った。それから、かのトレイを持って席を立った。パックスがばかなまねをするのではないかと思っているのだ。信用されていない。

特殊部隊隊員六名が占めているテーブルを、モーガンがちらりと見た。パックスと目を合わせず、眉をひそめたあと、列に並んだ。

バスチャンがぶつぶつ言い、キャルのあとに続いた。モーガンのほうへ歩いていくのを見て、パックスは思わず体をこわばらせたが、バスチャンはモーガンにそっけなくうなずいただけで、トレイを片づけ始めた。

残りのチームメンバーも徐々に席を立った。モーガンがパックスのところに来ると思っているのか？　パックスがまたしてもばかなまねをしたとき、証人として呼ばれるのを恐れているのかもしれない。

パックスはひとりテーブルに残って、モーガンが料理を受け取るのを待った。彼女がどの席に座るのか知りたいが、知るのが怖くもあった。

ようやくモーガンがトレイを持ってやってきた。パックスのほうをちらりと見て、急に足を止める。眉根を寄せてためらったあと、深呼吸をしてからふたたび歩きだし、パックスの向かいの席で立ちどまった。

パックスは顎で椅子を示した。「座れよ」

モーガンが首を横に振った。「あなたの副司令官と話がしたいの。オフィスにはいなかった。携帯電話の番号を教えてもらえる？」

「まず座れ。メールで送る」

「やめておくわ」

「いいから座れ、モーガン。軽率なまねはしない。約束する」パックスは微笑みかけた。「ひとりで食事をしたくないだろ？」

「ひとりで食べるって決めつけないで」モーガンが笑いながらトレイを置いて座った。

うぬぼれ屋だ。だが、彼女の言うとおりだ。すぐに誰かに声をかけられるだろう。だから、ここに座ってほしいのかもしれない。

ドクター・モーガン・アドラーのこととなると、パックスは問題だらけだ。

携帯電話を取りだして、アドレス帳のオズワルド大尉の番号を見つけると、それを空メールに添付した。「きみの番号は?」

モーガンが番号を暗唱した。パックスはそれを入力し、メールを送信した。「送ったぞ」携帯電話をしまう。「どうして副司令官と話がしたいんだ?」

モーガンはアパートメントにあった携帯電話と、なくなっていたモノグラフに関する疑問を話した。「ブルサールの私物がほかに何か残っていなかったか、思い出そうとしているの。家具付きのアパートメントで、棚の本のほかに、食器棚にいくつか物が置かれていた。よく調べたいから、リプリーに連れていってもらえるよう、大尉に頼もうと思って」

「いい考えだが、きみは行くべきじゃない。あそこは安全じゃない。誰かに荷物を取ってきてもらえばいい」

「でもそれだと、どれがわたしので、どれがブルサールのものかわからないでしょ。何か動かされていたとしてもわからないし」

「科学捜査班《CSI》にでもなったつもりか?」

モーガンが鼻で笑った。「まさか。でも、ここの警察は何もしてくれないし、フランス国家警察が来るかどうかもわからない。何かしなきゃ。もし本当にブルサールが水くらい貴重なものを発見していたとしたら?」

「もしその推理が間違っていて、きみがまたデスタに目をつけられたら? やつはいまのところ、鳴りを潜めている。放っておけ。基地にいろ。もしいまもおれが警護部隊の隊長だったとしたら、一日の仕事が終わったらきみをCLUに閉じこめておく」

「わたしは自分の仕事をしようとしているだけなのに、閉じこめるのね」

「ブルサールの身に何があったか調べるのは、きみの仕事じゃない」

「そうかもしれないけど、わたしはそんな冷たい人間じゃない。人が行方不明になったら心配するわ」

「おれだってブルサールのことは心配している」〝だが、きみのことのほうがもっと心配だ〟

モーガンがにらんだ。「わたしを止めるよう副司令官に言ったりしないでね。あなたには関係ないから。あなたはもう警護部隊の隊長じゃないし、わたしたちは恋愛関係にはならないってあなたが決めたんだから、わたしのすることに口出しする権利はないわ」

パックスは深呼吸をして心を落ち着かせ、またしても醜態を演じないよう自分に言い聞かせた。ぶっきらぼうにうなずき、無理やり笑う。彼女は美しかった。ブロンドの長い髪をおろしている。その髪を手首に巻きつけて引き寄せ、激しいキスをしたかった。

だが、その代わりに、チーズケーキをひと口食べた。全然物足りない。完璧な肉体を持つドクター・モーガン・アドラーの夢に悩まされ、今朝目覚めたときは苦しいくらい勃起していた。携帯電話を取りだして、最後にメールした番号にすばやくメッセージを送った。〝きみは本当にきれいだ〟

モーガンの携帯電話が鳴った。彼女の胸の辺りから音が聞こえてきて、パックスは微笑んだ。また胸の谷間にしまいこんでいるのだ。モーガンが服のなかに手を伸ばす。

パックスはかぶりを振った。「いまは読まなくていい」

モーガンが眉根を寄せる。

「あとにして、まず食べろ」

モーガンはいぶかしげに彼をじっと見たものの、頭を振ってふたたび食べ始めた。

パックスはさらにメールを送った。〝きみの唇は最高《ファッキング》だ。きみとやり《ファッキング》たい〟

〝きみが危険なまねをすると思うと頭がおかしくなりそうになる。だが、きみはおれのものじゃないし、おれに口出しする権利はない。それは認める〟

〝でも、きみを守りたい。きみのそばにいるだけで、おれは原始人になる〟

〝きみはとんでもなくきれいだ。きみに絶対に手を出せないのが残念でならないが、どうしようもない〟

最後のメールを送ると、立ちあがってトレイを持った。「おやすみ、モーガン」

モーガンがパックスの顔をじろじろ眺めたあと、うなずいた。「おやすみなさい、パックス」

ベッドサイドのテーブルの上に置いていた携帯電話が振動した。パックスは寝ぼけたまま暗い部屋のなか手探りで電話を捜した。緊急の任務ではない。それなら、キャルの電話も同時に鳴るはずだ。片目をこじ開けて発信者を確認する。

モーガンだ。

パックスはぱっと飛び起きて電話に出た。時刻は午前二時。何かあったに違いない。

「モーガン？　大丈夫か？」

「セクシーな夢に悩まされることが問題ないなら、大丈夫よ」

　パックスは夜中に起こされて腹を立てるどころか、思わず笑みを浮かべていた。彼も夢のせいで欲求不満になっていた。「その点では、おれは力になれない」小声で言う。キャルを見やると、枕をつかんで寝返りを打っていた。

「メールをありがとう」

　彼女から返事が来るかどうか、パックスは気になっていた。どちらかといえば来ないことを期待していたのだが、弾むようなかすれたささやき声が聞けてうれしかった。彼女のゴージャスな尻が出てくる夢のせいで、すでに勃起している。

「全部本当のことだ。きみに手を出せないというのも」

「わかってる。ただ……話がしたかったの。電話で話すだけなら、命令違反にはならないでしょ」

「無理だ。キャルと相部屋なんだ」

　隣のベッドで、キャルがいらだたしげな声をあげた。

　モーガンが不満げに咳払いした。「聞こえたわ」

「眠ろうとしてるんだ。キャルに代わろうか。起こしてごめんって謝るといい」

　モーガンが小さく笑った。「やめてよ」少し考えてから続ける。「じゃあ、わたしがあなたにしたいことを全部話すから、黙って聞いていて。まず腹筋に舌を這わせて、下へ進むの」

くそっ。それは卑怯《ひきょう》だ。「やめろ、モーガン」この言葉を彼女に何度言ったかわからない。

「わたしは上だけ脱ぐ。わたしがあなたの腹筋を好きなのと同じくらい、あなたもわたしの胸が好きでしょ。胸をあなたの裸の胸から腹筋へ滑らせながら、舌をあそこのほうへ這わせていく」

パックスは想像すまいと目を閉じた。「やめろ」つぶやくように言う。

「わたしの唇を褒めてくれたわね。その唇であそこを包まれるところを想像してみて。喉の奥まで受け入れてもらう悦《よろこ》びを。一緒に市場へ行ったときからずっと、あなたにそうすることを想像してるの」

パックスの携帯電話が振動した。モーガンからのメールだ。マゾヒストのようにメールを開くと、〝最高《ファッキング》の唇？　まさにファックする唇ね〟という本文に唇の写真が添付されていた。

なんてこった。もうだめだ。こんな話を聞かされたらマスターベーションをせずにはいられないのに、キャルが隣で寝つけずにいて、おそらくばかなルームメイトを撃ち殺したいと思っている。

「もう切らないと、モーガン」

「胸の谷間でいきたい、パックス?」

〝そう言われると……〟

パックスは首を横に振った。彼女の誘惑に負けたら、キャリアが台なしになる。

〝モーガンとセックスしたからといって、統一軍事裁判法に違反するわけじゃない〟

戒告ですむだろう。だが、経歴上の汚点になるし、〈ベアリー・ノース〉で失態を演じたせいで、すでにオズワルド大尉のブラックリストに載っている。

〝モーガンの父親は将軍で、おれをひどい目に遭わせる力を持っている〟

ふたたび携帯電話が振動した。炎に引き寄せられる蛾《が》のごとくメールを開くと、その日の朝、彼女の部屋で見て以来ずっと脳裏に焼きついていた胸が目に飛びこんできた。

もう限界だった。携帯電話を耳に押し当て、モーガンが彼にしたいというあらゆるいやらしいことを聞きながら、ボクサーブリーフの上にスウェットパンツをはいた。靴を履いて鍵をつかむ。ドアの前まで行ったあと、引き返してロッカーのなかからコンドームの箱を取りだし、送話口を親指でふさぎながらドアをそっと開けて外に出た。モーガンのCLUは廊下の向こう端の反対側にある。二分足らずで到着し、そのあいだモーガンはフェラチオを事細かに描写していた。

ドアの前で、彼女の刺激的な話をさえぎった。「ドアを開けろ、モーガン」

「えっ？」

「きみの最高《ファッキング》の夢をかなえてやる」パックスは言った。「文字どおり」

17

モーガンはベッドの上でぱっと体を起こした。「来ちゃったの？」

「ああ。誰かに見られる前にさっさと開けろ」

モーガンはベッドから飛びおりてドアに駆け寄った。鍵にてこずる。どうして急に開けにくくなったの？　差し錠を外してドアを開けると、そこにかっこよくてセクシーなたくましいパックスが立っていた。彼は威厳たっぷりに部屋に入ってくると、ドアを閉めて鍵をかけた。それから、モーガンの手から電話を取りあげて切ったあと、ふたりの電話とコンドームの箱をドアの横の机に置いた。

ようやく両手が空くと、乳房をつかみ、親指で先端を撫でた。自撮りのためにTシャツを脱いでいたモーガンは、ショーツも脱いでおけばよかったと思った。

パックスがひざまずき、乳首を口に含んで吸った。

モーガンは悦びにあえいだ。

モーガンは強く吸われるのが好きで、パックスは期待を裏切らなかった。電話でどうされるのが好きか説明したのだから、当然だ。

パックスが股間まで頭をさげた。深く息を吸って、欲情のにおいを嗅いでいる。

「もう濡れてるわ、パックス。でも、入れる前にフェラチオさせて」

パックスが人差し指を濡れた下着に滑らせたあと、指をかけてずらした。顔を近づけてなめてから、舌を割れ目に差し入れる。モーガンは抵抗した。

「もう入れた」パックスはショーツを引きおろし、脚を広げさせて、腫れあがったクリトリスを攻めた。指を差し入れながらゆっくりと立ちあがる。

キスをしてモーガンを抱きあげ、壁の唯一空いている場所——いつもの場所に押しつけた。前と同じようにモーガンの両手を片手でつかんで頭上で押さえつけ、もう一方の腕で体を支える。唇を離すと、胸をなめた。強烈な快感に、モーガンはたちまち燃えあがった。

パックスが顔をあげてモーガンの目を見た。ふたたび指を二本差し入れる。

「こんなふうにやる。やりまくる。おれのペニスを好きなだけしゃぶってくれてかまわないが、完全にきみの思いどおりにはさせない。こんなことになって少し頭にきてる。セックスできない理由をちゃんと話したのに、きみは電話で誘惑した。だが、始めてしまったからには、おれの好きなようにやる。おれはきみが思いどおりにできるような男じゃない。

今夜が最初で最後だ。おれは満足するまでやったら、みんなが起きだす前にここを出る。もし見つかったら責任を取る。嘘はつかない。だが、ばれなかったら、自分からは言わない。明日顔を合わせても、今夜カフェテリアで会ったときと同じようにふるまってくれ。おれもそうする。これ以上メールも電話もしない。それがいやなら、ここでやめる。それでいいならやろう」

そのあいだずっと、クリトリスをいじられていては、拒めるはずがなかった。それに、その条件に問題はない。数時間だけでもかまわない。

パックスがモーガンを床におろした。モーガンはスウェットパンツのなかに手を入れて、屹立したものを取りだした。「それでいいわ」彼の前にひざまずき、一度しごいて笑いかける。胸のあいだに挟んだあと、先端をなめてから喉の奥まで入れた。彼のうめき声が聞こえてくる。

パックスがTシャツを脱ぎ、靴を蹴るようにして脱いだ。モーガンはスウェットパンツとブリーフを引きおろした。

彼を全裸にすると、何日間も空想していたことを実行に移した。単純な空想だ。口を上下させつづけると、パックスはモーガンの髪に指を絡ませながら、ゆっくりと解放へ向かった。モーガンはその行為を楽しんだ。純粋な満足感を覚えた。

彼がいきそうになったところで、顔を見上げた。悦びで引きつった表情をしている。その茶色の目にうっとりした。モーガンにフェラチオされていることが信じられないというようなまなざしだ。モーガンは口からペニスを出して、手でしごいた。「口と胸、どっちでいきたい？」

彼の見開かれた目を見て、胸でいくことに惹かれているのだとわかった。パックスはモーガンのこととなると原始人になってしまうと言っていた。〝おれのもの〟だという考え方が何よりの証拠だ。モーガンは彼のものになりたかった。あの原始人が欲しい。長年縁がなかったテストステロンを、彼は有り余るほど持っている。

「どっちもいやだ」パックスがそう言って、モーガンを驚かせた。「濡れた熱いあそこのなかでいきたい。だがその前に、なめてもっと濡れさせる」

パックスがモーガンを抱きあげ、ベッドに放った。ふくらはぎをつかんで脚を押し広げ、舌を這わせる。モーガンは悦びに身もだえし、容赦なく攻められ、またたく間にのぼりつめた。

叫び声をあげると、パックスに口をふさがれた。コンテナの壁は薄い。

だが、それでもなおパックスは舌を動かしつづけ、モーガンは何度も達した。ようやく解放されたときには、息を切らしていた。パックスがコンドームをつけてから、なかに入ってきた。強烈な快感が走る。腰を動かされると、眠っていた感覚が呼び覚まされた。いいセックスを経験してきたつもりだけど、これほど感じたことはなかった。

あの津波がいっそう力を蓄えて、とうとうやってきたのだ。

パックス・ラヴ・ブランチャードが、モーガンの妄想を現実にした。

モーガンは脚を彼の腰に巻きつけ、肌がすれあう感触を楽しんだ。激しいキスが始まる。快感にのまれ、煮詰まった欲望のソースを味わった。ひと晩じゃ足りない。

モーガンも彼と同じくらい、独占欲に駆られていた。わたしの男。わたしのグリーンベレー。〝わたしのもの。わたしのもの。わたしのもの〟のぼりつめながら心のなかでその言葉を繰り返していると、口からぽろっともれた。「わたしのもの」あえぎながら言い、ふたたび達した。

パックスが悪態をつき、体をこわばらせた。背中をそらし、うめき声をもらしながら解き放つ。その荒い息を聞いて、彼も同じくらい強烈なオーガズムを感じたのだとわかった。

パックスはモーガンの上にくずおれたり、力を抜いたりはしなかった。わたしのパックスはそんなことはしない。なかに入ったまま両手でヒップをつかんで寝返りを打ち、モーガンを上にまたがらせた。目を見つめる。「きみのものだ。数時間のあいだは」かすれた声で言い、腰を突きあげた。

何もないよりは数時間を選ぶ。それで満足するよう努力する。少しでも望みがあったとしたら、パックスに心を奪われてしまうだろう。はっきりとしたルールを決めてもらえてよかった。

パックスがふたたび寝返りを打ち、体を離した。ベッドからおりてコンドームを捨てたあと、洗面台で濡らしたタオルを持って戻ってきた。「もう一度口でするが、殺精子剤の味が嫌いなんだ」

彼の現実的な行動に、モーガンは笑みを浮かべた。「わたしもだから、あなたも拭いて」

「もう洗ってきた」パックスが冷たいタオルでクリトリスをいじった。

「ああ」こんなに簡単に感じさせられてしまうなんて。

パックスは布を舌に替え、歯を使った。「最高にきれいだ」脚のあいだを見つめて言う。

「わたしのあそこが？」モーガンは笑いながらきき返した。

「ああ。芸術品だ」パックスがモーガンの目を見た。「すばらしい眺めだ。ブロンドの髪、へそのくぼみ、見事な胸」舌をクリトリスに這わせてから、割れ目に滑りこませる。「このなめらかな感触、刺激的な味、セクシーなにおい。きみがいくときの声。くそっ。もう耐えられない。感覚過負荷を起こしそうだ」体を引いた。「うつぶせになって尻を突きだせ」

モーガンは言われたとおりにした。ヒップを撫でられたあと、ふたたびなめられ、枕に顔を押しつけながらあえいだ。

パックスがモーガンの胸とシーツのあいだに両手を滑りこませた。乳首をつまみ、乳房の重みを確かめる。「今度はこんなふうに胸をわしづかみにしながらやる」

モーガンはうめいた。この体位は好きだ。胸を持ちあげられるのも。野獣になった気分だ。「早く来て」

パックスがモーガンの頭をそっとひねって横を向かせた。「しゃぶって立たせてくれ」

モーガンはうなずき、横向きになった。パックスがひざまずき、半ば立ったペニスを差しだす。口に含むと、たちまちかたくなった。パックスは引き抜こうとしたが、モーガンは根元をつかんで愛撫を続けた。あと一分だけ。今夜しかないのだから。ふたりにとって忘れられない思い出にしたかった。

　そのあいだずっとクリトリスをいじられていて、ふたたびのぼりつめそうになったところで体を引いた。いきすぎたら過敏になってしまうし、このあとにさらなる悦びが待っている。

「コンドームをつけて」三カ月効果が持続する避妊薬を注射しているので妊娠の心配はないが、今夜ひと晩だけのことだから、性病歴については尋ねなかった。大量の体液を交換しているので、尋ねるべきだったかもしれないけれど、数時間しかないのにそんなことはしたくなかった。

　パックスがコンドームをつけた。モーガンは枕の上に膝をつき、両手を壁に押しつけた。こうすれば胸に触りやすくなる。

　背後に来たパックスにきいた。「まだ怒ってる？　電話やメールのこと」

「ああ」パックスがなかに入ってきた。

　モーガンはあえいだ。感覚が波紋のように広がっていく。

「こんなことはすべきじゃない」パックスがさらに奥へと入ってくる。「おれは破滅するかもしれない」胸をわしづかみにして、ふたたび突いた。「なのに、やめられないんだ」

「やめないで」

「もちろん」

パックスが手を滑らせて肩に置いた。片腕を壁につき、もう一方の手でモーガンの髪を脇によけ、首にキスをする。首と肩の敏感な部分を噛むと、無精ひげが心地よく肌をかすめた。耳元でささやく。「怒ってるが、同じくらい感謝している」

髪から手を離し、肩から腕へと撫でおろす。

「柔肌だ」腕を撫でながら、もう一方の手で胸をつかんだ。

乳首をつままれ、モーガンはうめき声をもらしながら彼を締めつけた。ふたたびのぼりつめていく。

彼の息遣いが変化し、体がこわばった。彼もいきそうなのだ。モーガンの腕を握りしめながらうなり声をあげる。同時に達すると、胸をつかんだままモーガンにもたれかかった。

そのとき、モーガンはオーガズムの波にのまれながらも、頭のなかで鳴り響く警報ベルの音を聞いた。どうして？　悦びに震えながら、ようやく腕に置かれた手の位置に気づいた。〝しまった。追跡装置が〟

18

「だめ！」モーガンがかすれた低い声で言い、パックスの手を押しのけた。そのとき初めて、パックスは恍惚《こうこつ》状態で彼女にのしかかっていたことに気づいた。

「くそっ！　痛かったか？」パックスは体を離してモーガンを振り向かせると、顔に手を当てた。「ごめん」

「ううん。そうじゃなくて」モーガンがあわてふためいてドアを見る。「追跡装置。腕に埋めこんであるの。十秒間押したら起動する」

パックスは全身の血の気が引くのを感じた。「皮下追跡装置をつけてるのか？」

「ええ」

体を起こすと、めまいがした。「あれは機密装置で、ものすごい要人にしか使われないはずだ」アドラー将軍はいったい何者なんだ？　モーガンの腕をつかみ、注入部位を探す。パックスが追跡装置のことを知っているのは、それをつけた人物を救出するため彼のチームがイエメンに派遣されたからにすぎない——間に合わなかったが。

腕についたかすかな白い線を見つけた。

「いつつけたんだ?」

モーガンはそれには答えず、ベッドから飛びおりた。「隠れて!」タオルを持って洗面台に駆け寄る。「もうっ! セックスのにおいがする。早くしないと来ちゃうわ」タオルを濡らして、股間を重点的に拭いた。

「きみがそんなものをつけてるなんて信じられない。どうして言わなかった?」

「思いつかなかった! あなたは知ってると思っていたの」モーガンがドアに駆け寄って明かりを消した。パックスをバスルームへ押しやる。目覚まし時計の緑色の光のなか、彼女の顔がぼんやり見えた。「そこに隠れて! 早く!」

パックスは最悪の状況をまだのみこめず、その場に立ち尽くした。どのくらい追跡装置を押していた? 起動させていない可能性はあるだろうか?

なさそうだ。

「腕に頭をのせて眠ってたふりをするわ」モーガンが床からショーツを拾ってはいたあと、タンクトップを頭からかぶった。

パックスを破滅させるかもしれない自分の大きな失敗をごまかそうとしている彼女

を見ていると、冷やかな怒りがわいてきた。深い関係にはなれないと、パックスははっきり言った。その理由も説明した。それなのに、彼女は電話してきた。いやらしい話をし、写真を送ってきた。

くそっ。おれの電話。パックスは何も言わずにドアの横の机に置いていた電話をつかんだあと、床から服を拾いあげて、隣室と共有のバスルームへ向かった。もし誰にも気づかれずにこの屈辱を切り抜けられたら、モーガンは彼を突きださなかったことを後悔するだろう。

モーガンがベッドに横たわり、パックスはバスルームのなかに入って、反対側の部屋につながるドアの鍵を閉めた。モーガンの部屋側のドアに額を押しつけ、外の会話が聞こえるよう呼吸を静めようとした。

三十秒も経たないうちに、ノックの音がした。モーガンがぼんやりした声で返事をし、時間をかけて鍵を外す。何を言っているかは聞き取れないが、ぐっすり眠っていたような感じが出ていた。彼女の体――というより部屋全体にセックスのにおいが漂っているのが残念だ。

モーガンの声が驚きでうわずり、はっきり聞こえた。「追跡装置を起動させてしまったんですか？　仕事で疲れて熟睡していたんです。きっと腕に頭をのせて眠っていたんだわ。しびれてるもの」

相手の声がぼそぼそと聞こえてくる。

「一緒に行く前に、着替える時間をください」ドアが閉まる音、それからロッカーが開く音がした。一分後、モーガンがふたたびドアを開けた。「さあ、行きましょう」ドアがしっかりと閉められ、パックスはひとり残された。

装置をリセットする建物に車が到着するまで二分くらいかかるだろう――バッテリーの寿命を消耗しないために、歩いてはいかない。

なんてこった。軽率なセックスでものすごく高価な追跡装置を起動させたとなったら、ますます厄介なことになりかねない。彼女とセックスしただけでも最悪なのに。いまのうちに自分のCLUに戻ろうかと考えたが、思い直した。これがモーガン・アドラーと個人的な話をする最後の機会になるだろう。

バスルームからそっと出て、ドアの横の机ではなく、ベッドサイドのテーブルにあったモーガンの携帯電話を手に取った。アドレス帳のパックスの番号と、パックスとやり取りしたメール、それから、彼女の自撮り写真を削除した。パックスが読んでいなかった最新のメールを見て驚いた――ベッドのなかでドアがノックされるのを待っていたときに送ったのだろう。〝ごめんなさい。本当にごめんなさい〟

ごめんじゃすまない。

ふたたびバスルームに入り、誰かが理由をつけて部屋のなかまでついてこないことを祈りながら、モーガンが戻ってくるのを待った。女の子の寝室に忍びこんだ十代の少年のようにバスルームに隠れるなど、このうえない屈辱だ。

十分後、願いがかなった。戻ってきたモーガンがまっすぐバスルームに来て、ドアをそっとノックした。「パックス？」小声で言う。

パックスはドアを開けた。

モーガンが美しい大きな青い目で彼を見上げた。「ごめんなさい、パックス」

「きみはとんでもないことをやらかした、モーガン。そのせいで、おれのキャリアが危うくなっていたかもしれない。直接の命令にそむくのは、たとえそれが私生活に関することでも最悪だ」

パックスはバスルームから出た。

「おれがメールなんかしなきゃよかったんだが、気持ちを伝えたかったんだ。きみに手を出せないことを強調したうえで。誘ったわけじゃない」ベッドを見る。くそっ。彼女の体は想像どおり最高だった。目をそらした。「なのに、きみが電話をかけてきて、おれはきみの部屋に来た——それは自分のせいだ。電話を切って、部屋から出なきゃよかった」ようやく彼女と目を合わせる。「でも、どうして腕に追跡装置を埋めこんでいると注意してくれなかった？　いったい何を考えてるんだ？」

「何も。ただ……ふざけただけ。あなたとセクシーな話をして楽しもうと思ったの。その先は期待していなかった。命令に違反させる気はなかったわ」

「ああ、そうかい。きみがふざけているあいだに、こっちは仕事をしてるんだ。ジブチ人をゲリラ兵に鍛えあげている。きみはむかつく父親のせいで陸軍をよく思っていないのかもしれないし、おれの任務なんてどうでもいいのかもしれないが、おれにとってはものすごく重要なことなんだ。ここでおれたちは重要な仕事をしている。ここがどんなところか、その目で見ただろ。少女を売買するとんでもない軍指導者や、ソマリアから来た飢えた難民がいて、周囲の国になけなしの貴重な資源を狙われている。国境や子どもたちを守る軍隊が必要で、おれはその手助けをしている。だから、きみは好きなように遊んでいればいいが、おれはおりる。おれにはやらなきゃならないことがあるから、そんなくだらない遊びにつきあっている暇はない」

ノブをつかんで、ドアを勢いよく開けた。部屋の外に出ると、一度も振り返らずに廊下をずんずん歩いた。彼女の警護部隊から外れたし、セックスもすませたから、もう忘れよう。モーガン・アドラーを彼の人生から追いだすのだ。

19

ハンヴィーが最後の検問所を通過して基地に入るとき、モーガンは作り笑いを門衛に向けた。暑くて長い、つらい一日だったうえに、昨夜は眠れず、疲れきっていた。早くシャワーを浴びてベッドに入りたい。食事は明日でいい。明日もいらないかもしれない。まったく食欲がわかなかった。

パックスに嫌われたかもしれない。そうだとしても、彼を責められない。腹を立てられるよりも、失望されたことのほうがつらかった。ジブチの問題を知らず、気にもかけない自己中心的で愚かな女だと思われた。

最悪なのは、その評価が的外れではないかもしれないことだ。ジブチの問題は気にかけている。ただ、愚かで自己中心的だったかもしれない。欲望に囚われ、リスクが見えなくなった。パックスの立場を理解できなかった。火遊びをしている場合ではないことを。どんなに彼が欲しくても。どれだけ求められていても。

彼は自分のキャリアがかかっていると言ったのに、モーガンは迫った。拒絶されて傷ついていたから。だが、欲しいからというだけで手に入れるのは、甘やかされた子どもと同じだ。自分をわがままだと思ったことはなかったけれど、わが身を振り返る必要があるようだ。たぶんパックスには、甘やかされた将軍の娘と思われている。それが何よりつらい。セックスがもたらしたものは、三回の激しいオーガズムだけではなかった。

パックスに恋をしてしまったかもしれない。もう恋に落ちかけている。全然タイプじゃないのに——兵士で威張り屋で、ベッドのなかでも傲慢。間の悪いときに独占欲を発揮する原始人で、父の理想の義理の息子。

それなのに、どうしてこんなに彼を求めているのだろう。どうしてだめだと言われたのに、誘いの電話をかけてしまったの？

二度と肌を合わせられないと思うと、苦しくなるのはどうして？

「モーガン？」運転席のリプリーが声をかけた。

気づかないうちに目を閉じて昨夜の思い出に浸っていたモーガンは、目を開けた。

ＣＬＵに到着していた。快適なわが家。

だが、シャワーとベッドはあとまわしだ。そこに、ほかでもない父が立っていた。

一日。一日でいいから、ドクター・モーガン・アドラーの顔を見たくなかった。この日は——パックスが彼女のベッドを出てからわずか十四時間後——モーガンのいない完璧な一日になるはずだった。ところが、そのなんとしても避けたい女が出席する会議に呼びだされた。モーガンが中心となるのは間違いない。

最初はモーガンとのことがばれたのかもしれないと心配したが、それなら基地司令官ではなく、オズワルド大尉と対面することになるだろう。副司令官はそのような違反行為は内密に処理するに違いない。パックスの人生を生き地獄にするだろうが、記録には残さない形で怒りと失望を示すはずだ。パックスをチームから追いだす口実を探しているのなら話は別だが。イエメンでの一件で、バスチャンとパックスが緊張関係にあることを考えればあり得ない話ではないが、それでもやはり、海軍の高官を関わらせることはない。これはSOCOMの話で、ほかの部隊に内輪の恥をさらしたりはしない。

シャワー室で三分間のシャワーを浴びながら、モーガンのCLUのバスルームを羨んだのはこれが初めてではなかった。状況が違えば——彼女に手を出すなと命令されていなければ、情事を続けて、彼女の個室と専用のシャワーを存分に利用できたのに。

腕の追跡装置は問題にならない。セックスする前に注入部位に絆創膏を貼って、そこに触らないようにすればいい。

気がつくと、モーガンとのセックスを想像していた。パックスはいらいらしながらシャワーを止めた。彼女とはもう関係ない。終わったことだ。

しかし、数分後に顔を合わせなければならない。タオルを腰に巻くと、鏡の前へ行ってひげを剃《そ》り、セクシーな博士との対面に備えて気持ちを引きしめた。

二十分後、清潔な迷彩服《ACU》姿で、キャルとリプリーと一緒に階段をあがった。最初にオリアリーのオフィスで会ったとき以来、これまでキャルがモーガンに関わる会議に呼びだされたことはなかったので、パックスはいぶかしく思った。

昨夜、パックスが部屋を抜けだしたことにキャルは気づいただろうが、何も言ってこないことにパックスは感謝した。セックス中にモーガンの追跡装置が作動したことを知ったら笑い転げるだろうが、幸い、いまのところは公にされていない。

皮下追跡装置の使用は機密事項だ。特殊部隊は、それをつけた人物の救出に送りだされて初めてそのことを知る。この地域では、通常ＳＥＡＬｓ《シールズ》の任務だ。イエメンの任務は例外だった。

三人が到着したときには、会議室のテーブルを囲む座席はほとんど埋まっていた。

モーガンとオリアリーはまだ来ておらず、三席しか残っていなかったので、パックスは壁際の椅子に座った。キャルとリプリーもそうした。このなかで下士官は彼らだけだから、テーブルに着く権利はない。

ざわめきのなか、サヴァンナ・ジェームズと目が合った。パックスが好きになれない、すべての秘密を見透かすような表情をしている。いつも鏡を見て練習しているのだろうか。

周囲を飛び交うささやき声から、誰も――副司令官でさえこの会議の目的を知らないことがわかった。

ようやくオリアリー大佐が、モーガンと、しわひとつないＡＣＵを着た年かさの陸軍将校とともに部屋に入ってきた。

誰かが号令をかけた。「気をつけ！」

パックスもみんなと一緒に立ちあがった。陸軍将校をよく見ると、胸の真ん中に星がふたつついていた。くそっ。少将だ。

「休め」少将がそう言って腰をおろした。

ネームを確認すると、最も恐れていたことが真実だとわかった。とはいえ、見覚えのある大きな青い目を見れば充分だった。

なんてこった。パックスは椅子にどさりと座りこんだ。これ以上悪い日にはなりようがないと思っていたときに、モーガンの父親が現れた。

　モーガンは父の右側の席に着くと、顔をしかめた。ちょうど視線の先にパックスがいる。父の慇懃《いんぎん》無礼な態度に対する彼の反応を見たくない。だがそれなら、彼を見なければいい。

　オリアリー大佐が立ちあがった。「フォート・ベルボアの情報保全コマンド《INSCOM》の総司令官であるアドラー将軍は、公式にはキャンプ・シトロンにあるＩＮＳＣＯＭの従属部隊の視察に来られたのだが、先日ご令嬢のドクター・アドラーが危険にさらされたため、予定が繰りあげられた」モーガンに向かってうなずく。「エテフ・デスタの捜索に関する最新情報と、ドクター・アドラーと彼女の考古学プロジェクトに講じた安全対策についてアドラー将軍にお伝えするために、この会議を設けた」父のほうを向いた。「将軍、その前にお話をなさいますか？」

　父が立ちあがって咳払いをした。モーガンは父が最初に言うことをわかっていたので、心の準備をした。「遅れてすまない。娘がどうしても先にシャワーを浴びたいと言ったもので。そのせいで、娘が古い岩を見ているあいだ、一日じゅう健闘していたきみたちを待たせてしまった」

モーガンは軍の時間を無駄にするために生きていると言いたいのだ。モーガンは深呼吸をした。怒ったら泣いてしまう。この場ではそれだけは避けたい。怒りがモーガンを刺激することを父はよく知っていて、しょっぱなからモーガンをおとしめて、完全に無視しようとしているのだ。

モーガンは壁をじっと見つめ、昨夜の出来事を思い出した。パックスはモーガンを抱きながら、きれいだと言ってくれた。胸をわしづかみにされながら、首にキスされた感触がよみがえると、自然と笑みが浮かんだ。

「最初に」父が言う。「娘を救ってくれたブランチャード曹長とキャラハン軍曹に礼を述べたい。困った娘で、ときに愚かな選択をする。たやすいことではなかっただろうが、彼らのプロ意識に感謝する」

父は〝無能〟という言葉は使わなかったが、その思いを口調に込めていた。

モーガンは気にすまいとした。それが難しかったので、パックスを見つめて、戦闘服を着たままの彼にフェラチオをする想像をした。それにふさわしいときではないかもしれないが、泣きださないための防衛手段だ。

パックスはうつろな目をしていた。道端で出会い、モーガンのパスポートを取りあげて車から降りるよう命じた兵士に戻っていた。

それが彼の本来あるべき姿なのだ。それでいい。

「護衛隊の動きを封じたスナイパーを、キャラハン軍曹が単独で仕留めたと聞いた。お見事だった」父がキャルにうなずいた。「とはいえ、キャラハン軍曹にしてみれば楽な仕事だっただろう。わたしのヒステリックな娘を連れて、ワジで待ち伏せをしている戦闘員たちと戦わずにすんだのだから」笑い声をあげる。テーブルに着いている男たちの何人かが一緒に笑った。

サヴィーが父をにらみつけているのに気づき、モーガンは彼女を生涯の友に認定した。

キャルが同情のまなざしでモーガンを見た。

モーガンは肩をすくめた。気炎を吐くときの父はいつもこうだ。

父が言葉を継ぐ。「ブランチャード曹長はワジにいた戦闘員二名を撃ち、そのうちの一名が貴重な情報を持っていると知って命を救った」

パックスが咳払いをした。「それはドクター・アドラーの功績です」

モーガンははっと顔をあげた。銃をモーガンに渡したことを公表して、キャリアを台なしにするつもり？

「どういうことだ？」父がきき返した。

「ドクター・アドラーが止血したのです。わたしは包帯を巻いただけです。あの男の命を救ったのはドクター・アドラーです。わたしではありません」

モーガンは安堵のため息をこらえた。差し支えのないほうの功績を認めただけだった。父は娘のどんな功績も認めないことを考えれば、すばらしいことだ。

「それを聞けてよかった、曹長。結局は、わたしの育て方は間違っていなかったようだ」人を見下すような発言がどんどんひどくなっていく。

父がモーガンに視線を移した。「内部の専門家を呼んでおまえのプロジェクトを支援しようという海軍の取り組みに反対したそうだな。ビジネスのうえでも戦略のうえでもお粗末な判断だ」

これが父が取りあげたかった議題だ。娘の鼻を折って、海軍にプロジェクトを横取りさせようというのだ。しかし、モーガンとオリアリーは和解した。海軍はもはやプロジェクトを指揮することを望んでいない。

父はアメリカ陸軍に尽くす優秀な将校だと、誰もが言う。昇進に伴う尊敬に値する人物だ。父親としては理想にはほど遠いとしても。だがいまは、腐った父性がにじみでて、ろくでもない将軍になりさがっていた。

モーガンが蚊帳の外に置かれているのならば、父がこの場を支配するだろうが、実際、父に賛同しているのはひと握りの将校だけのようだった。モーガンは咳払いをした。「ご意見は受けとめておきますが、将軍、わたしのプロジェクトはいまのところ順調に進んでいます。海軍の考古学者の協力を待っていたら、調査に遅れが出るだけです」

こわばった笑みを父に向けて言葉を継ぐ。「わたしの安全を確保するためにはるばる来てくれて、言葉で表せないくらい感動しています」皮肉を込めて言えた自分を誇りに思った。「わたしの警護部隊の許可を得て」リプリーにうなずいた。「明日の朝、ライナスの遺跡を案内します。驚くべき発見を、その目で確かめてください。古人類学におけるライナスの重要性が理解できるよう、今夜はエチオピアの化石人骨、ルーシーに関する本を読んでおくといいでしょう。ジブチ政府はすぐにも発見を公表したがっています。研究室からカリウム・アルゴン法の年代測定結果がもう届く頃で、文化大臣が遺跡の警備を手配しています。公表後は二十四時間体制の警備が必要となります。

また、世界有数の古人類学者による分析を待っているところです。彼はただちにこちらに来ることはできませんでしたが、写真で調べてもらったところ、予備的評価がわたしの評価と一致しました。三百五十万年前のアウストラロピテクス属の男性と道具の一括遺物です。手が空き次第――早くて来週の後半にいらっしゃる予定です。娘さんがご結婚なさるそうで、たとえライナスのような発見のためでも娘の結婚式を欠席することはできないと釘を刺されたようです」一同に微笑みかけた。「彼が乗り気でないとは思わないでください」

含み笑いが返ってきて、室内の緊張が少しほぐれた。モーガンは父のほうへ頭を傾けた。「発見が発表されるまでジブチにいられるといいんだけど。大事件になるでしょうから」

〝今回ばかりは、娘を誇りに思う理由が見つかるかもしれないわよ〟

モーガンは苦々しい思いを振り払った。「残念ながら、明日の朝以降は、調査を完了させなければならないのでご案内できません。この会議も中座させてもらいます。まだ仕事が残っているので。期限に間に合わせるために、これから現地調査の実施に伴う報告書を書かなければならないのです」

リプリーに言う。「リプリー軍曹、会議のあと、明日のアドラー将軍の見学と、ジブチ市への訪問の際の警護について話しあいましょう。わたしは自分のＣＬＵにいます」

リプリーがうなずいた。モーガンは急いでその場を立ち去った。

パックスが入念に育てた正当な怒りは、アドラー将軍が話しだしたとたんに薄れ始めた。そして、モーガンが穏やかに自分を守った頃には消え失《う》せた。

将軍はすばらしい娘を持っているのに、彼女の業績や知力や不屈の精神を認めることができないらしい。モーガンはどうして自分に自信が持てるんだ？　父親から無条件の愛や支え、自立した女性になるための教えを得られなかったのに。まだ離婚していないところを見ると、母親はずっとアドラー将軍に耐えているおとなしいタイプに違いない。

パックスははっとした。自分が抱いた女について、ワシントンDC近辺に住んでいて、冷酷な少将を父親に持っていること以外、ほとんど何も知らない。彼女の幼少期は父親を喜ばせようとすることに、成人期は反抗することによって形成された。

ほかに何を知っている？　空手三段。十五メートル離れた指ぬきの上のゼリービーンズを打ち抜くことができる。仕事が大好きだ。肌を合わせているときの彼女は最高に美しい。

将軍の目的は、海軍がもはや望んでいないプロジェクトの指揮権をモーガンに放棄させることだったため、彼女のいない会議は決裂した。オリアリー大佐が会議を一時休止にし、アドラー将軍につきそって会議室から出ていった。〈ベアリー・ノース〉で夕食をとるようだ。こんなとき、基地に将校クラブがあればいいのにとパックスは思う。だが、自分はカフェテリアを利用すればいい。

モーガンが自分のCLUから出ないことを願うばかりだ。この不愉快な会議のあいだずっと彼女を眺めていて、不本意ながらはっきりしたことがある。パックスは頑固で誇り高い考古学者に愚かにも恋をしていた。そして、彼女の父親が基地にいるいまとなっては、これまで以上に手を出せない。

20

遺跡見学は、鳴り物入りで実施された。モーガンの父とオリアリー大佐のほかに、キャンプ・シトロンのSOCOMの司令官と、もうひとり将官が加わった。オリアリーは、ライナスの頭蓋骨を保護するために作らせた、発泡スチロールで裏打ちされたケースを持参した。

海軍はイブラヒムとムクタールに携帯電話を支給していたので、リプリーが彼らにこのツアーのためにライナスの遺跡に来てほしいと連絡した。少なくとも、国際的な記者会見を開く前のいい練習になる。

モーガンは、グリーンベレーが調査エリアに来たときと同様に、ムクタールとイブラヒムに案内を頼んだ。ここは彼らの国だ。モーガンではなく彼らがこの発見の代表者となるべきだ。モーガンの知識や技術を父に見せつけるチャンスかもしれないが、父を喜ばせることはとっくの昔にあきらめているので、どうでもいい。モーガンは作業員が答えられない質問に答えるだけだ。これもまた、ふたりにとっていい練習になるだろう。

グリーンベレーのパックスのチームがバスいっぱいに訓練兵たちを乗せて到着したとき、モーガンはライナスの壊れた頭蓋骨をもとの場所に戻すところだった。頭蓋骨の損傷とパックスを見て、モーガンは胸が苦しくなった。今後、訓練兵たちが警備につくかもしれないことを考えると、彼らにも遺跡を案内するのは当然だとはいえ、パックスが来ることを事前に知っておきたかった。これまでと同じように、彼を見ると胸がどきどきしたが、それに痛みが加わった。

イブラヒムとムクタールが質問に答えるあいだ、モーガンはパックスのほうを見ずにはいられなかった。平然と見つめ返されたときは、ぞくぞくした。そのまなざしから、怒りや冷酷さは消えていた。兵士からパックスに戻っていて、真剣な目に隠しきれない欲望がにじみでている。

とはいえ、モーガンは希望を持てなかった。まったく。父が来たことで、パックスはリスクが高まり、誘惑に負ける見込みはない。ふたりのあいだの隔たりは広がる一方だ。

質疑応答が終了すると、ライナスの頭蓋骨はふたたび梱包《こんぽう》され、ハンヴィーに保管された。イブラヒムとムクタールは遅れてきた訓練兵たちのためにもう一度最初から案内を始めた。モーガンは父と将校たちに訪問の礼を述べたあと、作業員たちのもとに戻ろうとした。このツアーが早く終わることを待ち望んでいた。モーガンを深く傷つける力を持つふたりの男たちの視線から逃げだしたかった。

「待て」父が言った。オリアリー大佐に申し訳なさそうに微笑みかける。「少し娘とふたりきりで話がしたい」

父は大佐の時間を無駄にしてもかまわないのに、炎天下で一日過ごしたあと三分間のシャワーを浴びたがったモーガンは、わがままと言われるのだ。モーガンは苦々しい思いを振りきった。父との関係が修復されることはない。憎んでも胃に穴が開くだけだ。

父のあとについて、アカシアの木陰へ向かった。父は無言だった。モーガンは話しかけられる前に話さないほうがいいとわかっていた。そうしつけられた。

父が咳払いをした。「おまえに言われたとおり、ゆうべルーシーの化石に関する本を読んだ」

モーガンは驚いた。こんなことを言われるとは思ってもみなかった。

「実に……興味深かった」父が首を横に振った。「いや、ものすごくつまらなかったし、ほとんど理解できなかったが、なぜルーシーが――それと、おまえのライナスが重要なのかはわかる。おまえがその鋭い知性を軍に役立てる代わりに考古学の道を選んだのは間違いだったと、いまでも思っている。国防総省の諜報機関かどこかで成功できただろうに」

鋭い知性？　父がわたしを聡明《そうめい》だと思っているの？　暑さにやられてしまったに違いない。

「わたしを女性初の特殊部隊隊員にしたかったんじゃないの？　女にもできる仕事だから先駆者が必要だと思っているからじゃなくて、理想の息子が欲しいから」

父が殴られたかのようにのけぞった。「どうしてわたしが息子を欲しがっていたなんて思うんだ？」

本音で話すいい機会かもしれないと、モーガンは思った。これは、モーガンが怒りの涙を流しながら自分の弱さを憎むことになる一方的な説教ではない。「さあ、将軍の言い方かな。わたしがどんなに結果を出そうと、もっとできたはずだ、もっと頑張れって言ったでしょう。〝おまえにタマがあれば〟って」

「単なる慣用句だろ！」

「具体的な意味を持つ慣用句よ。わたしにタマはないわ、将軍。でも、残念だとは思わない。一番じゃないから失敗したとも思わないわ」

「そんなことを言った覚えはない」

「言ったわ。毎日」

「おまえを励ましただけだ。はっぱをかけたんだ」

「違うわ。わたしは父親を心から必要としていたのに、あなたは鬼軍曹だった」目に涙が浮かぶ。大事な話だが、ここでするべきじゃない。いまはだめだ。二十メートル離れた場所にパックスがいるし、モーガンは作業員を監督して、これからまだ何時間も働かなければならないのだから。

「ごめんなさい、将軍。仕事に戻らないと。Aチームと訓練中のゲリラ兵を待たせているの」父が許可する前に立ち去るのは、この二日で二度目だった。パックスの視線を避けつつ、ライナスを乗せたハンヴィーへまっすぐ向かった。

今夜、父が夕食に誘ってこないといいのだけれど。ヴィーガンは飲まない不健康なチョコレートミルクシェイクで、悲しみを紛らわせたかった。


パックスは最後にバスに乗りこんだ。チームメンバーのほとんどは、訓練兵たちを乗せたバスの前後を走るハンヴィーに乗るが、パックスとバスチャンは校外見学をする生徒たちをまとめる先生役として、バスに押しこめられた。

ジブチ政府が所有、運営するバスで、少なくともひとりの国民に安定した仕事を提供している。アメリカ軍はできる限りジブチ人を雇っていて、その立派な慣例によって仕事がさらに面倒になることもあるが、少なくともこのドライバーは充分な訓練を受けていた。

この生徒たちが勉強に真剣に取り組んでいることもまた幸運だった。彼らはみな若く屈強で、国を守ろうという熱意を持っている。それでも、訓練の小休止は喜ばれ、世界に公表される前にライナスを見られる遠足を楽しんだ様子だった。

ライナスをイッサ族だ、アファル族だと言いあう声が聞こえたが、その部族主義は冗談にすぎない。彼らはその問題を脇に置いておくことを学んだ。特殊部隊チームのほかのメンバーたちと同様に、パックスは地元の人々と協力するための語学力を身につけているが、パックスが得意なのはアラビア語ではなくフランス語だ。彼らの会話は、パックスが理解できるフランス語から理解できないアラビア語に移ったが、心配する必要はない。バスチャンはアラビア語が得意で、会話を聞いている。だから、このふたりが組んでバスに乗りこんだのだ。

椅子に深く腰かけ、目を閉じてすべてに耳をふさぐとほっとした。今回のめちゃくちゃな展開を忘れようとした。

だが、目を閉じるたびに、奔放にふるまう美しいモーガンの裸体が脳裏に浮かぶ。二日経って、さらに彼女を求めていた。

もうすぐライナスが公表されるのは気に入らないが、パックスはもはやモーガンの警護部隊の隊長ではないし、彼女の人生に口出しする権利はない――それは最初からだ。

携帯電話が振動した。パックスは気が紛れることを喜び、発信者を確認することなく電話に出た。「ブランチャード曹長です」

早口のフランス語が聞こえてきて、頭のギアを入れ替えた。

「シャルル・ルメールだ。ドクター・アドラーと話がしたい。緊急事態だ。遺跡の情報が漏洩《ろうえい》した。ライナスを破壊するため、ＩＳＩＳが有志を募ったと、たったいま情報大臣から知らされた」

くそっ。すでに問題は山積みなのに。「遺跡を保護する人手はありますか？」

「いや、アメリカ軍の援助を期待していた。いま、大統領が海軍大佐に連絡を取っているところだ」

脅威が差し迫っているなら、ＳＯＣＯＭの任務になるだろう。ＳＥＡＬｓが出動する可能性もある。そうでなければ、海兵隊員が警備する。訓練兵たちが予想よりもずっと早く遺跡を守ることになるかもしれない。パックスは首を横に振った。これは自分の戦いではない。自分の任務ではない。「ドクター・アドラーと話したいのなら、警護部隊の新しい隊長に連絡してください」リプリーの電話番号を教えた。

電話を切ったあと、通路を歩いてバスチャンの座席へ行き、ルメールとの会話を伝えた。自国を守る準備ができている四十名の訓練兵たちを、バスチャンがさっと見渡した。「無線で副司令官に連絡する。戻って防衛計画を立てよう」

パックスはうなずいた。バスチャンがそう言ってくれることを期待していた。いやなやつだが、頭は切れる。

見学のせいですでに短縮されていたモーガンの作業時間は、ルメールからの電話によって完全になくなった。やむを得ず、イブラヒムとムクタールだけで作業に当たらせ、モーガンは警護部隊と一緒に大臣のオフィスへ向かった。

到着すると、観光大臣のジャン・サヴァンがモーガンを会議室へ案内した。そこで、シャルル・ルメールが天然資源大臣のアリ・アンベールとともに待っていた。リプリーはドアの前に立ち、パックスが隊長だったときと同様に、サンチェスが建物の入り口を担当した。

ジブチ出身で、ルメールによると保守派の大臣のひとりで、モーガンが女だと知ったときに動揺したアンベールが、モーガンをじろじろ見てから言った。「われわれの遺跡は無防備だというのに、きみの政府はひとりの女を守るために金を費やしている。先日の会議で、ライナスを守ってくれないかとわれわれが頼んだのに、きみだけを守っている」

「この女がいなければ、守るべき遺跡もありません」モーガンは言った。「でも、わたしが警護を頼んだわけではありません。軍指導者に車に爆弾を仕かけられたあとに保護を与えられ、賢明に受け入れました」

ルメールが早口のフランス語でアンベールに何か言った。注意しているように聞こえる。それから、英語に切り替えた。「オリアリー大佐が警備を請けあってくれたと聞いている——海兵隊員がつくそうだ。それから、こうしているあいだも、アメリカ軍のチーム——わが国民を訓練してくれている兵士たちが、遺跡の防衛計画を立てている」

モーガンはリプリーの目を見た。リプリーがすばやくうなずき、ちらりと笑みを浮かべた。Aチームが取り組んでいるのだ。

パックスが動いているのかもしれないと思うと、胸がじんわりとあたたまった。別にモーガンのためじゃないのに。ライナスはモーガンのものではない。ジブチの所有物で、化石化した遺骨を保護することはアメリカの利益になる。ジブチと友好関係を築けば滑走路が手に入るからで、滑走路があれば東アフリカでの対テロ戦争でアメリカが有利になる。

それだけのことだ。

でも、パックスもあの無毛で二足歩行のヒト族を守ってやりたいと感じているのではないかと、モーガンは心の底で考えた。

観光大臣と天然資源大臣が立ち去り、残ったルメールと、行方不明のブルサールの捜査について話しあった。地元警察は実際には捜査しておらず、フランス国家警察もジブチに捜査員を送りこんでくる様子はないため、調査はほとんど進んでいないと聞いても、モーガンは驚かなかった。ジブチ市のアパートメントに戻る計画は打ち明けなかった。モーガンがそこを訪れることを、誰にも知られたくないとリプリーに言われたのだ。今後もリプリーを通して最新情報を伝えてほしいと、大臣に頼んだ。

携帯電話の番号を教えたらＧＰＳ追跡機能を使えなくなるので、モーガンは大臣とも、作業員とでさえ携帯電話で通話することを禁じられている。基本的に、アメリカ軍の関係者と連絡を取るときしか使用していない。モーガンにとってはほとんど役に立たない機械になっている。

いつもよりさらに長い一日を終え、遅い時間にようやく基地に戻った。まっすぐカフェテリアへ行き、ミルクシェイクをテイクアウトで買った。今夜はＣＬＵで過ごそう。臆病者だから隠れていよう。

タマがないと言われようと、どうでもいい。

シェイクを手に、デスクに着いて調査報告書に取りかかった。変則的な村の遺跡を除けば、二カ所目のＡＰＥのほうが鉄道路線に適している。そこでライナス並みの発見がなされない限り、ブルドーザーが走り抜けるのを止めることはできない。遺跡は失われるが、広い目で見れば、ジブチにとってはそのほうがいいのだ。中国が鉄道の建設資金を出してくれる。エチオピアは港行きの専用鉄道を利用するために毎年大金を払い、同じルートを通る水パイプラインの計画が進んでいる。

さらにライナスが発見され、ジブチは、ルーシーがエチオピアにもたらしたのと同程度の評価を与えるであろう国宝を得て、モーガンの請け負った仕事があらゆる点で大きな取引になった。

軍指導者やＩＳＩＳの脅威がなければ、モーガンは有頂天になっていただろう。だが実際は、不安だった。ライナスの写真がインターネット上に広まったら、ＩＳＩＳはどうするだろう？　公表することによって、プロジェクトやモーガンに対するデスタの関心がよみがえるだろうか。

デスタは鳴りを潜めている。内部抗争が起きていると考えられると、前に大佐の副官が言っていた。密告者が特定され、始末されたのかもしれない。モーガンの知るところでは、ＩＳＩＳの新たな脅威がデスタに関係しているとは考えられていない。デスタはＩＳＩＳではなく、アル・シャバブと協力している。

パックスと話ができたらいいのに。彼は、最近の沖積層を持つ奇妙な遺跡に関する疑惑を理解している。もし本当にブルサールが何かを発見したのだとしたら？

モーガンは携帯電話を手に取った。パックスにかけるためではない――それは二度とできない。カフェテリアで向かいあって座っていたときに、彼が送ってきたメールを読むためだ。彼とのつながりを感じたかった。時が経つほどに、彼に恋をしているという確信が強まった。慎重に行動していれば――電話もかけず、自撮り写真も送らなければ、アメリカに帰ったあとでつきあうチャンスはあった？　それとも彼は、将軍の娘には関わらない、特殊部隊の工作員である限り真剣なつきあいはしないというルールを守っただろうか。

彼が心変わりをしたと考える理由はない。あの夜が最初で最後だったのだ。そう思うと、少しだけ後悔が薄れた。少なくとも、パックス・ブランチャード曹長のものになるという感覚を思い出にできた。

メールのメニューを開く。この電話にメールを送ったことがあるのはパックスだけだから、先頭に表示されるはずだ。ところが、メールは一通もなかった。彼の美しい言葉が消えていた。

モーガンが追跡装置をリセットしているあいだに、パックスが削除したのだ。

その理由は理解できる。パックスの番号を消すためだ。それでも、貴重なメールをもう読めないと知ってショックを受けた。パックスがモーガンのＣＬＵから出ていったあと、必死に保っていた自制心が粉々に打ち砕かれた。あふれてきたのは、怒りの涙ではなかった。心の痛みに耐えられずに泣いた。

21

数週間ぶりに雲が出た。

ひとつだけ。

だが、パックスはその一片の雲を喜び、この先増えていくことを期待した。地元の人々でさえうれしそうだった。一片の雲を見たことで、それがドラゴンやユニコーンのように架空のものではなく、実在することを確認できたかのように。

その日の地元民の訓練は、パックスのチームが設置した射撃場で行われた。的を撃つ前に障害物コースを通り抜けなければならない。日差しは暑く、重い荷物を持っているため、スキルと決意が試されるが、楽しい時間でもある。競技のようだ。訓練兵たちは明るい雰囲気で、最低のタイムを記録したのは誰か、最も狙いが正確なのは誰か言いあっている。いつもならパックスも一緒に楽しむところだが、この数日間の出来事のせいで機嫌が悪かった。

くそっ。

だからかかり合いになりたくなかったんだ。集中力が失われてしまう。仕事に支障が出る。

こんな状態になったのは初めてだ。

遠くで砂埃があがり、車の到来を知らせた。優秀な訓練兵たちは、ライフルの照準器で車を確認した。「ハンヴィーだ」ひとりが叫んだ。待ち伏せ攻撃では、貴重な情報になり得る目についたすべてのものを大声で言う。だが、これは軍の高官の訪問で、脅威でないことは明らかだった。

パックスは不安に駆られた。その車に誰が乗っているかはわかっていた。陸軍の将軍は、特殊部隊チームに興味を示していた。視察のためにここに来たのだ。

Aチームの指揮官が、気をつけの姿勢で整列するよう訓練兵に命じた。パックスたちチームメンバーも集合した。

「休め」アドラー将軍が形式的な敬礼を受けたあとで言った。習慣的に列に沿って歩いて検査する。パックスの前で立ちどまった。「曹長、わたしの娘の警護部隊からの解任を要請したそうだな」

パックスは喉を詰まらせそうになった。要請だと？　副司令官は情け深くも事実を偽って述べたようだ。上官と人前でひと悶着起こした件が、そう説明された。

「はい」

「理由を尋ねてもよいか？」

「このチームで必要とされているからです」

「リプリー軍曹よりもか？」そこで、ほかの特殊部隊隊員や訓練兵たちも聞いていることを思い出したらしい。「解散」と告げた。

パックスは観念した。

「少し歩こう、息子《サン》よ」

経験上、上官に〝サン〟と呼ばれたときはろくなことがない。だが、パックスはうなずいた。命令には従うしかない。

「娘がきみを見る目つきで気づいた」将軍が言う。「きみは娘よりうまく隠しているが、きみも同じ目つきで娘を見ている」

否定するか、しらばくれるか、沈黙を貫くか。沈黙を選んだ。

「だから解任を要請したのか？」

パックスは慎重に答えた。「わたしがジブチにいるのは、ジブチ人を兵士に鍛えあげるためです」少しためらってからつけ加える。「サー」

「〝サー〟はいらない。個人的な会話だ」

「わたしの経験では、初めてお会いした高官と個人的な会話をすることなどありません、サー」

「きみが娘を好きになった理由はわかる。きみは娘と同じくらい頑固だ。娘が十年以上、わたしの前ではヴィーガンのふりをしているのを知ってるか？　わたしを怒らせるためだけに」

パックスは笑いをこらえ、無表情を保った。「将軍もずいぶん頑固なようですね、サー。気づいているのに黙っているのでしたら」

「モーガンはすばらしい女性だ」

「はい、サー。わかっています」

「きみは娘にふさわしい男だろうか、ブランチャード曹長」

「いいえ、ふさわしくありません。そろそろ失礼します。訓練がありますので」パックスはきびきびと敬礼してから、チームのもとへ戻った。

シャワーから戻ってきた矢先に携帯電話が振動した。副司令官からだ。パックスは気持ちを引きしめた。最近は、副司令官と話すたびにいらいらする。決まってモーガンに関する話になる。

　無愛想な声で電話に出た。キャルがまだシャワー室にいることに感謝した。ふたりは、モーガンが寝泊まりしているようなウェットCLUの順番待ちリストに載っている。長い一日の終わりにプライバシーを持てる日が待ち遠しかった。

「私的な連絡だ」副司令官が前置きなしに言った。「たったいま、アドラー将軍と話したところだ。おまえをヴァージニア州フォート・ベルボア、将軍の駐屯地へ転任させるよう頼まれた」

「フォート・ベルボアにSOCOMの部隊はありません。わたしを特殊部隊から引き抜くつもりですか？」

「半年から一年間の出張だそうだ。恒久的なものではない。おまえは見込みがありそうだとおっしゃっていた」

〝くそったれ〟

〝義理の息子としてだろ〟パックスは携帯電話をきつく握りしめた。「わたしはヴァージニアに派遣されるのですか？」

「いや、おまえはうちに必要な人材だと話した。この任務が完了したら、おまえはチームのみんなと一緒にフォート・キャンベルに戻る。しかし、パックス、この先も強く言われつづけたら、わたしにはどうしようもない」

「わかりました。知らせてくださってありがとうございます」終話ボタンを押したあと、電話を見つめた。全身が怒りでこわばっている。モーガンがけしかけたことだとは思わない。彼女は間違いなく止めるだろう。

22

ドアを荒々しくノックされ、モーガンははっとした。腕を見おろす。違う。またうっかり追跡装置を起動させてしまったわけではない。何か別のことだ。眉をひそめる。強く叩かれたせいで、コンテナ全体が振動していた。ドアにはめこまれた窓のシェードをおろした。「誰？」

「パックスだ。開けろ。早く」

彼の口調からすると怒っているのに、舞いあがっている自分に腹が立つ。哀れな女だ。

解錠し、ドアを開けた。そこに怒ったかっこいいパックスが立っていた。大きな体が戸口をふさぎ、夕陽《ゆうひ》をさえぎっている。「あなたに会えるなんてうれしい驚きだわ、パックス」甘い皮肉を込めて言う。「すてきな今宵《こよい》になんのご用？」

パックスが目を細めてにらんだ。「入っていいか？」

パックスが歯を食いしばる。「話がある」

モーガンは小首をかしげた。「どうしたの？　おしっこするときに焼けるような感じがするとか？　わたしがうつしたんじゃないわよ」ドアを閉めようとしたら、パックスが隙間に腕を突っこんで押し開けた。

「だめ」

「ふざける気分じゃない」

おとといの夜の別れの言葉を思い出して、モーガンはたじろいだ。

パックスが威嚇するように前に出て、モーガンはばかみたいにあとずさりした。部屋のなかに入ると、パックスはドアを叩きつけるように閉めたあと、モーガンに詰め寄った。「フォート・ベルボアにおれを転任させるよう、父親に頼んだか？」声が怒りに震えている。

モーガンはぎょっとし、さらに一歩うしろへさがった。「まさか！　冗談じゃないわ、パックス！　信じて。わたしはそんなことはしない。いったいどうして――」言葉に詰まり、立ちすくんだ。

パックスは最初の怒りはおさまったものの、依然としてはらわたが煮えくり返っている様子だった。「わかった。きみがけしかけたわけじゃないんだな。だが、きみが止めてくれ。きみの父親は将軍様で、おれはただの下士官だから、引きさがれとは言えない」

「もちろん、話をするわ！　あなたは——そのー、転任させられるの？」

「いや、だが、きみの父親が強要すれば、そのとおりになる。それが将軍のやり方だ」パックスがにらみつける。「だから、将軍の娘とはかかり合いになりたくなかったんだ」

もうこれでおしまいだ。いつかふたりが結ばれる可能性がわずかでも残っていたとしても、父がたったいまそれを吹き飛ばした。

「ごめんなさい、パックス。わたしもあなたと同じくらいショックを受けているわ」

「本当か？　娘のわがままをかなえたいってだけの理由で、大事なものを奪われそうになっている人間の気持ちがわかるのか？　もうこういうのは、別れた妻で懲りてるんだ」

「奥さんは将校の娘だったの？　どうして話してくれなかったの？」

「きみには関係ないことだ」

「関係なくなんかない！　そのせいで最初からわたしを色眼鏡で見ていたんだわ」

モーガンは父の行動の責任を押しつけられただけでなく、失敗に終わった結婚の重荷を、知らないうちに背負わされていたのかもしれない。

モーガンは歯を食いしばって彼に詰め寄った。委縮する必要も、自分が関与していないことで罪の意識を抱く必要もない。「ねえ、あなたって最低よ、パックス。わたしは誕生日プレゼントにあなたが欲しいって父に頼んだりしていない。わたしたちのあいだに何かあると父が気づいていることさえ知らなかった。それなのに、父を利用してあなたを手に入れようとする女だと思うなんて、ふざけないで」

両の拳で彼の腰を打つ。「あなたの元奥さんとその父親がどんな関係だったか知らないけど、念のため言っておくと、わたしは父とうまくいってないの。わたしたちが一緒になるために、あなたのキャリアを変えるよう説得できるような――するような関係じゃない。父に裏から手をまわしてもらわなきゃならない男を欲しがるほど困ってないし。わたしはひとりでも平気だし、その気になればすぐにあなたの代わりを見つけられる」

パックスの目に激情が燃えあがった。前に出て、壁のいつもの場所にモーガンを追いこむ。「おれの代わりが見つかると思っているのか？」脅すように低い声で言う。「きみをあんなふうに乱れさせることができる男がほかにいると？　いまさらほかの男で満足できるのか？」どんどん声が低くなって、なまめかしくかすれた。

モーガンの背中を壁に押しつけて、身を乗りだす。威圧するように。怒りのベールの下に、真の感情が見えた。焦燥感。

彼の代わりが見つかることを恐れているのだ。

モーガンは彼の股間に手を伸ばした。すぐにかたくなる。「いいえ、パックス」自身の焦燥感を込め、ささやくように言った。「これが――」股間を撫であげる。「これしか欲しくない」

うめき声を聞きながら、ズボンに手を滑りこませて、屹立したものを包みこんだ。

「しゃぶれ」パックスがファスナーをおろしながら言う。「口でいかせろ」

モーガンはひざまずくと、ボクサーブリーフを引きおろしてくわえた。彼にとっては都合のいい処理にすぎないとわかっているが、それでかまわなかった。キスをしてくれなくてもいい。お返しはいらない。あとで楽しめる思い出を増やすために、したいことをするだけだ。

パックスがモーガンの両手を頭上の壁に押さえつけながら、口に突っこんできた。愛撫を受けながらぶつぶつ言っている。「くそっ、ベイビー……イエス……おれのもの、ベイビー……おれのものだ」

モーガンは一瞬一瞬を味わった。彼がのぼりつめていくのを感じながら、シャツを脱いで胸でいかせようかと考えた。別にその行為が好きなわけではないけれど、独占欲に駆られていて、また、彼のものになりたくて、強い衝動を感じたのだ。だが、それを実行に移す時間はなく、彼がうめき声をあげながら精を解き放ち、モーガンはそれを飲みこみながら吸い続けた。

パックスがそっと腰を引いたあと、モーガンの肩をつかんで立ちあがらせた。彼が怒りだすのを、モーガンは覚悟した。ふたたび衝動に負けてしまったことを後悔するだろう。ところが、彼は優しくキスをしながら、「おれのものだ」と繰り返しささやいた。

モーガンはキスに応え、彼の唇が首へおりていくと言った。「わたしはあなたのものよ、パックス。あなた以外の男性になんて興味ない」

「この先には何もない。二度とこんなことをしてはならない」彼の声はつらそうで、かすれていた。

「わかってる。それでも、わたしはあなたのものなの」

「ここにいるあいだ、ほかのやつとはつきあわないのか?」

「ええ。あなたしか目に入らないのに、つきあえるわけないわ」モーガンは悲しい笑みを浮かべたあと、彼を引き寄せて深いキスをした。唇を離して言う。「あなたはわたしのものよ、パックス。わたしの原始人。たとえ二度と触れてもらえなくても。それでもわたしのものなの」

ドアをノックする音がした。〝しまった、またなの?〟腕に目をやったが、追跡装置を触った覚えはない。

パックスがズボンのファスナーをあげた。モーガンは周囲を見まわし、自分たちがしていたことの証拠がほかにないか探した。髪が乱れているかもしれない。

ふたたびノックされる。「モーガン? おまえの父親だ」

パックスの目が険しくなる。モーガンはぞっとした。それに気づいた彼は、首を横に振ったあと、耳元でささやいた。「きみに怒ってるわけじゃない。きみの父親に腹が立つんだ」

モーガンも長いあいだずっと、父に怒っていた。パックスに共感できる。対処法はふたつにひとつだ。「隠れる? それとも対決する?」

パックスは首にキスをしてから答えた。「対決する」

モーガンが父親を迎え入れるあいだ、パックスは体をこわばらせて背後に立っていた。パックスを見て、将軍の目に驚きの表情が浮かんだ。最悪の悪夢が現実となったはずなのに、パックスはなぜか解放感を得た。こういう状況に陥ったのは二度目だ。だが前回は、娘が父親に介入を頼んだ。離婚の原因を作ったのは元妻の父親ではない。彼女自身だった。

アドラー将軍がパックスを見たあと、娘に視線を移した。「〈ベアリー・ノース〉で一緒に夕食をとろうと思って誘いに来た。ブランチャード曹長も一緒にどうだ？」

「遠慮しておきます、サー」

将軍がうなずいた。断られることを予想していたようだった。「モーガンは？」

「いいわよ。いま靴を履くわ」モーガンがパックスのほうを向いた。「情報をありがとう」すらすらとごまかした。

感謝するべきなのに、パックスは思わず笑いそうになった。「どういたしまして。ブルサールの件でフランス国家警察から連絡があったら知らせてくれ」

「メールする」モーガンが鋭いまなざしをパックスに浴びせる。「でも、あなたの番号を知らないわ」

パックスがメールを削除したことに気づいたのだ。あんなことをすべきではなかったのだろう。パックスはうなずいた。「あとで送るよ」

モーガンがベッドに腰かけて靴を履き始めた。パックスは部屋を出るチャンスだったのに、彼の世界を揺るがした冷静で美しい女をひと目見たら、立ち去ることができなくなった。

そして、パックスのキャリアをつぶす力を持つ男に真っ向から立ち向かおうと決意した。「サー、わたしをヴァージニアの駐屯地に一時的に配属するよう要請なさったと聞きました」

「ああ」

パックスは気をつけの姿勢にならないよう、体の力を抜いた。「いまわたしは、部下として——兵士としてではなく、ひとりの男として話をしています」許可を待つつもりはなかった。これについては、許可は必要ない。「わたしはお嬢さんのことが好きです」

背後で、モーガンがはっと息をのむ音がした。

「しかし、状況を考えると、いまはこの気持ちに従うのにふさわしい時でも場所でもありません。この先どうなるかはまだわかりませんが、あなたに干渉されたくはありません。わたしは特殊部隊の工作員です。この仕事を奪わないでください。あなたが尽くすと誓った国に損害を与えるだけでなく、あなたとお嬢さんとの関係が修復できないほど悪化するかもしれません」

将軍は表情を変えなかったが、パックスは将軍の考えなどどうでもよかった。片足だけ靴を履き、もう一方の靴を手に持ったまま凍りついたように座っているモーガンのほうを向いた。驚いて、ふっくらしたセクシーな口があんぐりと開かれている。その口に舌を滑りこませ、かなえられない約束をしたくてたまらない。だが、そっけなくうなずいて言った。「夕食を楽しんできて。ところで、将軍はきみがヴィーガンでないことをご存じだ」

モーガンが口をぱっと閉じ、目を見開いた。

パックスはウインクをした。「またあとで話そう」

モーガンがまばゆい笑み浮かべた。「メールを送って」

そのつもりだ。まずは腹筋の写真を送ろう。

父との夕食は恐れていたようなつらい時間ではないものの、長年の怒りや反抗心が魔法のように消えてしまうような楽しい和解の場でもなかった。その日、〈ベアリー・ノース〉はステーキナイトだったので、ヴィーガンのふりをしていることがばれていると教えてくれたパックスに感謝した。

「おまえが危険な目に遭ったことを、母さんは知らない」父がステーキを切りながら言った。

「じゃあ、ここに来ることをどう説明したの？」

「わたしがここに来ていることも知らない」

「それをいま頃わたしに話すの？　わたしがお母さんに電話していたらどうなっていたかしら？」

父が小首をかしげた。「おまえが最後に母親に電話をかけたのはいつだ？」

「わたしが避けているのはお母さんじゃない」父と率直に話をするのは新鮮だった。

父が口を引き結び、視線を落としたのを見て、モーガンは驚いた。モーガンの言葉に傷ついたのだ。父はモーガンの意見を尊重しないので、モーガンに父の心を傷つける力があるとは思ってもみなかった。父を悲しませたと思うと罪悪感に駆られたが、長年にわたって父に与えられた苦しみを、父がジブチに来た夜に与えられた屈辱を思い出して、後悔を振り払った。

「ブランチャード曹長は立派な経歴を持っている」

「彼の話をする気はないわ。将軍に認めてもらう必要はない」

父が眉根を寄せる。「おまえがわたしの承認を求めたことは一度もない」

「それは違うわ。認めてほしかった。絶対に認めてもらえなかっただけ。承認されなくてもやっていく方法を学んだのよ」モーガンは皿の上のベイクドポテトを押しやった。急に食欲が失せた。

「そうだな、役に立たない学位に金と人生を無駄に費やそうとしているのを認めるのは難しい」

父が変わることを期待するだけ無駄だった。深呼吸をしてから、ワインをひと口飲んだ。〝少なくとも、父は努力した。それだけは認めよう。ただ、あっさりもとに戻っただけだ〟「どうしてジブチに来たの？」

「それは、おまえが何もかも台なしに――」

モーガンは席を立った。「おやすみなさい、将軍」

父が腕をつかんで引きとめた。引きつった顔で深呼吸をしてから、ようやく言う。「おまえのことが心配だったから来た。おまえの身に何かあったらと思うと怖かった。残れと言ったわたしのせいだ。一緒に帰ろうと説得するために来た。だから、海軍にプロジェクトを引き継いでほしかった。あの会議でおまえをけなし、無能に見せようとしたのはそのためだ」

モーガンはふたたび椅子に腰かけた。腕を握りしめる父の手に手を重ねる。父の手を握るのは、八歳のとき以来だ。「わたしが残ったのは、そのせいじゃない。あの電話で決めたわけじゃない。ライナスのために残ったの。あんな発見をして、あっさりと立ち去ることはできなかった」

父が手を握り返してきた。ここから始まるのだ。

23

モーガンはロッキーロード・アイスクリームの器と携帯電話を持って、ベッドに腰かけた。ＣＬＵでひとりで冷たいアイスを楽しむために、夕食のデザートをパスしたのだ。

パックスからメールが届き、微笑んだ。完璧な腹筋の写真を見て、胸がときめく。目を閉じて電話を胸に押し当て、深呼吸をして心を落ち着かせた。彼が父に言ったことも、この写真も愛の告白だ。

急いでメールを送る。〝四番のすてきな写真〟

すぐに返事が返ってきた。〝四番って?〟

アイスクリームをひと口味わう。この瞬間を味わった。〝あなたの腹筋は、わたしが四番目になめたい場所なの〟

〝なるほど。おれの二番目と三番目の写真は、もう送ってもらった〟

モーガンは前に送った写真を思い出してにやりとした。胸と口。ということは、一番目はあれだ。

続けてメールが届いた。〝夕食はどうだった？〟

〝気詰まりで、つらかったけど、いいこともあった。少なくとも、ちゃんと話ができたわ。あなたのことを気に入ったみたい〟

〝きみにとっては最悪だな〟

モーガンは笑った。彼はモーガンのことをよくわかっている。〝本当にそうよ。十三年間ずっと反抗してきたのに、あなたのせいで台なし。あなたは完璧すぎるから。最低《バスタード》〟

そのあと、首と顎と唇が写った写真が送られてきた。〝おれの正式な肩書はバスタード曹長なんだ、ドクター・アドラー〟

その写真を一分間見つめてから返事を書いた。「セクシー・バスタード曹長。二番目と三番目のすてきな組み合わせよ。電話をなめちゃった」吐息をもらし、さらにメールを送る。〝写真だけで我慢しなきゃだめよね？〟

〝ああ。きみの父親に気に入られようと、命令に変わりはない。それにいまは、任務に百パーセント集中しなくちゃならない。きみといると心が乱れる〟

モーガンはうなずきながら入力した。〝わかった。わたしの仕事はあと二週間で終わる予定。そうしたら、DCに戻るわ〟

返事を待っているあいだにアイスクリームを食べ終えた。ふたりが一緒になるなんて、所詮無理な話なのだろうか。

からになった器を置いたとき、メールが届いた。〝その頃、何日か休暇を取れるかも。ローマのホテルでデートしよう。四十二番から始めて二番へあがって……一番にさがる〟

〝ローマでもどこでもいいわ。四十二番って？〟

〝生命、宇宙、そして万物についての答えだ（『銀河ヒッチハイク・ガイド』からの引用）。きみの左の膝裏でもある〟

笑い声をあげたあと、モーガンは左の膝裏に触れた。これからはここに触れるたびに、パックスのことを思い出すのかしら？〝右の膝裏が焼きもちを焼いてる〟その部位の写真を添付して送信した。

〝そんなはずない、そこは三十八番だ。くそっ、キャルが戻ってきた。もう終わりにしないと〟

〝おやすみなさい、パックス。父に立ち向かってくれてありがとう〟

ベッドサイドのテーブルに電話を置いたとき、着信音が鳴った。〝本気で言ったんだ。きみのことが好きだ、モーガン。その気持ちから逃げたりしない〟

日陰のビーチチェアに腰をおろすと、モーガンは足元のバックパックからフィールドノートを取りだした。今日の昼休みは、午前中の調査のメモを詳しく書きこむつもりだ。日差しは最高に暑く、ムクタールとイブラヒムは二時間の休憩に入った。

リプリーがハンヴィーのドアを閉め——正午の報告をすませたのだろう——モーガンに近づいてきた。「きみのアパートメントに戻る許可が出た。いま行けるか？」

フィールドノートを顎で示す。「それより、そっちを終わらせたいか？」

モーガンはノートを置いた。「いまでいいわ。これは急ぎではないから」バックパックを探って、財布と携帯電話、アパートメントの鍵を取りだす。財布と鍵をズボンのポケットにしまい、電話をスポーツブラに挟むと、帽子と水のボトルをつかんだ。

「行きましょう」

ハンヴィーの後部座席に乗りこんだ。サンチェスは非番で、代わりのジェブ・ホロウェイという名の若い海兵隊員が助手席に乗っている。弱冠二十歳で、一日基地から抜けだせるのを喜んでいた。バックミラーに映るプロジェクトエリアが遠ざかっていくにつれて、モーガンは緊張がほぐれていくのを感じた。不安だったのだ。このときを迎えられるかどうかわからなかった。

窓を開け、時速六十五キロででこぼこ道を走る車が生みだす熱い風を感じたかった。だが、この二週間のあいだにモーガンの警護についた兵士はみな、窓を開けることを禁じた。

感じるのはエアコンの風だけで、基地に漂う人工的なアメリカの雰囲気と同じだった。

不快きわまるジブチを肌で感じたかった。エアコンのきいた装甲車に乗って飢えた子どもたちのそばを通り過ぎるのなら、水や食べ物をあげられるはずだ。特権には責任が伴うのではないの？

だから、ジブチに来てから最初の一週間は涙が止まらなかった。ここでは、モーガンは恵まれすぎている。恵まれない地元の人々に分け与えることができず、富が重くのしかかって窒息しそうだった。

アメリカのマクドナルドくらいどこにでもある、道端のごみの山をあさる子どもたちを見かけるたびに、〝止めて！〟と叫びたい衝動に駆られる。だが、そんなことをしても害となるだけだとわかっているので、息を止めて声をのんだ。

贅沢な車に乗りながら窓の外の景色を見ていられず、目をそらした。

この国は弱者や理想主義者には向かない。この地で繁栄しているのは、おそらく北東アフリカ・カーペットバイパーだけだ。

何事もなくアパートメントに到着した。ホロウェイが車に残り、リプリーが部屋のなかまでついてきた。この前来たときと何も変わっていない。「残りの服と研究書を持っていくわ」モーガンは言った。「それから、本のほかにブルサールのものが残っていないか調べたいの」

リプリーがうなずいた。「おれが本を箱に入れる」

「ありがとう。荷造りがすんだら、通りの先にあるレストランで何か食べましょう。おごるわ」

リプリーが顔をしかめた。「それは無理だ、モーガン」

「地元の人しか来ない小さなお店なの。おいしいのよ」

リプリーが首を横に振った。

「ヒューゴーに塗り絵を渡しに行くだけでもだめ?」モーガンは机の上から、母が送ってくれた塗り絵二冊とクレヨンの箱を取った。爆発事件の前日に届いたので、まだ渡せていなかった。

「ヒューゴーって？」

「レストランのオーナーの息子。十歳よ。英語の読み書きを教えているの」リプリーの表情がやわらいだ。「あなたの息子さんは何歳？」

リプリーが笑った。「八歳だ。知ってるだろ」

モーガンはにっこりした。「ええ」

「プレゼントを渡しに行くのはかまわない。だが、それだけだ」

「デスタがわたしを狙っているのなら、遺跡で捕まえたわ」

「ああ、だが、この辺りは人口が多い。未知のものが多すぎる。調査エリアは開けていて、何もない。一目瞭然だ。無関係の人が撃たれる心配をしなくていい」

「あなたにしてみれば退屈な仕事でしょうね」モーガンは最近、やることなすことに許可を求めなければならない状態に慣れてきた。ある意味では、すでに囚われの身だ。

だが、自分で選んだことだ。警護は必要ないと言えば、リプリーはなすすべはないだろう。一緒に基地に戻るようモーガンに強制することはできない。けれど、モーガンはそんなことをするほど愚かではなかった。

荷造りに時間はかからなかった。モーガンは買い集めた記念品は置いていくことにした。すべてうまくいったら、帰国する前に母や友人へのお土産を取りに戻ってこよう。うまくいかなかったときは、失ったことを後悔することもないだろう。

　ブルサールのだとわかっている本のほかに、彼の持ち物かもしれないものは見つからなかった。今夜、彼の本をめくって、メモか何か挟まっていないか調べてみよう。望みはなさそうだが、ほかにやることもない。パックスと過ごすことはできないし、父とはあまり長く一緒にいたくない。

　荷物を詰めた箱を、ホロウェイの手を借りてハンヴィーに積みこんだあと、塗り絵を持って、リプリーとともに通りの突き当たりのレストランへ歩いて向かった。リプリーは非番に見えるよう努力し、モーガンはリラックスしようとしたが、ふたりとも失敗した。

　レストランのオーナーはモーガンをあたたかく迎えた。彼は英語を話せず、モーガンはアラビア語を話せないしフランス語も少ししかわからない。けれど、モーガンはメニューを、オーナーは彼女の好みを覚えた。オーナーはモーガンの連れを見たあと、指を二本立てていつもの料理を二名分でいいかと尋ねた。モーガンは懇願のまなざしでリプリーを見たが、彼は首を横に振った。「時間がない、モーガン」

　モーガンはうなずき、オーナーに断った。「ヒューゴーはいる？」期待を込めて尋ねる。

そう言った矢先、奥からヒューゴーが出てきた。モーガンを見ると顔をぱっと輝かせ、礼儀正しくお辞儀をした。外国人を助けられるくらい英語を知っていて、モーガンは英語を教える一方で、アラビア語を少し教わった。ヒューゴーのほうがずっと優秀な生徒だった。

ヒューゴーを抱きしめたいが、その行為がどう受けとめられるかわからない。ジブチの文化について、まだ学ばなければならないことがたくさんある。

「モゴン！　戻ってきたんだね」ヒューゴーが言った。

「会いたかったわ、ヒューゴー」

「単語を作ったんだ。約束しただろ」ヒューゴーがキッチンのほうを振り返る。

「待ってて」そう言うと、奥へ駆け戻り、モーガンが塗り絵を渡す暇もなかった。

リプリーに問いかけるような視線を向けられ、モーガンは肩をすくめてみせた。

数分後、ヒューゴーが紙の束を振りながら戻ってきた。「ほら！　単語を全部作った」真剣なまなざしでモーガンを見つめる。「全部だよ」モーガンの手に紙の束を押しつける。書き方の練習だと知って、モーガンは微笑んだ。ページが無作為な単語で埋まっている。モーガンが教えたものよりはるかに多い。暗号を読み解き、アルファベットの基本的な音声体系を理解したようだ。しゃべれる言葉をすべて書こうとしていた。

〝ママ〟〝妹〟〝家族〟などという言葉にまじった〝銃〟〝戦争〟〝死〟〝ドローン〟といった単語を見て、モーガンは胸が痛んだ。「よく書けてるわ、ヒューゴー」誇らしげな明るい表情を保ってページをめくる。〝モゴン（モーガン）〟というつづりを見たとき、目に涙が込みあげた。そのページを抜き取り、残りをヒューゴーに返した。

「これはもらってもいい？」

ヒューゴーが顔を輝かせてうなずいた。「モゴンが来たから、ソマリ族の人が五千フランくれるんだ！」

モーガンは体をこわばらせ、リプリーを見た。リプリーも目を見開いていた。

「ソマリ族の人？」モーガンはきき返した。

「ああ。黄色い髪のアメリカ人女性を毎日捜しに来て、モゴンがここに来たときに知らせたら、お金をくれるって言ったんだ。その人も単語の作り方を教えてもらいたいんだって」

モーガンは財布から一万フラン取りだした――五十ドルくらいの価値がある。

「ヒューゴー、黙っていてくれたらわたしがお金をあげる」

二倍のお金を見て、ヒューゴーは目を丸くし、口をぽかんと開けた。それから、眉をひそめた。「受け取れないよ」つらそうな顔をして言う。「もう言っちゃったんだ」

「ごめんなさい、ヒューゴー、わたしは行かないと」リプリーに肘を引っ張られながら、モーガンはお金と塗り絵とクレヨンをヒューゴーの手に押しつけた。

「また来る？」

「いいえ。ごめんね！」さらに五千フラン紙幣を床に落とし、リプリーに引きずられるようにして店を出た。

「車に乗るぞ！」リプリーがモーガンを引っ張って狭い通りを走った。小声で悪態をついている。モーガンは彼を責められなかった。ここに来ることを誰にも知られていないと安心しきって、レストランへ行きたがった自分のせいだ。

ヒューゴーをかわいがっていることを知られているとは思わなかった。

モーガンは後部座席に乗りこみ、リプリーがハンドルを握って、状況をホロウェイに説明した。車を停めた場所から道路に出るルートはひとつしかなく、レストランのすぐそばを通る。角を曲がると、狭い店先が見えてきた。

「伏せろ！」ホロウェイが叫んだ。

だが、モーガンはそうすることができなかった。ヒューゴーの腕をつかみ、頭に銃を突きつけた男が店から出てきたのを見て、ショックのあまり動けなくなった。

ヒューゴーは恐怖に目を見開き、涙を流していた。片手で紙の束をまだ握りしめていて、もう一方の手に塗り絵を持っている。クレヨンが手から滑り落ちて通りに転がった。

「止めて!」モーガンは叫んだ。

「だめだ」リプリーが言う。

「いいから止めて!」

「だめだ!」リプリーが叫び返した。

モーガンの命がヒューゴーの命より大切なはずがない。自分が助かるためにこのまま通り過ぎてあの子を死なせてしまったら、一生罪の意識にさいなまれるだろう。モーガンはドアを開けて道路に飛びおりた。アドレナリンが噴出し、砂利道を転がっても痛みは感じなかった。ハンヴィーが急停止する音を聞きながら、よろよろと立ちあがった。

うしろは振り返らなかった。ヒューゴーのところへ行かないと。

ヒューゴーの腕をつかんでいる戦闘員が、腕をひねって痛みを加えたが、もう銃は突きつけていなかった。

「その子を傷つけないで。わたしが行くから」

モーガンはヒューゴーの前にひざまずいた。銃はモーガンの頭に向けられている。

「なかに入りなさい、ヒューゴー、お父さんのところへ行って」

「ごめんなさい、モゴン！」

「あなたのせいじゃないわ、ヒューゴー。あなたはいい子よ。あなたは何も悪いことをしていない」モーガンはヒューゴーを引き寄せ、きつく抱きしめた。こめかみにキスをしてささやく。「早く行って。家族を守るのよ。わたしは大丈夫だから。絶対に」

ドアのほうへ押しやった。

戦闘員がヒューゴーをつかもうとするようなそぶりを見せたが、モーガンはその腕を蹴飛ばした。

「やめて！　わたしを連れていっていいから、その子には手を出さないで」

ヒューゴーが店のなかに駆けこんだ。

戦闘員がモーガンの両手首をつかんで背中にまわし、向こうを向かせた。通りで、リプリーとホロウェイがそれぞれ戦闘員と戦っていた。アメリカ兵は壮健なのに対して、戦闘員たちは力がなく不健康で、訓練も受けていない。すぐに頭を押さえこまれた。

「彼女を解放しろ！」リプリーが戦闘員の喉を締めあげながら叫んだ。

いま逃げたら、またヒューゴーの身に危険が及ぶだけだ。モーガンがこの悪夢に耐えない限り、あの子が苦しむことになる。「やめて、リプリー。基地に戻って。何があったか伝えて。わたしが自らこうなることを選んだと。あなたのせいじゃない。百パーセントわたしのせいよ。ヒューゴーを傷つけさせるわけにはいかない」

リプリーの顔が引きつった。「それはできない、モーガン」気絶したのか死んだのか、リプリーが抱えている戦闘員がくずおれた。

モーガンを捕まえている男は、それを気にかけなかった。モーガンをさらにきつくつかんで、あとずさりする。

「いまわたしを逃がしたら」モーガンは懇願した。「こいつらはまたヒューゴーを狙う。そんなの許せない。そうでしょ?」

ヒューゴーはアメリカ兵と戦う子どもではない。こんな目に遭ったのはモーガンのせいだ。

だが、自ら囚われの身になったのにはもうひとつ理由があった。「わたしはデスタのところへ連れていかれるわ」きっぱりと言った。

リプリーは追跡装置のことを知っている。オリアリーには口外するなと言われたものの、一度誤って起動させてしまったあと、警護部隊の隊長には知らせておいたほうがいいと思ったのだ。

〝デスタのアジトの場所がわかる〟声に出さずに伝えた。リプリーがこれを理由として受け入れ、モーガンを行かせてくれることを願った。ヒューゴーの身を守るために。

リプリーが口を引き結んだ。意識を失った戦闘員を放すと、男は舗道にうつぶせに倒れた。

「基地に戻って」狭い脇道をカーゴバンが猛スピードで走ってきた。モーガンの横で急停止する。「わたしはデスタのもとへ連れていかれたと伝えて!」モーガンは叫んだ。

リプリーは鼻孔をふくらませながら、すばやくうなずいた。攻撃態勢に入った動物のように体がふくらんで見えるが、バンの荷室にモーガンが押しこまれるのを止めようとはしなかった。

この件でリプリーは非難される。パックスは怒り狂うだろう。

モーガンは車の床に顔から押しこまれ、背中を膝で押さえつけられた。ホルスターと銃を取りあげられ、古びた太いロープで両手を縛られる。車が角を曲がるとき、後部ドアがはためいてわずかに通りが見えた。モーガンが最後に目にしたものは、舗道にぽつんと残されたクレヨンの箱だった。

24

誘拐犯は急いで逃走し、モーガンを縛ったあと、財布と鍵を取りあげた。手首を縛ったロープを、荷室の側面に取りつけられた金属の輪に巻きつける。固定し終えると、後部ドアを閉めてモーガンの向かいに腰をおろし、銃を顔に向けた。

もっと念入りにボディチェックをされると思っていた。町から離れたあとで、素っ裸にされて調べられるのかもしれない。検査するためにはロープをほどかなければならないし、その前にハンヴィーが追跡してこないことを確認する必要がある。

携帯電話はまだブラのなかにあり、電源が入っている。町にいるあいだは基地局とつながっていて、携帯電話のGPS機能が作動している。これは都合がいい。腕に埋めこまれた追跡装置を起動させるのは時期尚早だ。四時間しか持たないということは、最終目的地に到着する前に信号が途絶えてしまう。デスタのアジトはエチオピアにある可能性が高い。待たなければならない。

でも、この考えが間違っていたとしたら？　デスタのもとへ連れていかれるのではないのかもしれない。少女たちが性奴隷として売られる市場に連れていかれる可能性もある。少女たち――まだ思春期も迎えていない子もいる――が裸にされ、競売台に立たされる様子を描いた本を、ぞっとしながら読んだことがあった。

猛スピードで町を走り抜けるバンの荷室に横たわりながら、モーガンは恐怖を抑えこもうとした。ヒューゴーを守るために、自分は正しいことをしたのだと言い聞かせた。

だが、行き先がデスタのアジトでなければ、この犠牲によってアメリカ軍が得られるものは何もない。

数分が経った頃には、エテフ・デスタの居場所を突きとめるために誘拐犯におとなしくついていくという計画は……現実的でないと思い始めた。戦わなければならない。そうしなければ、この先に悪夢が待ち受けている。

モーガンは手首にサバイバルブレスレットをつけていた。見た目は太いミサンガのようで、留め具に刃がついている。現場では常につけていたが、これまで必要になったことは一度もなかった。

背後で縛ってあるので、見張りはモーガンの手を見ることができない。モーガンと向かいあってはいるものの、冷ややかな険しいまなざしは遠くを見つめている。モーガンは身動きし、輪のある車の側面に背中を押し当てた。ブレスレットをひねり、手首を縛っているロープに小さな刃を当て、ゆっくりと静かに動かす。

わずかな動きだし、車が揺れているので気づかれないが、太いロープを断ち切るには時間がかかる。停車してボディチェックをされるまで、あとどれくらい時間が残されているだろう？

町なかですませるのか、それとも、町から遠ざかってモーガンの携帯電話が使えなくなったあとに行われるのだろうか？

モーガンにできるのは、ロープを切ることだけだ。そうすることで失うものは何もない。脱出を試みたことに気づかれようと気づかれまいと、最悪の状況にあることに変わりはない。

車が揺れ、刃が滑って肌を切った。ロープが血で濡れても、モーガンは切り続けた。この先に待ち受けているものに比べたら、これくらいの痛みなどなんでもない。

揺れがおさまった。町の外れにたどりついたのだろうか。見張りに気づかれる危険を冒し、力を振り絞って刃を動かした。もうすぐ停車してボディチェックをされる。それは間違いない。

最後の糸が切れて、ロープが緩んだ。手をそっと動かし、ブレスレットを外した。この刃は武器にもなる。

見張りが持っている殺傷力の高い銃と比べたら取るに足りない武器だが、不意をつくことができる。

運転している男がアラビア語で見張りに何か言った。車に乗っている男はそのふたりだけだ。ほかのふたりはリプリーとホロウェイに捕まった。基地で尋問を受け、モーガンが連れていかれる場所に関する情報を白状するかもしれない。それに、携帯電話がある。モーガンを追跡するはずだ。

リプリーが基地に連絡しただろう。すでにブラックホークがモーガンを捜しているかもしれない。開けた道で、バンは見つけやすい。

車は左折したあと、右に曲がった。高速でくぼみにはまってがくんと揺れる。ドライバーが何か叫んだ。見張りが叫び返す。そのあと、ドライバーが小声で誰かに話しかける声が聞こえてきた。携帯電話を使っているの？

つまり、まだ圏内にいるということだ。

バンがゆっくりと停車した。

モーガンは車の側面に背中を押しつけながら、恐怖の表情で見張りの目を見た。見張りはアラビア語で何か言ったが、おそらく侮蔑的な言葉だということしかわからなかった。

見張りがモーガンに起きあがるよう合図した。モーガンは体勢を変える際に手が離れてロープが切れていることがばれないよう、輪に指をかけた。男がナイフを取りだす。モーガンははっと息をのんだあと、ロープを切ろうとしているだけだと自分に言い聞かせた。

あるいは、モーガンの服を切るつもりなのかもしれない。ボディチェックが始まるのだろうか。

ただの所持品検査だ。

〝あのナイフはロープと服を切るためのもの。それだけだ〟この言葉を何度も繰り返せば、現実になるかもしれない。

ドライバーが電話を切った。静寂が訪れたあと、運転席のドアが開き、バタンと閉められた。後部ドアにたどりつくまで、あと十秒ある。

モーガンは見張りが自分の上に来るのを待った——見張りが予期しているかもしれない頭突きは届かないが、腕は届く位置。そして、右手の指に挟んだ刃を振りあげ、目を狙って手刀を食らわせたあと、左鉄槌を打ちこんだ。

男は悲鳴をあげ、傷ついた目を覆いながらも、ナイフを突きだした。だが、手に力が入らず、モーガンは簡単にナイフを奪うことができた。そして、銃を構えようとした男の首を切り裂いた。

恐怖を味わう間もなく、男がゴボゴボと喉を鳴らす音が聞こえ、首から噴きだした血を浴びた。銃をつかんだ。

次の瞬間、ドライバーが後部ドアを開けていないことに気づいた。見張りはドアを閉めたときに内側から鍵をかけていた。キーはシリンダーに差しっぱなしになっている。

ドライバーが戻ってくる前に運転席に座ろうと、前に飛びだした。だが、ドアの鍵に手を伸ばしたと同時にドアが開き、モーガンはつんのめって外に飛びでた。ドライバーがモーガンの編んだ髪をつかみ、怒りの叫び声をあげながら引っ張って振りまわす。モーガンの血まみれの手から銃が滑り落ちたが、まだナイフがある。

銃を突きつけられ、足を蹴りあげた。二十五年間の訓練の賜物《たまもの》で、頭がついていけないときでさえ、筋肉はすべきことをわかっている。男の手から銃が吹き飛んだ。モーガンは左手で殴りかかりながら、ナイフを振りまわした。男はパンチは防いだもののの、ナイフには気づかなかった。胸を突きさされ、地面にくずおれた。

ど真ん中に命中した。パックスも満足するだろう。

モーガンはへたりこんで上を向き、荒々しい呼吸をした。全身が震えている。横を向いて嘔吐《おうと》したあと、よろよろと立ちあがってバンへ向かった。運転席に乗りこみ、ドアを閉めて鍵をかけると、いつもの習慣でシートベルトを締めた。キーをまわした。急いで逃げよう。基地へ戻るのだ。きっと大丈夫。

エンジンが弱い音をたてたが、かからなかった。アクセルを踏んでから、もう一度キーをまわす。エンジンはふたたび苦しそうな音をたてたものの、始動することはなかった。

三度目に試したときは、うんともすんともいわなかった。キーがまわる音だけが聞こえた。

ボディチェックをするためではなく、車が故障したから停車したのだ。あのくぼみのせいだ。

モーガンはブラから電話を取りだして、最後にかけた番号を選択した。

パックスはすぐに電話に出た。「モーガン?」声が緊張でかすれている。

「やつらを殺したわ、パックス。死んだの。でも、身動きが取れない。車が動かないの。ここがどこかもわからない」

「いま、携帯電話のGPSで場所を特定している。SEALsが出動した。すぐにでも飛びたつ」

モーガンはわっと泣きだした。

25

「しっかりしろ、モーガン」パックスの声は落ち着いていて、内心の動揺はみじんも表れていなかった。少なくとも、そうであることをパックスは願った。「そこから何が見える？　ＳＯＣＯＭのみんなに聞こえるよう、この電話を司令部につないでるところだ」

電話の向こうで、モーガンが息を激しく吸いこんだ。「町の西端にいると思う。ドライバーが車を停めたから、ボディチェックをされるんだと思ったら、車が動かなくなったせいだった。きっとくぼみにはまったときに故障したのよ」

キャンプ・シトロンではなんでもそうだが、ＳＯＣＯＭは仮設建物を使用している。司令部はテントとプレハブを組みあわせたもので、外観は粗末だが、内部はテクノロジーの宝庫だ。パックスの周囲にいる特殊部隊Ｂチームのメンバーは、大急ぎでモーガンの携帯電話からできる限りデータを抽出し、いま頃ブラックホークに乗りこんでいるSEALsに送っている。

「通りに誰かいるか？」パックスはきいた。

「いない。開けた場所なの。背後に百メートルくらいにわたって、荒れ果てた古い家が並んでいる。前方は砂漠で曲がりくねった道路が続いている。携帯電話が圏内なのが不思議なくらい」

パックスの隣で、副司令官とSEALsの指揮官のひとりが、モーガンが車を離れて近くの家に隠れるべきかどうか検討している。パックスはモーガンにきいた。「その家のどれかに逃げこめそうか？」

「たぶん。どうかな。銃を持ってないの。外で倒れているドライバーの近くに落ちてる。車から降りたら拾えるわ」

SOCOM司令部の後壁は、モニターに覆われている。そのひとつにモーガンが拉致された場所の航空地図が映しだされ、バンが取った可能性のあるルートを示す線が引かれている。携帯電話とつながった基地局や、携帯電話のGPSによって位置の特定を試みるものもある。ついに、地図じゅうを飛びまわっていた赤い輝点が固定し、モーガンの位置を表示した。彼女の予想どおり、町の西端にいる。

衛星画像が拡大した。静止画像で、まだライブ映像ではない。だが、もう位置が判明したので、技術者はライブ映像を表示する作業を進めると同時に、GPSの座標を離陸したばかりのブラックホークに送信した。

三つ目のモニターの、モーガンを表す赤い点の近くの家並を、オズワルド大尉が指さした。「これがその家だな。この地域の情報は?」別の技術者に尋ねた。

「現時点でわかっている限り、アファル族の居住地域です。数カ月前のイッサ族の戦闘員による襲撃後、放棄された可能性があります。治安の悪い地域です」

「車のなかにいろ」パックスはモーガンに言った。彼女にもっとしゃべらせなければならない。情報が必要だ。SEALsは予備知識なしで出動することになる。彼らやモーガンにとってのあらゆる潜在的な脅威を知らせなければならない。「誘拐犯たちを殺したと言ったよな。たしかか?」

「ええ。車の荷室に乗っていた見張りからナイフを奪って頸動脈を切り裂いたの」最後の言葉がほんのかすかに震えたものの、彼女の声はしっかりしていた。「確実に死んでる」

パックスは目を閉じてモーガンがしなければならなかったことの衝撃を想像し、彼女が躊躇しなかったことに心から感謝しながらも、彼女が負うであろう心の傷を思ってぞっとした。これは彼女が経験すべきことではない。「運転していた男は?」問いたださなければならないのも、彼女が話すあいだそばにいて抱きしめてやれないのもいやだった。

「心臓を突き刺した。窓から見える。動いてないし、呼吸もしていない」ささやき声になる。「ヒューゴーは無事?」

「ああ。家族は引っ越すことになった。デスタが制圧されるまで保護される」

「ありがとう。感謝の言葉をみんなに伝えて」

「スピーカーに切り替えてある」パックスは言った。「みんなこの話を聞いてる」

「ありがとう」モーガンが繰り返したあと、咳払いをした。「わたしの――」激しく息を吸いこむ。「父はそこにいる?」

「いや。リプリーから連絡があったとき、湾の軍艦にいたんだ。いまヘリコプターでこっちに向かってる。まもなく着くはずだ」

「ごめんなさいと伝えて」モーガンが言う。「ただ……ごめんなさいと」

「自分で言えばいい」パックスはブラックホークを示す地図を眺めた。「五分後にSEALsが到着する。もうすぐキャンプ・シトロンに帰れるぞ」

口にできない言葉をのみこんだ。出会った日から恋に落ちないよう闘っていたがもう負けたとは言えない。原始人のように所有欲に駆られるのは、モーガンはパックスのもので、自分はもうひとりではやっていけないと、頭ではわからなくても心が知っていたからだとは。

これまで抑えこんでいた気持ちを伝えたい。だが、みんなが聞いているし、個人的な感情が絡んでいることを明らかにしたら、デスタを始末する作戦から外されてしまう。いずれにせよ、副司令官に外される可能性が高いとはいえ、それをさらに高める必要はない。この手でデスタを殺してやりたい。パックスは長年ゲリラ兵をやってきたが、特定の敵に殺意を覚えたことはなかった。これまでは、国を守るために顔のない敵を相手にしてきた。

今回は、自分の女を守るためだ。

電話を握りしめる。言えない言葉があふれ、ひとつだけこぼれ落ちた。「おれのもの」ささやき声で言った。

モーガンがむせび泣くような声をもらした。「人を殺したの、パックス」

「必要なことだった」

「わかってるけど……」モーガンが咳払いをする。「リプリーに責任はないの。わたしはヒューゴーを守らなければならなかった」

パックスはアドレナリンが全身を駆けめぐるのを感じた。

〝モーガンが奪われた〟

その言葉が頭のなかで鳴り響いている。パックスは役に立たなかった。モーガンが誘拐犯二名と戦い、殺した。遠く離れた場所で危険にさらされている。彼女のもとへ行きたくて、体が震えた。

こうなるのを防げなかった。彼女を守れなかった。アパートメントに戻らせるのは危険だと、副司令官に進言することもできたのに。彼女の要求を却下するよう仕向ければよかった。防げたはずだ。

〝モーガンが奪われた〟

モーガンがはっと息をのんだ。「あのハンヴィーに乗っているのはリプリー？」

パックスは副司令官のほうを見てから、モーガンが拉致された場所の周辺を示すモニターに目をやった。リプリーはバンを探していて、町の北端を巡回するよう指示された。モーガンのいる場所から何キロも離れている。

パックスはぞっとした。

副司令官と目を合わせた。その顔に恐怖の表情が浮かんでいる。パックスも同じ顔をしているだろう。

パックスはモーガンに言った。「違う。その辺りを軍のハンヴィーは走っていない」

くそっ。デスタがハンヴィーを手に入れたのか？

モーガンが喉の詰まったような声を出す。「バンが動かないの！」すすり泣く声とともに、ゴツンという音が聞こえてきた。「いや。いやよ！」

いらだちのあまり、ハンドルを叩いているのだろう。「しっかりしろ」パックスは励ました。「SEALsが向かってる」

「銃を取ってくる」電話を落としたかのように、モーガンの声が遠くなった。

「だめだ！　車のなかにいろ。荷室に隠れてろ」くそっ。そこにいたら死んでしまう。だが、銃を取りに行ったら……。

吐き気が込みあげた。

モーガンの声が聞こえなくなった。電話を置いて銃を取りに行ったのだろう。

銃を連射する音が、ステレオで部屋じゅうに響き渡った。殺した戦闘員から、モーガンがマシンガンを奪ったのか？　リプリーが確認した武器にマシンガンはあっただろうか？　思い出せない。ほとんど何も考えられず、彼女の声が聞こえるのを待った。いまのは自分が撃った音で、撃たれたのではないと彼女が言うのを。

室内が静まり返った。パックスは副司令官と目を合わせた。副司令官は黙っているよう合図した。

パックスは指示に従った。静寂のなか、一同はモーガンの言葉を待ち続けた。一発の銃声のあと、口の悪い妖精の悪態が聞こえてきた。パックスは目に涙を浮かべながら微笑んだ。〝生きてる〟

危険な状況に陥っているが、生きている。

「なんのためにこんなことをするの？　何が望み？」モーガンがきいた。

相手の答えはくぐもっていて聞き取れなかった。

血も凍るような荒々しい叫び声。そして、アラビア語の悪態が聞こえた。

モーガンの悲鳴。ドシンという音。モーガンが戦っているのか？

男のうめき声。モーガンの攻撃が命中したのだといいのだが。強打する音のあと、

モーガンの悲鳴が聞こえたかと思うと、ぷつんと切れた。

数秒間、静寂が流れたあと、パックスの電話が鳴った。赤い点滅が、相手の電話が切られたことを知らせた。

パックスは地図を見た。あと三分でＳＥＡＬｓが到着する。

首を絞められ、モーガンは気絶しかけていた。男がバンの荷室の死体を見て逆上し、荒々しい叫び声をあげ、飛びかかってきたのだ。モーガンは反撃したが、動揺してい

て足を滑らせ、劣勢に立たされた。

締めつける手を振り払おうとした。息が苦しい。

耳に血が集まり、何も聞こえなくなった。男の右手の力が緩み、モーガンはその隙に目を打った。男は怯んだものの、手は離さなかった。

モーガンは必死でその手をつかんだ。

もうすぐSEALsがやってくる。この男たちを引きとめておけば、海軍が助けてくれる。そう考えた矢先、男の手が離れた。モーガンは咳《せ》きこみながら、ぜいぜい息をした。

視界がぼやけている。SEALsが助けに来てくれたの？

誰かがモーガンを肩に担いで引きずった。ハンヴィーのほうへ。SEALsじゃない。また別の戦闘員だ。あえぎながら熱くて埃っぽい空気を吸いこむと、喉がひりつき、肺が焼けるような感じがした。

ハンヴィーの後部座席に押しこまれた。あとから男が乗りこんで、モーガンを押さえつけた。モーガンがあらがうと、男はその手をつかみ、力一杯頬を打った。「いいかげんにしろ！　さもないと、おまえはフランソワに殺されたとデスタに言うぞ」車から身を乗りだし、発砲した。

ドアの隙間から、モーガンの首を絞めた男が見えた。額に赤い穴が開き、地面にくずおれた。もうひとり——おそらく男をモーガンから引きはがした戦闘員が、仲間だった男の死体を乗り越えて、運転席に乗りこんだ。

「あれがフランソワだ」発砲した男が言う。「おまえに弟を殺されて、逆上した」

モーガンは何も言わなかった。めまいがし、起きたことをのみこもうとするだけで精一杯だった。身を乗りだして座席の隙間に嘔吐し、吐くものが何もないのを見て驚いた。

男がモーガンをにらみつけ、ふたたび殴ろうとするかのように手を振りあげたが、そんなことをしてもまた吐かれるだけだと気づいたのだろう、手をおろして車を出すようドライバーに叫んだ。

重い車が急発進し、モーガンは口に手を当て、また別の種類の吐き気をこらえた。

これは現実なのだ。

車内をさっと見まわした。おんぼろ車だ。過去の戦いの遺物だろう。正常なときなら、これをリプリーが運転している装甲車と見間違えることはなかった。

飛行中のＳＥＡＬｓが発見するだろうということだけ考えることにした。彼らはモーガンがハンヴィーに乗っていることを知っている。この車は目立つ。見つけてくれるはずだ。振り返って、埃のなかへ消えていくジブチ市を見送った。車は曲がり角を曲がったあと、急停止した。

そこに一台の車が停まっていた。旧式のSUVだ。モーガンはハンヴィーから引きずりおろされ、そのランドクルーザーの後部座席に押しこまれた。

「この車では吐くな」モーガンの両手首を縛りつけながら、男が言った。「しばらく乗ることになる」

数分後、出発した。ハンヴィーとランドクルーザーは別方向に向かった。

ブラックホークはモーガンを発見できないだろう。もう無理だ。エチオピアへ、デスタのもとへ連れていかれる。

だが、まだ追跡装置がある。目的地についたときに起動させれば、ブラックホークが来てくれる。モーガンを見つけてくれる。助けてくれる。

パックスは、SEALsの隊員に取りつけられたカメラのライブ映像が映しだされたモニターを見つめた。放置されたカーゴバンの死体が目に入り、鼓動が速まった。モーガンが説明したとおり、ひとりは喉をかき切られ、もうひとりは胸を刺されている。三人目の死体を見て、ぞっとした。眉間を撃ち抜かれている。誰が撃った？

モーガンはどこだ?

ＳＥＡＬｓが着陸した五分後にハンヴィーで到着したリプリーは、ＳＥＡＬｓの隊員二名を連れて、モーガンの携帯電話のＧＰＳ信号を追跡している。三人が携帯電話の赤い点に近づいていくのを、パックスはモニターで見守った。リプリーとの直通回線が司令部に接続され、声がスピーカーから流れている。

「この道路を走っている唯一の車両は小型のピックアップトラックで、砂漠の奥へ向かっています」リプリーがアラビア語に切り替えた。ハンヴィーの拡声器を使って、トラックのドライバーに停車するよう命じているのだろう。マイクのハウリングが生じ、無線が切断された。

パックスは待った。そのトラックにモーガンは乗っていないと、直感でわかった。そんなにうまくいくはずがない。モーガンの電話を切った人物がいるのだ。携帯電話の存在を知っているのだから、追跡されたくなければバッテリーを外すだろう。

それでも、この手がかりを無視するわけにはいかない。

長い時間が経ったあと、リプリーが無線で基地に連絡した。

「ドクター・アドラーはいません。トラックの荷台から携帯電話を回収しました。ドライバーは自分のではないと言っています。おそらく投げ入れられたのだと思われます。五キロ手前、町の外れで古いハンヴィーとすれ違ったそうです。それから、タイヤを弁償する必要があるでしょう。ドライバーが停車しなかったので、二発発砲しました」

パックスは視界が狭まるのを感じた。予想していたこととはいえ、めまいがした。モーガンの声を最後に聞いてから四十二分が経過し、彼女の居場所の手がかりはひとつもない。

車は尾根の陰を走っていた。空からは見えにくいだろう。モーガンは太陽の軌跡をたどり、時間を把握した。方位磁石がなくても、どの方角へ向かっているかわかる。簡単な計画だった。追跡装置を起動させれば、アメリカ軍がデスタの居場所を突きとめる。チームを派遣してモーガンを救出し、エテフ・デスタを始末する。アメリカはエチオピア政府と協定を結んでいる。エチオピアはアメリカの干渉を望んでいないかもしれないが、自国の利益になるので、許容するだろう。デスタはエチオピアにとっても悩みの種だ。だが、一時間も走ると、この計画の恐ろしい問題点が明らかになった。

車は西のエチオピアを目指していない。

違う。着実に南東へ向かっている。つまり、彼らはモーガンをアメリカ軍が入国するのが最も困難な場所へ連れていこうとしている。現状を考えると、正気のアメリカ人なら足を踏み入れない場所。

ソマリアへ。

26

国境の数キロ手前で、ＳＵＶが停止した。モーガンは誘拐犯たちの口論に耳を傾け、ふたりの名前をなんとか聞き取った。ドライバーのサアドは、モーガンに服を脱ぐよう命じたあと、伝統的なブンナ・ドレスを渡した。モーガンは下着をつけずにそれを着た。体腔《たいこう》検査までされなかっただけましだろう。だが、そのあとカーフィ――フランソワを撃った男――が、モーガンの手足を縛ったうえに猿ぐつわを嚙ませるようサアドに命じた。

モーガンは怯んだ。「やめて。お願い」リーダーと思しきカーフィに言った。「吐いたら窒息するかも」

カーフィがモーガンをにらんだ。「なら、吐くな」

新たな恐怖が込みあげた。ソマリアに連れていかれると気づいたときよりも深刻だ。手足を縛られ、猿ぐつわを嚙まされて、ＳＵＶの後部の床に押しこまれながら、むせび泣きをこらえた。きめの粗いウールの毛布がかけられる。息苦しくて、これが埋葬布になるかもしれないと思った。

ソマリアに広がる密輸ルートを使って国境を超えるはずだが、それならどうしてモーガンを隠すのだろう？　たとえ主要道路を通るとしても、身代金はソマリアの国内総生産の大部分を占めているから、国境警備員がわざわざ止めるとは思えない。

これは単純な身代金目的の誘拐なの？　それとも、ライナスかブルサールが関係しているのだろうか。

おんぼろのSUVは、穴だらけの道を揺れながら走った。モーガンは厚い毛布の下で息が詰まり、自制心を失いそうだった。

数カ月前、アメリカ大使館による、ジブチで働くことに関するさまざまな警告を読んだあと、モーガンは〈ダブルD〉のウェイトレス仲間で親友のステイシーに、ソマリアに引きずりこまれるくらいならフィールドワーカーと心中すると言った。

冗談半分だった。そのリスクがあるとわかっていても、そんな目に遭うことはないだろうと高をくくっていた。だが、現実になった。ひどくつまらない、浅はかな冗談だった。愚かな心中計画を実行に移すことはできない。モーガンはソマリアに連れていかれる。追跡装置があろうとなかろうと、その地で死ぬ可能性が高い。そして、簡単には死ねないだろう。

　ＳＥＡＬｓにもモーガンを救うことはできない。ソマリア国内では。アメリカ軍はデスタの居場所を突きとめ、最終的にはドローンを送りこむだろう。デスタとアジトにいる人間を皆殺しにする。それが、モーガンが望み得る最良の死に方だ。少なくとも、デスタはいなくなり、これ以上人を傷つけることはできない。

　パックスに愛していると言えばよかった。ＳＯＣＯＭの人たちに聞かれたってかまわない。あの禁じられた夜が人生最高の夜だったと。あれほど深いつながりを感じたのは初めてだったと。ただのセックスじゃなかったと。

　パックスはモーガンの気持ちを感じ取っているだろうけれど、言葉にすることで力が生まれるのだ。

　パックスを愛している。わたしの兵士。わたしのグリーンベレー。モーガンが無意識のうちに求めていたすべてが、欠点はあるけれど完璧な原始人ひとりに詰めこまれている。

　車がスピードを落として止まった。カーフィがブーツを履いた足をモーガンの頭に置き、静かにしているよう警告した。

　国境に到着したのだ。密輸ルートではなかった。

ドライバーが、おそらく国境警備員と、アラビア語かソマリ語で話した。モーガンは警備員の注意を引くために音をたてるべきかどうか考えた。カーフィがモーガンを隠し、黙らせたということは、恐れる理由があるということだ。アメリカ軍はジブチ版のアンバー・アラート（誘拐事件発生時にメディアを通じて発令される緊急事態警報）を発令してくれただろうか。この無法地帯でそんなことをしても意味はないかもしれないが。

こめかみを踏みつけられる。モーガンを生かしておくよう命じられているのは明らかだが、カーフィは殺すのをいとわないだろう。

モーガンは猿ぐつわを噛みしめ、パックスと出会った翌日、市場で頭にスカーフをかけてくれたときの彼の表情を思い出して、静かにしていた。

デスタのアジトに着くまで生き延びなければならない。危険を冒すなら、追跡装置を起動させたあとだ。それまでは従順な囚人でいよう。

パックスは捜索ヘリコプターの飛行経路が映しだされたモニターを見つめた。モーガンの考古学調査と同様に、格子状の区画をひとつずつ調べていく。まもなく捜索は打ちきられるだろう。誘拐犯は国境を越えてエチオピアに入る時間がたっぷりあった。とっくに捜索可能な範囲から外れた。

アドラー将軍がパックスの隣の席に座ったが、ありがたいことに話しかけてこなかった。慰める言葉が見つからない。同じ苦しみを味わっているとはいえ、パックスはモーガンの謝罪の言葉を伝えただけで、何を言えばいいのかわからなかった。

それに、将軍がジブチに到着した夜の会議で、モーガンを侮辱したことにまだ怒っていた。

ふたりが黙っているあいだ、周囲で論議が行われ、ついに司令官が捜索ヘリコプターに帰還を命じた。こうなることはわかっていたとはいえ、パックスはショックを受けた。

追跡装置の信号を受け取るか、モーガンの監禁場所に関する情報が入らない限り、捜索は終了する。壁を蹴り、そこら辺にあるものを壊したかった。自分の力を示したがる激しやすい十九歳に戻ったみたいに、爆発しそうだった。

ジムへ行こうかと考えたが、思い直した。追跡装置が起動するかもしれない。

捜索隊が戻ってきたあとも、パックスは司令部に残り、何も映っていないモニターを見つめ続けた。

キャルが来て、パックスの前に料理ののった皿を置いた。「カフェテリアに連れだすのは無理だと思ったから」

パックスはうなずいて礼を言った。カロリーは必要だとわかっているので、義務的に食べた。きちんと燃料を与えさえすれば、体は限界まで、要求どおりに動く。料理に目を向けることはなかった。味もにおいもしない。ただの燃料だ。

モーガンが直面している恐怖を容易に想像できる。彼女が苦しむだろうと思うと――いまも苦しんでいるかもしれない――視界が狭まるのを感じた。彼女のことが心配でたまらない。

このせいで自分は壊れてしまうかもしれないと、うっすら気づいていた。二十一歳のときに離婚して以来、自分を脆弱だと思ったことはなかった。その間ずっと弱さを否定し、人間関係ごときに打ちのめされることはないと躍起になって証明しようとした。深いつきあいを避けるために心の壁を築いた。孤独な人生を正当化するためのルールを作った。

モーガンには強烈に惹かれたからこそ、拒絶しようとしたのだ。彼女が自分の弱点になるとわかっていた。集中力や仕事の妨げになるだけでなく、満ち足りた孤独が侵されると。

愛していると言えばよかった。好きでたまらないと。モーガンと出会って変わったのだと。だが、ふたりで分かちあった激しくすばらしい感情を彼女が思い出して、悪夢のような時間に耐えてくれることを願うしかない。

こういったことを考えるのはやめなければ。壊れてしまわないように、感情を遮断しなければならない。彼女のために戦いたいのなら。心身ともに最高の状態と見なされなければ、副司令官に退場させられるだろう。

デスタを追跡し、彼女を救うのだ。絶対に彼女を救いだしてみせる。

国境を越えたあと、モーガンは息苦しい車の床から引っ張りだされた。車はでこぼこ道を進み、ソマリランドの奥に入りこんでいく。ジブチは無法地帯だとパックスは言ったが、ソマリアや、ジブチに接する自称独立国ソマリランドと比べれば、きちんと統治された安息の地だ。

日が沈んだので、モーガンはリアウィンドウの外を見つめ、星の位置から現在地を確認した。北極星の地平線からの角度で緯度がわかる。星が真上、直角の位置にあれば北極にいる。地平線上にあるように見えれば、赤道にいる。その中間なら北緯四十五度だ。

北極星がかなり低い位置にあるので、モーガンはいま、北緯十一度の南のどこかにいる。リアウィンドウからはたまにしか見えないが、それを見たときに、ソマリランドの南の奥のほうへ進んでいるという恐れは当たっていたことがわかった。

深夜まで走り続け、時間をはかることができなくなり、どんどん長く感じられるようになった。途中でアドレナリンが尽き、眠りについて無意識状態に逃げこんだ。

十分か、二時間か経った頃——どちらか知る由もない——いきなりカーフィに車から引きずりだされた。肩が車の側面にぶつかり、よろよろと立ちあがったあと、顔から倒れこんだ。

荒れ果てた家に連れこまれ、ここがデスタのアジトだろうかと、一瞬考えた。だが、あの規模の活動を行うには狭すぎる。カーフィに家の裏手でしゃがんで用を足すよう言われた。これからさらに屈辱的なことが待ち受けているだろうと思い、モーガンは抗議しなかった。とはいえ、鋭い目つきでにらまれ、恐怖がいや増した。ブンナ・ドレスで隠れるのがせめてもの救いだ。

用を足したあと、車に戻るのだろうと思いきや、居住スペースに連れていかれ、壁に固定された重い金属の輪に縛りつけられた。「ここで眠る」カーフィが言う。「逃げだそうとしたら、眉間を撃つ」

その輪が囚人を拘束するためのものだと気づいて、モーガンは身震いした。ここは誘拐犯のパーキングエリアだ。

背中を壁につけ、両腕をかたい床と平行に頭上へ伸ばして横向きに寝た。鼻が追跡装置に届く。カーフィが携帯電話を取りだしたので、圏内だ。

ここに数時間はいるだろう。ＳＥＡＬｓが飛んでくるのに充分な時間だ。だが、ここはソマリランドだから、軍が計画を立てるのに余分な時間が必要だし、この家が最終目的地なわけでもない。デスタはここにはいない。

モーガンは心を決めると、目を閉じてゆっくりと息を吐きだした。カーフィがぶつぶつ言いながら電話をしまったので、結局、圏外のようだ。慎重に決断すべきだという教訓になった。焦ってはいけない。忍耐が必要だ。助けを呼ぶチャンスは一度きりなのだから。

完全に眠ることも目覚めることもなく、うとうとした。

夜が明ける頃には、かたい床のせいで体がこわばり、脱水状態で激しい頭痛がした。カーフィに訴えて水をもらったあと、ふたたび外へ連れていかれ、用を足した。とはいえ、この二十時間、ほとんど水分をとっていないので、その必要はあまりなかった。

「あとどれくらいで目的地に着くの？」家のなかに連れ戻されながら尋ねた。

カーフィはうなり声をあげただけで、質問に答える気はないことを示した。

その日はずっとその家にいた。カーフィは定期的に出かけては戻ってきた。携帯電話がつながるところへ行っているのだろうか。指示を待っているようなそぶりだった。

この男たちはデスタの手下ではなく、雇われて仕事をしているようだ。地域経済を担うデスタから、モーガンを送り届ける仕事を請け負った誘拐犯。

彼らの履歴書を想像した。これまで拉致した犠牲者の数。成功報酬の金額。ご自慢のナイフや銃のスキルや、威嚇する能力の一覧表。料金表も載っているかもしれない。被害者を傷つけずに拉致するほうが高いのだろう。残業手当も請求するのだろうか。帝国との紛糾を避けられたらボーナスをもらえるの？

長く暑い午前中に何度か、助手席に乗っていた三人目の誘拐犯が狭い家のなかを歩きまわり、カーフィとサアドと口論した。そして、昼過ぎに怒ってカーフィと一緒に出ていき、戻ってこなかった。自分の仕事を終えたのだろうか。それとも、カーフィが分け前を渡すのをいやがったの？　カーフィはフランソワを躊躇なく殺した。ほかの仲間を殺しても不思議はない。

その家にあるのは水だけで、食料はなかった。サアドが出ていき、パンと豆を持って戻ってきた。モーガンも少しだけ与えられ、無理をして食べた。二十四時間以上何も口にしなかったので空腹のはずなのに、食欲はなく、吐き戻さないようにするのが精一杯だった。

翌日、太陽が高くのぼった頃に、出かけていたカーフィが戻ってきて、出発すると告げた。ＳＵＶに乗りこみ、モーガンは目的地までかかる時間をわざわざ尋ねはしなかった。質問に誰かが答えてくれたことは一度もない。もうあきらめた。

今度は、北へ向かった。太陽の角度からわかる。なぜ引き返すのだろう。ジブチに戻るのだと期待することはできなかった。

日が沈んでから数時間後、辺鄙《へんぴ》な場所にあるまた別のあばら家に到着した。国境は超えていないが、長時間走ったので、その近くまで来ていてもおかしくない。今回も用を足してから、家のなかに入った。その巣窟には拘束する設備がなく、重い椅子に縛りつけられ、座ったまま寝たが、ふた晩ろくに眠れなかったので疲れていて、まどろむくらいならできた。

そのあいだずっと、パックスのことを考えていた。彼は立ったままでも眠れるよう訓練を受けているだろう。頭痛がどんどん悪化し、じめじめしているせいで暑いのではなく、本当に熱があるのではないかと思い始めた。

六十時間以上モーガンの行方がわからず、追跡装置も起動しないので、パックスは正気を失っているだろうか。くたくたになるまでモーガンを捜しまわっている？　それとも、副司令官の命令で基地に閉じこめられているの？

わたしに愛されているとわかってる？　一緒に過ごした時間を思い出して安らぎを見いだすのか、それとも、モーガンが死ねば思い出もつらくなるだけだろうか。父はジブチに来た本当の理由を母に話した？　パックスや両親が感じているであろう苦しみを取り除けるのなら、なんでも差しだすのに。

頭がずきずきし、胃がむかつく。熱があるとしか思えない。

うまくいけば、明日デスタのアジトにたどりつく――やはりエチオピアにあるのだろう。わざわざソマリアに来たのは、尾行をまくためだったのだ。おそらく明日、最終目的地に到着し、追跡装置を起動させて両親やパックスに一縷《いちる》の望みを与えることができる。モーガンもふたたび希望が持てるだろう。生き延びる望みは、一度国境に捨ててきた。

二日目の午前零時を過ぎた頃、パックスはキャルに司令部から引きずりだされ、このままでは作戦から締めだされると気づかされた。モーガンへの思いをあらわにしてもいいことはない。

部屋を出たとたんに、このまま二度と戻ることを許されないのではないかと不安になった。だが、キャルの言うとおりだ。戦闘準備が整っていることを示すために、睡眠をとらなければならない。女を奪われてぼろぼろになっている男ではなく、特殊部隊の工作員だと、副司令官に見なされるように。

だから、パックスは六時間ぐっすり眠ったあとトレーニングをし、シャワーを浴びて食事をとった。そのあいだ、何か情報が入ったらすぐにパックスに知らせるため、キャルが司令部に張りついてくれた。

エネルギーを充電し、兵士に戻ったパックスは、司令部へ向かった。睡眠や食事と同じくらい運動が効果的で、元気を回復した。モーガンの行方がわからなくなってから六十八時間が経過した。まもなく追跡装置が起動するはずだ。そうでなければならない。

サヴァンナ・ジェームズから統計を聞いた。救出に成功した追跡装置はすべて七十二時間以内に起動した。イエメンでの作戦行動も含めて、七十二時間から九十六時間のあいだに起動したケースもいくつかあるが、その場合、拉致被害者は全員死亡した。統計学によると、モーガンが助かるには、あと四時間以内に追跡装置が起動しなければならない。

だが、パックスは統計学者ではない。兵士だ。確率だの過去のシナリオだのはどうでもいい。モーガンの居場所を特定できたら、いや、特定したら、何があろうと彼女を生きて連れ戻す。

司令部の入り口で、おそらく学校を出たばかりの若い将校に止められた。「すみません、曹長、入室許可リストに載っていません」

くそっ。恐れていたことが現実になった。締めだされた。部屋をのぞきこむと、アドラー将軍と目が合った。表情は読み取れない。パックスを参加させようとして拒まれたのだろうか。

将軍の要求が通らないことなどめったにないとはいえ、今回はアドラー将軍の入室が許可されたのも微妙なところだ。娘が拉致され、将軍は客観的になれない。感情を排除できない。この部屋にいられるのは、地位のおかげだ。

パックスの背後で、女性の声がした。「そこをどいてブランチャード曹長を通して」振り返ると、サヴァンナ・ジェームズが若い将校をにらんでいた。

「それはできません」将校が言う。

「通さなきゃならないのよ。彼はドクター・アドラーのプロジェクトの貴重な内部情報を持っている。必要なメンバーよ」

パックスを参加させるためにジェームズが嘘をつく理由はわからないが、感謝した。この数週間、彼女がモーガンとジムで毎晩のようにスパーリングをしていたのを、パックスは知っていた。そもそも、一緒にトレーニングをしたらどうかと勧めたのは彼だった。モーガンは友達になれそうだと言っていた。諜報員が本物の友情を築くことはないが。

この任務に関しては、ジェームズはなんの権限も持っていない。とはいえ、モーガンの腕にチップを埋めこんだのは彼女だ。CIAの技術で、CIAが管理しているから、CIAの諜報員は意外と決定権があるのかもしれない。

ジェームズが分析官なのか作戦要員なのかさえ、パックスは知らない。分析官だと最初は思っていたのだが、彼女は基地の外でスパイ要員を管理していて、それは作戦要員の仕事だ。

若い将校が、助けを求めてSOCOMの司令官を見た。

司令官がサヴァンナ・ジェームズに向かって眉をひそめた。「ブランチャードは外した、ジェームズ。私情が入る」

ジェームズが腕組みをする。「いいえ、参加します。リプリー軍曹が拘束した傭兵《ようへい》のひとりが、ようやく口を割りました。ドクター・アドラーの作業員のひとりが密告者だと認めたのです。ブランチャード曹長は、ドクター・アドラーと一緒に現場に出ていたので、その男を知っています。ムクタール・クルーエを捜しだして連行するために、情報が必要です」

〝ムクタールが？〟

くそっ。ムクタールに裏切られていたことを知ったら、モーガンはショックを受けるだろう。

パックスは将校を押しのけ、部屋の奥の会議テーブルへまっすぐ向かった。「リプリーも呼んでくれ」ジェームズに言った。「そいつの家を知ってるかも」

「すでに呼びだしたわ」ジェームズがテーブルにファイルの山をどさりと置いた。

「ムクタールは海軍に支給された携帯電話を捨てた。つまり、いずれわれわれに正体がばれるとわかっていた。でも、どこかでミスをする可能性が高い。捜しだして絞りあげましょう」

「シャルル・ルメールと話がしたい」パックスは言った。「ムクタールたちを雇った大臣だ」

ジェームズが冷淡な笑みを浮かべる。「この会議のあと、あなたと一緒に訪ねようと思っていたの。あなたは何度か会ったことがあるのよね。彼に対する見解を聞かせて」

ようやく仕事を与えられた。目的を。モーガンが必死でかけてきた電話が切れた瞬間から、パックスはずっと溺れていたが、サヴァンナ・ジェームズが命綱を投げてくれた。「喜んで協力する、ミズ・ジェームズ」

ジェームズが微笑んだ。いつもの冷淡な笑みではなかった。諜報員の仮面を取った本物の笑顔だ。「サヴィーと呼んで」

27

シャルル・ルメールは三日間睡眠をとっていないような顔をしていて、パックスは好感を抱いた。大臣はデスクに着いたあと、髪をかきむしった。「ドクター・アドラーの捜索に全面的に協力する。彼女が拉致されたと知って、みんな大きなショックを受けている」

「アンベール大臣もですか？」パックスは尋ねた。「アメリカ軍がドクター・アドラーを警護していることに、天然資源大臣が難色を示しているとリプリーから聞きました」

「アリ・アンベールは性差別主義者だが、反逆者ではない」ルメールが言った。

「どうしてそう思われるのですか？」サヴィーがきく。

「彼はジブチ人だ。この国を大切に思っている」

「わたしの経験から言えば、反逆者として最も成功するのは、自らの行動が国のためになると信じている人間です。ジブチでは、国よりも部族が先に来ます」サヴィーが身を乗りだし、冷淡な笑みをルメールに向けた。「アンベールの部族は？」

「イッサ族だ」

「エテフ・デスタと同じですね」

「ジブチ人の半分がそうだ」ルメールが怒りをあらわにした。「わたしもイッサ族だ。だが、部族よりもジブチを重んじている」

「めずらしいですね」パックスは口を挟んだ。

「わたしが嘘をついていると言うのか？」ルメールがパックスをにらんだ。「きみに批判される筋合いはない、曹長。きみはアメリカのグリーンベレーで、世界最高の軍事訓練を受けているとうたっているくせに、きみのチームは女ひとり守ることができなかった」

　パックスは悪態をつき、大臣に飛びかかりそうになるのをこらえた。シャルル・ルメールは、パックスが頭にきた理由をわかっていない。モーガンが拉致されたとき、警護部隊の隊長がリプリーだったことは関係ない。パックスは自分を責めていた。彼女はおれの女だから。自分が彼女を守るべきだった。絶対に。

　兵士が自分の女も守れないとは。恋人としても特殊部隊隊員としても失格だ。

「どういう経緯でムクタール・クルーエを雇ったんですか?」サヴィーが尋ねた。

ルメールがサヴィーのほうを向いた。「なぜそんなことをきく?」

「質問に答えてください、シャルル」相手をひやりとさせるような名前の呼び方だった。

「英語を話せて、重労働もいとわない人物だと推薦された」

「推薦したのは?」サヴィーが問いつめる。

ルメールが深いため息をついた。「アリ・アンベールだ」サヴィーをにらむ。「天然資源大臣として、アンベールは国外の請負業者と働く作業員のリストを持っている。何もおかしなことではない」

サヴィーがこわばった笑みを浮かべた。「それを判断するのはあなたではありません、シャルル」


デスタのアジトに到着した時点で、熱は四十度くらいまであがっているように感じた。モーガンはぼんやりしていて、抵抗したわけではなく、力が出なくて歩けないから、サアドとカーフィに引きずられてなかに入った。

ふたりとも、モーガンが病気だとは思っていないらしい。看護の知識もなく、これほどの高熱が仮病のはずがないこともわからないのだ。だが、それもどうでもよくなるほど、モーガンは具合が悪かった。

熱のおかげで、拉致された恐怖もほとんど忘れられた。脱水状態と腹痛の苦しみに気を取られ、そっちまで頭がまわらない。これからどんな危害を加えられるのか、気にする余裕もなかった。

殺風景な狭い部屋に連れていかれた。窓はない。簡易ベッドがあるが、毛布も枕もない。床の隅に用を足すための穴が開いていて、中央の大きなボルトに、金属の足枷《あしかせ》付きの太く長い鎖が取りつけられていた。

モーガンはベッドしか目に入らなかった。SUVと違って動かない。夜を明かした椅子よりもやわらかい。そのベッドに横たわると、この部屋に案内した女が、モーガンの足首に足枷をはめた。

モーガンは目を閉じるやいなや、吐き気を催した。鎖につまずき、部屋の隅の穴にたどりつく前に嘔吐した。

女が怒った口調で見張りに何か言った。見張りが言い返した。

モーガンは這っていき、穴に吐いた。

そのあと、ベッドにぐったりと倒れこんだ。数分後、女がふたたび現れ、濡らした布切れをモーガンの額にのせてから、汚れた床を掃除した。

吐くためのボウルがそばに置かれると、モーガンはたちまちそれをいっぱいにした。いつの間にか、足枷が外されていた。女が見張りを説き伏せたのだろう。女は何度も行ったり来たりして、水や、頭を冷やすための布をさらに持ってきた。

デスタのアジトに到着したのだから、追跡装置を起動させるべきだと、モーガンはぼんやりとわかっていた。その前にデスタがここにいることと、携帯電話の圏内であることを確認しなければならないと考えられるくらいの知力も残っていた。

ただのインフルエンザか、もっと深刻な病気にかかっているのかはわからない。呼吸が浅く、目を開けていられない。ふたたび目が覚めることを、そして、そのときにすべきことをする気力が残っていることを願うしかなかった。

モーガンの行方がわからなくなってから、九十六時間が経過した。パックスはジブチ政府の角度から調べ続け、ムクタールを捜した。モーガンの拉致事件の黒幕を突きとめようとかたく決心していたものの、統計を信じるサヴィーは希望を失っていることに気づいていた。

モーガンはもはや、成功の範囲外にいる。救出できたら外れ値、計測不能だ。

疑念を抱いているのはサヴィーだけではない。ＳＯＣＯＭの将校たちの九十パーセントが、心のなかでモーガンを死んだものと見なしているだろう。

パックスは絶対にそんなことはしない。斥候よりも統計を重視する戦闘兵などいない。

とはいえ、ルメールとアンベールを粘り強く追っているサヴィーを正当に評価しなければならない。アンベールがデスタか中国、あるいは両方に協力していると、ずいぶん前から疑っていたそうだ。アンベールに近づくために、モーガンと親しくしていたのだろうか。

彼女の動機はわからないが、目的は、少なくとも今回は純粋だ――モーガンを連れ戻す。

「どうしてアンベールに目をつけたんだ？」五日目の早朝、パックスは尋ねた。「経歴に不審な点はない」

「病気の子どもがいるの」サヴィーが感情のこもらない声で答えた。「西洋医学の治療を受けなければ、助からない。わたしが中国人だったら、彼を狙う」

パックスは彼女の目を見た。「きみはアンベールを標的にしたが、どんなニンジンをぶらさげようと食いつかなかった。つまり、中国に出し抜かれたと言うんだな」

サヴィーが肩をすくめる。「わたしは仕事ができるけど、中国はおそらくわたしが派遣される前に彼を囲いこんだ。責めるならわたしの前任者を責めて」

「アンベールの息子の容体は？」

「数カ月前から姿を消しているの。中国にいるのか死んでいるのか。アンベールがいまも協力していることを考えると、息子は中国にいて治療を受けているんじゃないかと思う」

息子が生きている限り、アンベールの忠誠心は失われない。「アンベールがデスタとつながっていないと考える理由は？」

「ある程度はつながってると思う。でも、デスタは癌を治すことはできない。ささくれだって治せないわ。大きな夢を持つ弱い操り人形にすぎない」

「司令官や、キャンプ・シトロンの指揮官たちが言うには、デスタは次なる巨悪だ。東アフリカのウサマ・ビン・ラディンだ」

サヴィーが首を横に振る。「本人はそうなることを望んでいる。最終目標は単純よ――エリトリアをエチオピアに戻すこと。そして、独裁者になること。そうなったら、わたしは抑制しなければならない。八十年代のサダム・フセイン、イラクの独裁者と同じね――クウェートを侵攻する前の」

「やつがアメリカの飼い犬だった時代か？」

「まさに。いまデスタは、誰でもなり得る独裁者を目指している。デスタの軍隊も、エチオピアの支持者も弱い。デスタの唯一の望みはエリトリアを取り戻し、ふたたびエチオピアに海岸線をもたらして、ジブチの港に依存しないこと。でも、いまのエリトリアは、五年前と違ってエチオピアに併合されるような状態じゃない。そこでデスタは足がかりを探しているのだけど、目標を達成する唯一の方法は、中国と手を組むことよ。あなたたちが去年、イエメンの拠点で見つけた非核電磁パルス《EMP》発生装置や武器をデスタに与えたのは中国だと思うわ」

パックスは驚いた。「どうして知ってる？」

「人質にＣＩＡの追跡装置が埋めこまれていた。あのイエメンでの成功についてすべて知ってるわ」

「あの任務は失敗だった。人質は死亡した」

「成功よ。ＥＭＰを発見し、デスタがそれを使用してアメリカの最先端機器を手に入れて中国に売り飛ばす前に、ドローン攻撃で破壊できたんだから。ＥＭＰを発見して破壊するのが最終目標だと、人質は知っていた」

パックスは腹が立った。「おとりだったのか？　どうしておれたちには知らされなかったんだ？」

パックスの激しい怒りにも、サヴィーはまったく動じなかった。「機密扱いだったから」

「モーガンもおとりか？　デスタの居場所を突きとめるための計画だったのか？」

「違う。でも、この機会を逃す手はないわ」サヴィーが両手を広げて司令部を指し示した。「そう思ってるのはわたしだけじゃない。もしデスタがモーガンを拉致したのなら、彼女を救って、権力に飢えたろくでなしを中国じゃなくてアメリカの犬にするチャンスよ」

「もしやつがモーガンを拉致したんなら、殺してやる」パックスは言った。

サヴァンナ・ジェームズが、いつもの冷たいまなざしでパックスを見つめた。「だめよ、パックス。犯人がデスタなら――そして、モーガンがまだ生きているなら――絶対に殺さない。問題は、アメリカと中国のどっちが利用するかよ」

モーガンがデスタのアジトに到着してから丸一日以上経った頃、熱がさがり、ようやく食事を吐き戻さずにすむようになった。弱っていたが、シャワーを浴びたあとは生き返ったような気がした。

看病してくれた女はいくつかの単語しか英語を話せず、モーガンはアラビア語をもっと勉強しておけばよかったとまたしても思った。その女にバスルームへと案内され、石鹸《せっけん》を使って冷たいシャワーを浴びた。

十分間――この数カ月で一番長い時間が与えられたが、そのあいだずっと立っていられなかった。バスルームの高い位置に窓がひとつあり、そこにいる短い時間のあいだに昼から夜へ変化し、時刻を推定できた。

シャワーを浴びたあと、ボウル一杯の豆を全部食べても、吐き気は催さなかった。これほど早く回復したということは、食中毒を起こしたのだろう。故意に引き起こされたのか、それとも、外国人だから、現地人は免疫がある細菌に当たっただけだろうか。

シャワーと食事をすませ、ついに軍指導者に引きあわされるのかと思いきや、病気のあいだ寝ていた部屋に戻された。もう遅い時間だからだろう。

驚いたことに眠ることができて、翌朝目覚めたときには元気を取り戻していた。拉致されてから六日が過ぎたと思う。部屋に窓がないので、時間を推定するのは難しいが、基地にいる人のほとんどがもう救出をあきらめているのは間違いない。

パックスも、わたしが死んだと思ってる?

父も希望を捨てただろうか。

ベッドの上で起きあがり、膝を抱えた。六日。左の膝裏に触れる。パックスのリストの四十二番。どうしてもローマで一緒に過ごしたい。そのためには、追跡装置を起動させなければならないが、それより重要なのは、逃げる方法を自分で探すことだ。追跡装置に頼ることこそ危険だと思い始めていた。一刻も早く逃げようとする代わりに、追跡装置を起動させる機会を待ってここに連れてこられた。道中、見張りはふたりだけだったのに、ここには番人が何人いるか見当もつかない。追跡装置の失敗率は、それに頼りすぎて自分で逃げようとしなかった結果かもしれない。

だからといって、その人たちを責めるつもりはない。できることはなかったのだろう。拘束され、拷問にかけられていたらなおさらだ。モーガンも、道中できることは何もなかったかもしれない。

だがいまは、縛られていない。残酷なカーフィと恐ろしいサアドは、もう監視についていなかった。おそらく、別の依頼人のために次の犠牲者を捕まえに行ったのだろう。

病気で弱っているのが、有利に働くかもしれない。足枷は外されていた。このまま具合が悪いと思わせておけば、拘束されずにすむかもしれない。

そうすることのデメリットはひとつもない。

これまでずっと、男に見くびられる点を利用してきた。その能力を存分に発揮するべきだ。

28

数時間後、ＡＫ－47を持った男が部屋に来て、モーガンについてくるよう命じた。モーガンは弱っているふりをして――それほどの努力はいらない――ゆっくり起きあがった。すると、予想どおり、拘束されることはなかった。

ＡＫ－47を見つめながら、奪えるだろうかと考える。女がハンドバッグを持つように、男は銃をさりげなく、普段使いの小物のように持っている――必要なものだが、にぎやかな街中を歩いているときでなければ、握りしめることはない。

モーガンを脅威だとは思っていないのだ。

好都合だが、まだ行動を起こすのは早い。

脚を少し震わせながら、男に連れられて廊下を歩き階段をあがった。ソマリ族の基準で言えば、ここは宮殿だ。部屋がいくつもあり、電気が通っていて、水と湯が使える。とはいえ、アメリカではみすぼらしい廃屋と見なされるだろう。

パキスタンのアボッターバードにあったウサマ・ビン・ラディンのアジトを思い出した。マスコミはそれを地所と呼び、当初は豪邸と報じていた。ビン・ラディンは気分がよかっただろうが、その後写真によって、金持ちの悪党に似つかわしい立派な家ではなかったことが明らかにされた。

デスタのアジトも似たようなもので、翼棟が複数あって大きいが、蒸し暑く荒廃している。

ついに、デスタに引きあわされた。デスタは領主にふさわしく、屋敷の奥にある狭いオフィスのデスクに着いていた。ごくごく平凡なオフィスで、何日も待ったあげくあっさりと中年の太鼓腹のアフリカ人と対面したモーガンは、拍子抜けした。弱っているふりをする必要もなく、椅子に座りこんだ。

混乱したのは、普通すぎるせいだ。デスタは邪悪さが表れた冷たい目つきをしていて、傷跡があるはずだった。この男がハリウッド映画で東アフリカの軍指導者役のオーディションを受けたとしたら、即刻落とされるだろう。

「カーフィとサアドは、おまえが仮病を使っていると言っていたが、そうではないようだな」デスタが言った。

「インフルエンザを見分けられないなんて、看護師にはなれないわね」

「それなら、医療の道を選ばずに傭兵になってよかったな。しかし、おまえを連れてくるために八人雇ったのに、ふたりしか残らなかった。傭兵としてもお粗末だと、おまえが証明したのではないか?」

モーガンは体をこわばらせた。デスタに有能だと思われたくなかった。「わたしじゃなくて、訓練を積んだアメリカ兵士よ。それに、仲間割れがあった。カーフィとフランソワは仲が悪かったみたいね」

「フランソワに耐えられるのは弟だけだった。獣のような男だった」

傭兵を獣と呼ぶ軍指導者の厚かましさに辟易《へきえき》した。「あなたは違うの?」

「わたしは父から奪われた王権を取り戻そうとしている臣民の君主だ。臣民の自由のために戦っている。アメリカ合衆国建国の父と同じように」

「そうね。あなたはジョージ・ワシントンね。ジョージは少女やカートを売買したりしなかったけど」

「しかし、奴隷を所有していた。トーマス・ジェファーソンもだ。ジェファーソンは奴隷の愛人とのあいだに奴隷の子をもうけさえした。それに、ふたりとも大麻を育てていた。ここでのカートと同様に、当時は合法だった」

アメリカの歴史に詳しい軍指導者なんて、腹が立つ。大麻はマリファナではないと反論することもできるが、ここはエテフ・デスタとジェファーソンとワシントンについて議論する場ではない。「カートはここでは合法かもしれないけど、あなたが売ってる国では違法よ」

「わたしについて下調べをしてきたみたいだな。光栄だ」

モーガンはデスタをにらんだ。「身代金目当てでわたしを誘拐したのなら、時間の無駄よ。アメリカ政府は支払わないし、わたしの家はお金持ちじゃないから」

「心配してくれるとはうれしいね。大丈夫だ。充分に報われるだろう」

「ライナスの公表は止められないわよ。もうわたしがいなくても問題ないから」

「おまえの化石化したサルなどに興味はない。癇《かん》に障っただけだった。あの発見によって代替路線の調査が徹底的に行われ、おまえもブルサールと同じものを見る可能性が高まったのだから」

モーガンは身を乗りだした。突然動いたらめまいがしたが、病気のせいというより、ついに真相に近づいたからかもしれない。「彼は死んだの？」

「ああ」

「どうして？」

デスタが舌打ちした。「思ったほど賢くないな。情報筋によると、プロジェクトエリアの地底にある帯水層におまえが気づいたという話だが」

　モーガンは愚弄されていらだった。「わたしは地質学者じゃないけど、気づいたわ。帯水層の証拠をブルサールが見つけたんじゃないかと思ってた」

「そうだ」

「そして、あなたに殺された。どうして？」

「わたしではない。アリ・アンベールが殺した」

「天然資源大臣が？」

「ああ。自分の手を汚したのか、誰か雇ってやらせたのかは知らないが。とにかく、あの男は死んだ」

「どうして大臣がそんなことをしたの？」

　デスタが椅子の背にもたれ、モーガンをじろじろ見た。「その話をしたらおまえは絶対に解放されないと警告してもいいが、わたしに解放するつもりがないことはわかっているだろう」

　モーガンは身震いしながらも、怯まずに目を合わせた。「誰も身代金は支払わない」

「そのとおり」デスタが肩をすくめる。「二年前、中国は、わたしの国からわれわれのものであるはずの海に通じる鉄道の資金を出すと最初に申し出たとき、自国の地質学者を雇った。ブルサールと同じくらい経験はあるが、西洋の尊敬は得られていない。おまえたちが自己中心的な誇大妄想者だからだ」

「あなたと違ってね」モーガンは嫌味を言わずにはいられなかった。

「わたしは愛国者だ」

「わたしもよ」

「おまえは自分の国から遠く離れている、ドクター・アドラー、愛国心に導かれたのか？」

「あなたもでしょ」

「わたしはエチオピアのイッサ族だ。イッサ族はソマリ人だ。ソマリア——あるいはソマリランド、エチオピア、エリトリア、そしてジブチは、イッサ族の支配下でひとつになるべきだ。わたしがそれを実現させる。父が果たせなかった夢を、ブルサールが発見した帯水層の力を借りてわたしがかなえるのだ」

「水を人々にもたらすことで？」

「いや」デスタの目が喜びに輝いた。

「それを利用して敵を倒し、臣民をひとつにするのだ」

咳払いをする。

「中国の地質学者は、おまえやブルサールと同じものを見て、地熱試験を装った試掘を行い、帯水層を探し当てた。

帯水層を発見した中国政府は、エリトリアとジブチに飲料水を供給できるようになるエリトリアの民間の脱塩工場に資金提供を申し出た。これは寛大な行為ととらえられているが、実際はエリトリアの工場が帯水層から水を汲《く》みあげ、ジブチに送って、盗んだ相手に売るつもりなのだ」

水不足の国から水を盗むという紛れもない悪行に、モーガンは胃がむかむかした。

「それで、あなたはどう関わってるの？」

「エリトリアの法律では、外国政府が公共施設を所有することは禁じられている。アンベールとわたしが代理で所有者になっている」

「ふたりともエリトリア人じゃないでしょ」

デスタが肩をすくめる。「わたしもアンベールも、エリトリア人だと書かれた書類がある」過去にカートを噛んでいたことを示す黄色い歯がちらりと見えた。それほどひどくはないので、やめてから何年か経つのだろう。「わたしはその収益で軍隊と兵器を増強したあと、その工場の建設を認めた政府をつぶすつもりだ。わたしがエリトリアの統治者に就任したら、エチオピアと再統一し、ジブチは帯水層を取り戻せる」

　モーガンはめまいがした。「それで、わたしが帯水層を発見するのを止めるために拉致したの？　誰もわたしの話に耳を傾けなかったのに。ジブチの人たちは、ブルサールの失踪事件を捜査すらしなかった」

「アンベールは警察を支配下に置いている。だがおまえは、フランス国家警察に通報した。アメリカ軍を巻きこもうとしていた」

「わたしの車に爆弾を仕かけてアメリカ軍を巻きこんだのは、あなたでしょう」

　デスタがふたたび舌打ちした。「あれはわたしではない。アンベールの仕業だ。おまえを怖がらせて、帯水層に気づく前にジブチを離れさせようとしたのだ。そもそもアンベールは、考古学調査を望んではいなかった。中国は調査をせずに鉄道建設を推し進めようとしていた。調査を要求したのはアメリカ人どもで、建設条件とするようルメールに迫った。おまえの父親が、おまえに仕事を与えるよう仕向けたらしいな」

　父がひと役買ったおかげで、契約が取れたの？

　モーガンさえ知らなかったことを、どうしてこの軍指導者が知っているの？　ルメールのオフィスで会ったとき、アンベールが父のことを話に出したのを思い出した。アンベールが関与しているというのは、本当なのだ。「あなたとアンベールが手を組んでいるのだとしたら、どうして彼の手下は遺跡に来てわたしの車に爆弾を仕かけたときに、あなたの名前を出したの？」

「欲をかき、アメリカ政府を利用してわたしを排除しようとしているようだ」

「わたしを拉致したんだから、実際にそうなるかもね」

「いや、アメリカ軍はわたしの居場所を知らないから、それは不可能だ。エチオピアでおまえを捜しているに違いない」デスタが少し考えてから続けた。「おまえはここがどこかわかっているのか？」

「ソマリア。ソマリランドと呼ぶ人もいるわね」

「そのとおり。実は、キャンプ・シトロンから二十六キロしか離れていない」

延々と走ってあと戻りしたという予想は当たっていた。「なら、どうして？　どうしてわざわざ何日もかけてここに来たの？」

「追跡されるかもしれないから、おまえを遠くへ連れていくようカーフィに命じたんだ。ＳＥＡＬｓは拉致されてから三日以内に被害者を捜しだすそうだが、四日を過ぎて救出された者はいない。アメリカ軍がなんらかの追跡システムを備えているに違いない。おそらく、バッテリーの寿命の短い――せいぜい四日しか持たない皮下追跡装置だろう。四日間、救出不可能なソマリランドの奥地におまえを監禁するよう命じた」

なんてこと。拉致が不成功に終わるパターンを読んでいたの？　国王が王子に海外で教育を受けさせるように、同じく軍指導者だったデスタの父親がエテフをオックスフォード大学に入れたのは知っていたが、エテフ・デスタが優秀で、その恐ろしい職業に分析を加えるなどとは思ってもみなかった。だが、話しているうちに、知的で洞察力があることが明らかになった。

その秩序立った誘拐のやり口にぞっとするが、真相を見抜かれていなくて助かった。重要なのは経過時間ではなく、携帯電話の信号を利用できるかどうかだ。

モーガンはここが携帯電話の圏内であることが確認できたら、追跡装置を起動させるつもりだった。あとはそれさえわかれば。

モーガンの身柄と引き換えに、なんらかの代価を受け取れるとデスタは思っているのだろうか？　充分に報われるはずだと言っていたが、アメリカ政府がモーガンの解放のために身代金を支払うことはあり得ない。そんなことをしたら、アメリカ人が次々と狙われるだろう。中国やその他の国の政府にとってモーガンが重要な人物であるわけでもない。ジブチには払う理由だけでなくお金もない。

デスタのポケットから音が聞こえてきて、モーガンは反応しないよう努めた。

携帯電話の音？

デスタがすてきな、すばらしい、愛しの携帯電話を取りだしたのを見て、モーガンは笑みをこらえた。

デスタが電話に出てから、モーガンは腕の痛みをやわらげるかのように、力を込めてマッサージした。追跡装置を起動させるには四秒で足りるはずだが、デスタに気づかれないことを祈りながら、念のためさすり続けた。

29

六日と一時間七分のあいだ、進展はなかった。パックスはこの数日間、サヴィーと一緒に手がかりを追ったが、無駄骨に終わった。長時間パソコンに向かい、答えを、モーガンを捜し続けた。

だが、拉致した犯人がデスタかどうかさえわからないというのが、厳しい現実だ。勾留した傭兵ふたりは、ムクタールの名前しか自白しなかった。ムクタールからルメールに、ルメールからアンベールにつながった。

アンベールは用心深く、家宅捜索をしても何も出てこなかった。

そして、追跡装置は起動しなかった。

騒がしかった司令部は、いまでは夜間は最小限の人員に減った。

あと一日かそこらで、ジブチ人を訓練する任務に戻るよう、副司令官に言われるだろう。モーガンの行方がわからないままなのに、あっさりと頭を切り替えられるわけがない。

イエメンでは、被害者のことを知らなかったし、バスチャンがどう思っているにせよ、チームはできる限りのことをした。作戦が失敗したあと――サヴィーがなんと言おうと、あれは失敗だった――もとの仕事に戻るのは楽ではなかったが、とにかくそうした。だが、今回の被害者はモーガンだ。彼女のことが頭から離れないのに、実弾射撃訓練など行えるわけがない。チームから、ＳＯＣＯＭから追いだされるだろう。兵卒に降格させられ、一生ジブチで台所勤務をするはめになるかもしれない。

別にかまわない。

パックスは誰もいない部屋を見まわした。ＳＯＣＯＭの首脳部のほとんどがランチをとりに行った。残っているのはパックスと、さまざまな電話やコンピューターの画面を監視している技術者一名だけだ。パックスはみんなが戻ってきてからサンドイッチを買いに行こうと思っていた。あいかわらず食欲はないが、少なくとも食事は忘れずにとっている。

そのとき、魔法のようにターキーサンドイッチが目の前に現れた。顔をあげると、パックスに食事や睡眠を強制するキャルがいた。

「悪いな」

キャルが隣の椅子に腰かけた。「アンベールはどうなった？」

「サヴィーの話では、やつは地熱調査費を横領している。悪徳大臣だ」

「でも、モーガンの件とのつながりは見つからないのか？」

「いまのところは。だが、サヴィーは、モーガンの車に爆弾を仕かけたのはアンベールかもしれないと疑っている」

「動機は？」

「さあな。だが、彼女はひとつ正しいことを言った。爆弾やスナイパーや、ワジの戦闘員を仕かけた人間は、おれたちがエテフ・デスタの仕業だと決めつけるよう仕向けた。あちこちにデスタの印を残した。だがそれは、デスタのやり方じゃない。やつは目立たないように行動し、汚れ仕事は隠しておきたがる」

キャルが微笑んだ。「サヴァンナ・ジェームズは頭が切れる」

「いつになったら口説くんだ？」

「それはない。ＣＩＡなんて腰が引ける」

「臆病者」

「ああ、そうだ」

「ばかだな。サヴィーはクールなのに」

「クールっていうより冷たいんだ。ところで、いつからサヴィーって呼ばれるようになったんだ？」

「モーガンがそう呼び始めて、本人が意外と気に入ったらしい」

キャルが笑った。「モーガンなら氷山も溶かせるだろうな。おまえだって変わった」

「おれが？」パックスは驚いてきき返した。

「まず、恋愛アドバイスをするようになった。お粗末なアドバイスだが。仕事以外のことに興味を示すなんて、おまえらしくない」

パックスは顔をしかめた。キャルの言うとおりだ。

「モーガンと出会う前は、年じゅう特殊部隊の強面《こわもて》の工作員でいようと気張っていた。兵士ロボットかなんかのように、おまえは夜、ＣＬＵに戻ったら電源が切れるのかとよく聞かれたよ。それがモーガンが現れたとたんに、思春期に逆戻りだ」

パックスは目をぐるりとまわしてみせたが、そのとおりだと思った。モーガンに出会って、自分は変わった。仕事一辺倒だったのが、彼女のおかげで新たな一面が現れた。突然喉の渇きを覚え、水のボトルをつかんだ。

「セックス中に追跡装置を起動させたことは、オズワルド大尉に報告するのか？」

キャルがこしゃくな笑みを浮かべてきいた。

パックスは、危うく口に含んだ水をコンピューターの上に噴きだしそうになった。技術者をちらりと見ると、ヘッドホンをつけていたのでほっとした。どうにか水を飲みこんでから、キャルに向き直った。「まさか」小声で言う。「いつから知ってた？」

「モーガンが追跡装置をつけていると知らされたときにわかった。おまえがモーガンの部屋から戻ったあと、ものすごく不機嫌だったから驚いたんだ。それから、おまえとモーガンのあいだが明らかによそよそしくなって、おかしいと思っていた。立たなかったんならわかるが、おまえに限ってそんなことはないと信じていたぞ」

「黙れ」パックスはかすかに笑った。

キャルがにやりとする。「そのあと、彼女が拉致されて最初の報告会で、追跡装置がきちんと機能する確信があるのか、誰かがジェームズにきいただろ。ジェームズは注入時にテストしたし、一度、モーガンが腕に頭をのせて眠ったせいで、真夜中に起動したと答えた。そのとき、おまえのほうをちらっと見たんだ。一瞬のことだったから、おれのほかに誰も気づかなかったと思う。おまえもだろ。モニターに見入っていたから」

パックスは首を横に振った。サヴィーはわかっていたのだ。はじめからずっと。驚きはしない。驚いたのは、それを理由にパックスを締めだすことができたのに、それどころか締めだされないよう助けてくれたことだ。

締めだして当然だったのに。

キャルの目を見て、ルームメイトで親友であるこの男以外に言ったら、この部屋から追いだされるであろうことを口にした。「いつまで経っても追跡装置が起動しなくて、刻々と自分の一部が死んでいく気がする。もうほとんど残っていない」歯を食いしばって涙をこらえた。泣き崩れるのは、CLUに戻ってひとりになってからだ。

部屋の向こう側で、デスクに足をのせてふんぞり返っていた技術者が体を起こし、床に足をドシンとおろした。

くそっ。背景の雑音を消してささやき声を増幅するヘッドホンをつけているのだろうか？　いまの話を聞いていたのか？

あんなことを言った自分がばかだった。言葉などなんの役にも立たないのに。

技術者が何かのボタンを押すと、モニターがついた。〝信号を取得〟という言葉が映しだされている。コンソールからヘッドホンのプラグを引き抜いた。「曹長、聞いてください」

追跡装置の信号は基本的なモールス信号で、世界じゅうで知られている三文字の組み合わせ――短音三回、長音三回、短音三回、つまりSOS――を利用していると聞かされていた。

最初の三回の短音を聞いたあと、パックスの目に涙が込みあげた。さっと立ちあがって部屋を横切る。信号が繰り返される。これほど美しい音は聞いたことがない。

〝モーガンは生きている〟

「位置は追跡できたか？」

「いまやってます」技術者がキーボードに指を走らせた。

キャルがマイクのスイッチを入れ、基地じゅうに信号を放送した。事情を知っている者はその意味を理解し、ここにやってくるだろう。

数分後、司令部に各軍の特殊部隊工作員が詰めかけた。サヴィー・ジェームズもアドラー将軍と一緒にやってきた。ふたりとも涙ぐんでいる。

オズワルド大尉までもが目をぬぐっていた。

拉致されてから約百四十五時間三十分後に信号が送信された。これでモーガンは外れ値となった。もはや統計は当てはまらない。

おれの女は、確率を超えたサバイバーだ。

「追跡完了！」技術者が言った。

パックスは胸を高鳴らせながら、モニター上の地図にモーガンの現在地が表示されるのを待った。衛星画像が映しだされる。険しい砂漠。特徴のない地形。標点は示されない。

「ズームアウト」サヴィーと、何人かが同時に言った。

技術者は言われたとおりにし、次の瞬間、画像が縮小した。そのまた次の瞬間、地政学的な印が表示された。地図上の言葉を認識すると、パックスの心臓が早鐘を打ち始めた。

モーガンのいる場所は、二十六キロメートルしか離れていない。だがそこは、ソマリアだった。

30

ソマリアとなると、話はまったく別だ。むろん、SOCOMはエリトリアだけでなくソマリアの場合の演習も行い、救出計画も立てたが、それが最終計画になるとは誰も思っていなかった。みなエチオピアだと予想していたのだ。結局のところ、デスタの本拠地は祖国にあると、情報部は言っていた。

ソマリアからの救出は、たとえ国境から十六キロメートルしか離れていないソマリランドと呼ばれる自称独立国であったとしても、簡単にはいかない。イエメンと似たようなもので、はるかに危険な敵国に侵入することになる。

情報が不足していたことを責める相手が欲しくて、サヴィー・ジェームズをにらんだ。サヴィーはモーガンを友人だと思っているが、大局的に考えれば誰であれ犠牲にしてもかまわないと表明している。

追跡装置は三分間信号を送った。信号が途絶えた理由はいくつも考えられる。モーガンが携帯電話から離れた場所に移動したのか、電話のバッテリーが切れたのか、追跡装置自体が作動しなくなったのか。これ以上信号は送信されないことを想定して計画を立て、運よくさらにデータが届いたら変更していく必要がある。

最初の信号が届いてから三十分以内に、偵察衛星がデスタのアジトの最新画像をとらえた。さらに情報を収集するために非武装ドローンを送りこむというアイデアが検討され、棄却された。もし見つかったら、デスタが警戒する。

SOCOMの権力者たちは、SEALsを派遣してモーガンを救出する計画を立てた。デスタに出くわせば始末し、そうでなければドローン攻撃を仕かける。

「ドローン攻撃の許可は出たのか?」SEALsの指揮官が尋ねた。

「現在、合同攻撃目標調整委員会が分析中だ」標的設計の責任者が答えた。「デスタの拠点は居住地から離れているので、許可されるだろう」

「デスタを殺さず捕虜にしたい」サヴィーが口を挟んだ。操り人形を手に入れるつもりなのだ。

異議は却下され、ドローン攻撃計画が固まった。デスタに逃げるチャンスはない。アジトにいる人間は全員死亡するだろう。

SEALsがモーガンを救出できなければ、ドローン攻撃は延期される。だが、デスタが逃亡すると考えるに足る理由があるか、デスタが攻撃したか、破壊しなければならない化学兵器があった場合は、モーガンのためであってもドローン攻撃が中止されることはない。

パックスはよく心得ていた。あの任務では、失策がふたつ重なった。EMPが確認EMPをパックスが確認した。イエメンでも同じ手順に従い、デスタが所有する非核されたあとも、バスチャンが建物にとどまって人質を捜し続けた。バスチャンが人質の発見をあきらめていないことを知らずに、パックスは攻撃を要請した。

バスチャンは間一髪で建物から脱出した。

パックスが予定より早く攻撃を要請したとバスチャンは主張し、それが正しいことが無線のログによって証明された。パックスは三十秒早かった。だが、救出時間枠を丸一分過ぎていて、バスチャンの失敗でもあった。

救出作戦の時間配分は、それくらい余裕がない。それぞれ一分、三十秒違っただけで、パックスは戦友を失いかけた。重要な決断を下すときに、バスチャンを見ていなかったのだから、パックスに非があったのだろう。

パックスに限らずどの兵士も、戦う本当の理由は、隣にいる人間のためだ。自分を支えてくれる仲間。敗北を目の前にしても、自分の身を守るためではなく、仲間のために戦い続ける。リプリーには父親を必要とする子どもがいる。キャルには両親と、兄を崇拝するふたりの弟がいる。パックスにも両親と妹がいる。それに、モーガンが加わった。

生きる理由。失敗したときに知らせが行く人々。

バスチャンは港ごとに女がいて、すぐにかっとなるが、だからといって、攻撃を要請されて危うく殺されかけたことに動揺しないわけがない。

それ以来、ぎくしゃくした仲だが、パックスはバスチャンの敵意を当然のものと受けとめていた。だが、モーガンを口説いたのはやりすぎで、バスチャン自身もそれをわかっていた。

そして、ふたりの友情を壊したイエメンでの任務から一年経ったいま、パックスの愛する女が人質になった。ここにいるSEALsのひとりの決断によって、モーガンを殺す爆弾が落とされるかもしれない。

もはや自分がそんなことをできるとは思えなかった。二度とあのような決断ができるとは思えない。

これがバスチャンの身に起きたことだったのか？　爆弾が向かってきて、故意でなかったにせよ仲間がその攻撃を要請したと気づいたときに、根本的な変化を遂げたのだろうか。

デスタのアジトの衛星写真がスクリーンに表示されている。モーガンとの距離は二十六キロ。国境までは十キロで、その十六キロ先だ。合わせて二十六キロ。ユージーン郊外にある実家から高校まで、それより遠い距離を通っていた。

密輸ルートを通れば、車で二十分で着く。

テーブルを囲んでいる男たちを見やった。パックスがこの会議を傍聴することを黙認しているだけだとわかっているが、だからといって彼が協力してはいけないということはない。ＳＥＡＬｓの指揮官、ランドール・ファロン大尉に尋ねた。「デスタの本拠地の近くの密輸ルートの情報はありますか？」

「航空写真だけだ。あの区域で作戦行動は行っていない」

「われわれが訓練している地元民はあのルートに詳しい。公式に認められたジブチ軍に入隊する前は、ソマリランドの自由の闘士だった者もいます。デスタのアジトへ行ったことがあるかもしれません。配置に関する情報を持っているかも」

ファロンが背筋を伸ばした。「いつ連れてこられる？」

「十分後に」

「連れてこい」

パックスは気力がみなぎるのを感じながら、チームを招集した。キャルたちが、密輸ルートに詳しい訓練兵たちを集めてくれる。SEALsは、ビン・ラディン襲撃時に使用したのと同型のステルス・ブラックホークで空から侵入する。すばやく入ってすばやく出る。しかし、密輸ルートはデスタの形勢が悪くなった場合の逃げ道となるだろうから、知っておいたほうがいい。

「密輸ルートの情報が入手できたら、そこから入ってもいいのではないか？　どうしてブラックホークを使うんだ？」アドラー将軍が尋ねた。

SOCOMの司令官が答えた。「六カ月前、エテフ・デスタがまだエチオピアにいたとき、われわれは本拠地の場所を突きとめました。そして、周囲に地雷が仕かけられていることも知りました——身をもって。デスタは逃亡し、それ以来ずっと捜索していました。ここにも地雷が仕かけられているかどうか確認する時間はありません。救出作戦でなければドローンを送りこんで始末したでしょう。ブラックホークによる迅速な作戦が、ドクター・アドラーを救出し、SEALsに及ぶリスクを最小限にする最善の方法です」

パックスはその計画を検討し、最善の選択だと理解した。きっとうまくいく。あと数時間で、モーガンをこの腕のなかに取り戻せる。そのあとは、ローマのホテルで落ちあって、リストの四十二番から一番に向かって順になめるのだ。

病気のあいだ看病をしてくれた女が、申し訳なさそうな表情で、モーガンに足枷をはめた。

アラビア語を勉強しておけばよかったと、モーガンは切実に思った。そうすれば、味方になってくれるかもしれないこの女性と話ができたのに。彼女もデスタの被害者なのだ。まだ二十歳かそこらに見えるが、その目は老成していて、軍指導者の家政婦としてどんなひどい目に遭わされているのだろうと考えざるを得なかった。

この女性を助ける方法はないの？　彼女もドローンに殺されてしまうのだろうか。

モーガンは女性の手を握った。「お名前は？」アラビア語まじりの英語で尋ねる。

女が少しためらったあとで答えた。「エスメ」

「エスメ。きれいな名前ね」

モーガンはエスメの目をのぞきこんだ。ヒューゴーを教えていたときと同様に、そこに理解の色が浮かぶのを見て取った。わからないふりをしているだけかもしれない。

「エスメ、音が聞こえたら。大きなエンジン音。逃げて。外へ。遠くへ」回転するヘリコプターのブレードと、走る動きを、手振りで伝えようとした。

エスメの目が曇った。「逃げない。逃げたらデスタに殺される」

それ以上話すことはできない。言葉の壁は別として、まもなく攻撃を受けることを打ち明けるのはリスクが高すぎる。「デスタのことは心配しないでいいから。とにかく逃げて」

「デスタは撃つ」エスメが空いているほうの手で銃を撃つまねをした。

モーガンはエスメの手を握りしめた。「デスタが銃で撃たれる」エスメを信用して真実を伝えたのが、間違いでないことを願った。エスメがモーガンを信じるとは限らないが。とにかく、モーガンには味方が必要で、足枷の鍵を持っている人間が最善だ。

「デスタが死ぬ？」

「ええ。ある人たちが来るの。殺しに」

エスメの顔に笑みが広がった。「いつ？」

おそらく今日の深夜だろうが、モーガンは言わずにおいた。「大きなエンジン音が聞こえたとき。大きな音に気をつけていて」足枷に触れる。「だから……鍵をくれない？　逃げられるように」

エスメが唇を引き結んだ。「あなたが逃げる。デスタがわたしを撃つ」

「デスタが撃たれるまで逃げないわ」モーガンは自分の身を守るために他人を犠牲に

するつもりは絶対にないが、エスメがそれを信じる根拠はない。

エスメが手を引き抜いた。眉間にしわを寄せる。ようやく言った。「ない。あなたはよくなった。アブディが鍵を取った。わたしは持ってない」


救出作戦がオー・ダーク・サーティーに予定されているのは、SEALsがその使い古された言葉を気に入っているからだ。オー・ダーク・サーティーとは作戦行動開始の総称で、今回の場合は午前一時――モーガンの追跡装置が作動してから十二時間弱――を意味する。

訓練兵四人が密輸ルートの情報を提供した。そのうち一名は、一年前、ソマリランドの反乱勢力の指導者が占拠していたときに、そこへ行ったことがあった。その指導者とはエテフ・デスタではないと、訓練兵は断言した。デスタはエチオピアで土地を奪ったように、そのアジトも奪ったのだ。

アカシアの藪《やぶ》がその地所を取り囲み、近くの道路にも生い茂っている。密輸ルートが栄えているのは、アカシアの木のおかげだ。鋭いとげがあるため、のぼったり茂みのなかに隠れたりできないだけでなく、目隠しになる。密輸ルートからアジトに通じる道が何本かあり、その一部にほぼ確実に地雷が埋められている。だが、少なくとも一本は、安全な出口として開かれているはずだ。

茂みのあとは深いワジが続き、そこも隠れる場所がたくさんある逃げ道となる。ＳＥＡＬｓがやってきたと気づいたら、デスタはワジへ逃げるだろう。

訓練兵たちが、密輸ルートの偵察を申し出た。彼らは地元民だから、襲撃の前に配置できる。もし見つかっても、アメリカ軍の作戦に関与しているとは思われないだろうし、車が走っていたら、デスタのアジトに通じる安全なルートを確認できる。デスタに密告したりはしないだろうし、ＳＥＡＬｓは貴重な最新情報を入手できる。

優れた計画で、その四名は訓練兵のなかで最も信頼できる。訓練も終わりに近づき、優秀なゲリラ兵であることは言うまでもない。

計画が固まると、ＳＥＡＬｓの準備のため休憩に入った。傍観者の立場に置かれたパックスは、ジムへ行ってサンドバッグを叩きのめすことにした。作戦は滞りなく進むと信じていた。信じなければならない。

だが、何かがおかしいという感じがぬぐいきれなかった。デスタの思いどおりになっている気がした。ばかげた考えだが。

そもそも、デスタがモーガンを拉致した理由がわからない。帯水層が本当に存在するのだとしたら、デスタはモーガンの仮説を隠蔽するどころか、注意を喚起しただけだ。だが、たとえそうだとしても、ジブチが行方不明の地質学者を気にかけているとは思えない。モーガンがもっと騒ぎたてていたとしても、無視されただろう。

それに、モーガンは身代金目当ての誘拐のうってつけのターゲットではない。家族は富裕層ではないし、アメリカ政府が人質を取った犯人と交渉しないのはみな知っている。世界じゅうの敵対国の通りでアメリカ人がさらわれないようにするためには、そうするしかない。

とはいえ、父親が少将で、ＩＮＳＣＯＭの総司令官だから、モーガンは違う意味で非常に価値がある。娘が脅かされたあと、少将はジブチにやってきた。さらに、モーガンはアメリカ軍の保護を受けていたアメリカ人だから、アメリカは身代金を払わずとも、モーガンを連れ戻すために全力を尽くすことを、デスタはわかっているに違いない。

そして、モーガンの車に爆弾を仕かけた犯人はアンベールだという疑惑がある。デスタよりもアンベールのほうが納得がいく。天然資源大臣は、モーガンがブルサールと同じものを発見する前に国から追いだそうとしただろう。それに、モーガンのアパートメントに置いてあった携帯電話で受けた警告は、明白だった――〝ドクター・モーガン・アドラー、ジブチから出ていけ〟

それなら、どうしてモーガンは拉致された？　デスタ、あるいはアンベール、誰にせよ、事件の黒幕にどんなメリットがあるんだ？　統計に反して、ほかの人質よりもずっと遅れて追跡装置が起動したのはなぜだ？

モーガンは頭が切れる。うかつに追跡装置を起動させてはならないことをわかっていた。つまり、それまでチャンスがなかったということだ。なぜだ？　あれほど国境に近ければ、携帯電話の圏内だ。ずっとそこにいたのなら、チャンスはたくさんあったはずだ。

デスタが追跡装置の存在を知っていたとしたら？　その制約もわかっていて、アメリカ軍が死に物狂いになるまで、モーガンに起動させる機会を与えないようにしたとしたら？

デスタはどんな見返りを期待しているんだ？

31

モーガンはベッドに腰かけてドアを見つめながら、追跡装置は起動しただろうかと考えていた。モーガンが生きていることがパックスに伝わった？　たとえ起動に失敗していたとしても、救出作戦が行われているだろうか。退出を命じられたときの、デスタの態度に不安になった。デスタに見抜かれているような気がした。

デスタは思っていた以上に狡猾《こうかつ》だ。

アンベールや帯水層の件で、入念に長期戦を仕かけている。モーガンの車に爆弾を仕かけ、基地に組織的攻撃を行った罪をアンベールに着せられたことを知っているが、どんな報復を考えているかについては何も言っていなかった。ドレッド・パイレーツ・ロバート（麻薬売買サイトの運営者）に似ていると思った。つまり、慈悲深そうには見えない。アンベールは罰を受けるだろう。すぐにでも。そして、デスタが偽の脱塩工場の単独所有者となる。

デスタの最終目標は、エリトリアの統治者になることだ。モーガンを拉致したことは、どうつながっているのだろう。帯水層を秘密にしておきたいのなら、モーガンを殺せばすむことだ。モーガンを生かしておく理由は、身代金目当てで生きている証拠を示すためとしか考えられない。それはあり得ないのだから、デスタはいったい何を期待しているのだろうか。

デスタの入念で危険な終盤戦に、モーガンがどう関わっているというの？　第五夫人とかいう話は明らかにでたらめだ。モーガンは人身と麻薬を売買する軍指導者になど嫌悪感しか抱かないが、デスタもそれと同じくらいモーガンに興味がない。

ドアの向こうで物音がして、その下から一枚の紙が差しこまれた。

モーガンは立ちあがってゆっくりと、恐る恐る近づいていった。味方ができたと期待するのが怖かった。デスタに心を乱されるのはもっと怖い。

モーガンは折りたたまれた紙を拾って開いた。それが何か一瞬遅れて理解すると、胸が高鳴った。エスメが建物と敷地のおおまかな地図を描いてくれたのだ。

通った経路から、デスタのオフィスがわかった。面積は同じだが間取りが違うふたつ目の絵は、二階の見取り図だろう。二階のある部屋に、デスタのオフィスと同じマークがついている。デスタの寝室ということ？

もうひとつマークがあった。あちこちに銃のマークが描かれている。モーガンはその配置を見て、建物と敷地にいる武装した番兵だろうと判断した。マークの横につけ加えられた棒線は、デスタの軍の規模を示している——少なくとも三十人はいる。

あとひとつ、重要な情報が含まれていた。何カ所かある出口の場所が書きこまれている。あとは、足枷を外すだけで逃げられる。

モーガンは地図を眺めて暗記した。自分が救出されたら、エスメを見つけてここから連れだせることを願った。飢えと渇きに苦しむ子どもたちのことは無視せざるを得なかったが、エスメを見捨てることはできない。せめてひとりくらい助けられないのなら、特権などくそくらえだ。

地図を見て、足枷を外すことさえできれば逃げるのは簡単だとわかった。デスタは第三世界の軍指導者で、モーガンは先進国の女だ。ここがアメリカなら、モーガンはレーザービームを搭載したサメを相手にしなければならなかったかもしれない——少なくとも、各部屋にモーションセンサー付き監視カメラが設置されていただろう。だが、ここにはカメラはない。電子監視システムは存在しない。カメラには電気が必要で、この建物には電力があるとはいえ、ここはソマリランドだ。継続して使えるものではない。カメラを設置しても意味がないだろうし、たまにしか使わないもののために貴重な資源を無駄にはしないはずだ。それに、デスタにはヘリコプターと同様に、サメやレーザービームを買う余裕がない。ジブチを脅かしている敵に航空攻撃を仕かける能力がないのは紛れもない事実だ。だからこそ、ドローンが効果的なのだ。標的は空からの攻撃に対して無防備だ。

数時間がゆっくりと過ぎた。時計も窓もないが、真夜中近くだろう。作戦行動は開始された？　ＳＥＡＬｓがいままさにこちらへ向かっているの？

廊下が騒がしいので、モーガンは急いで部屋の隅の穴に地図を捨てた。鎖の音は外に聞こえなかっただろう。ベッドに横たわり、眠っていたふりをする。

ドアが開いて、数時間前、モーガンをデスタのもとへ連れていった番兵が現れた。

「デスタがおまえを呼んでいる」

モーガンは起きたばかりのふりをした。「いま何時？」

番兵は質問には答えず、身をかがめてモーガンの足枷を外しにかかった。そのとき、男を始末することもできた。重い鎖を首に巻きつけて絞めてもいいし、頭を蹴ってもいい。ものすごくそそられたが、救出される直前に危ない橋を渡る必要はない。足枷を外されるのだから、逃げるチャンスはやってくるだろう。

男はまた、ＡＫ－47を何げなく持っている。モーガンは左右をちらちら見ながら、おとなしくうしろを歩いた。エスメの地図に示されていた番兵は持ち場についていなかった。

デスタのオフィスのドアの前で立ちどまった。薄い壁越しに、強い中国訛《なま》りの英語で話す男の声が聞こえてきた。「わたしの命令でトラックが敷地に入る」

デスタも英語で応じた。「いますぐ呼んで準備を整えておけ」

「だめだ。失敗した場合に、われわれが表に出るリスクを負うつもりはない。あんたがあれを手に入れたあとだ」

沈黙が流れた。失敗するかもしれないと言われて、デスタは腹を立てたのだろうか。〝あれ〟が何かはわからないが、ふたりの共通語が英語なのは、モーガンにとって運がよかった。

デスタがアラビア語で命じる声が、番兵が腰につけている無線機からも聞こえた。モーガンを部屋に入れろという命令だったのだろう、番兵がドアを開け、モーガンを押しこんだ。

デスタは今回も、デスクに着いていた。中国人の客が立ちあがり、モーガンの頭のてっぺんからつま先までじろじろ見たあと、デスタにうなずいて部屋を出た。

モーガンはその背中を見送ってから、デスタと向きあった。このまま立っていたいが、弱っているふりをしなければならない。椅子に身を沈め、デスタが口を開くのを待った。

　モーガンが黙っているのがいらだつらしく、デスタは眉をひそめている。モーガンは目をこすったあと、横柄な態度を取ろうと決めた。「気がきかないのね、エテフ。もう真夜中でしょう。眠っていたのに」

「救出に備えて気を張ってるんじゃないかと思ったが」

　モーガンは体をこわばらせた。「救出？」

「ああ。だが、ＳＥＡＬｓが到着する前に、追跡装置を渡してもらおう」

　モーガンは仮病ではなく、ふらふらした。「追跡装置って？」

　デスタは無表情だった。「とぼけても無駄だ。数時間前におまえが皮下追跡装置を起動させたのはわかっている。もう役目を終えたのだから、装置をよこせ」

　先ほど仲間が出ていったドアを顎で示す。「中国が高値で買ってくれる。おまえを殺して捜すこともできるが、去年、死んだ人質から追跡装置を見つけるのに何時間もかかったうえに、わたしの兵士が取りだそうとして壊してしまった。時間を節約したいから、どこにあるか教えろ」

　モーガンは反射的に腕に手を当てそうになるのをこらえ、じっとしていた。喉が渇き、声がかすれる。「どうして追跡装置のことを知ってるの？」

「一年前、イエメンの拠点に人質を連れていった。おまえの国の兵士たちがやってきて、その直後、ドローンに建物を破壊された。わたしは多くの武器を失った。非常に高価なＥＭＰも。

兵士が到着する前に、人質は別の場所に移してあった。アメリカ軍は人質を発見できなかった。われわれは人質を拷問にかけて、追跡装置のことをききだした。だから、わたしの準備が整うまで、おまえを携帯電話の基地局から遠ざけておかなければならないと知っていたんだ。どうすればおまえに装置を起動させられるかもわかっていた。しかるべきときに電話がかかってくるようにすればいい」

デスタが携帯電話の入ったポケットを叩いたあと、開いたドアの横に立っている番兵に顎で合図した。

番兵が腰の鞘《さや》から大きなナイフを抜いた。デスタが言う。「追跡装置のある場所を吐いたほうが楽だぞ。アブディが見つけるまでおまえを切り続ける」

モーガンはあわてて椅子から立ちあがり、よろよろとあとずさりした。「どうして追跡装置を使わせたの？　ＳＥＡＬｓが来てもかまわないの？」

「やれやれ、それを期待していたんだ。おまえを拉致したことは充分に報われると言っただろ。ご自慢のSEALsがおまえを助けに来ることによって、身代金が支払われる」

モーガンはナイフに怯えながらも、頭を働かせた。デスタの意図を理解した瞬間、ぞっとした。「狙いはブラックホークね」

「ただのブラックホークではない。MH－Xサイレントホークだ。ビン・ラディン襲撃の際に、中国人が目をつけた。わたしは彼らに一機くれてやるつもりだ」デスタの目が冷たく光った。「アメリカ政府が身代金を支払わないことをおまえは心配していたが、ステルス・ブラックホークが手に入るのだから、おまえはこれまでわたしが取った人質のなかで最も価値がある」

「最初からそれが狙いだったの？　どうしてわたしの車に爆弾を仕かけたの？」

「だから、あれはアンベールの仕業だ。わたしは嘘はついていない。あれでおまえが注目を集めたから、この計画を思いついたのだ。おまえは将軍の娘だし、アメリカ軍はおまえのプロジェクトに取り入りたがっていたし、おまえを全力で守ろうとするのは目に見えていた。おまえが軍にとって重要な人間だとわかったから、わたしは関心を持っているとアンベールに伝え、アンベールがしかるべきときに、わたしがおまえを第五夫人に望んでいるとアメリカ軍に密告した。そうすれば、おまえにチップが埋めこまれると思ったのだ。犬のように」

「ＳＥＡＬｓからブラックホークを奪えるわけがない。勝てると思うなんて頭がおかしいわ」

「戦う必要はない。中国人の支持者が、イエメンで失ったＥＭＰの代わりを用意してくれた。電磁パルスでブラックホークを墜落させられる。生き残ったＳＥＡＬｓ隊員がいたとしても、わたしの兵士に包囲されたらひとたまりもないだろう」

デスタがナイフを持った男にふたたび顎で合図した。「時間がない。チップの場所を教えろ。黙ってるならアブディに切らせる」

抵抗しても無駄だ。ブラックホークはこちらに向かっている。チップを引き渡して、逃げる方法を考えるしかない。モーガンは腕を差しだし、チップを奪われた直後に殺されないことを願った。

32

作戦開始まであと十分。パックスは司令部をそわそわと行ったり来たりしていた。立ちどまってアドラー将軍と目を合わせる。この六日間、ほとんど言葉を交わしていない。パックスは何を言えばいいかわからなかった。いま、将軍の表情には深い恐怖と後悔の念が表れていた。

将軍がモーガンのことをどれだけ心配しているか、すばらしい娘をどれだけ誇りに思っているかをモーガンに知らせてやりたかった。

訓練兵のチームが位置につき、密輸ルート沿いのアカシアの木立に隠れた。デスタのアジトへ見通しが得られないため、短距離無線周波数を監視して構内の様子を探る。夜警のお決まりの手順として、デスタの警備係が異状なしの報告をするのを傍受した。

パックスは自分が作戦に参加しているかのように緊張していた。とはいえ、いつも任務の前は落ち着いている。ＳＯＣＯＭがパックスを外したのは正解だった。感情が入りすぎている。それでも、自分が現場にいられないのは耐え難かった。すべての準備が完了した。作戦実行を阻むものは何もない。

パックスは歩きまわり、SOCOMの将校たちの低い話し声を無視し、アドラー将軍の視線を避けながら無線通信に耳を澄ました。SOCOMの司令官が開始命令を出すまで、あと五分を切った。

モーガンは腕に焼けるような痛みを感じた。チップを注入されたときよりもはるかに痛いが、医者でもない人間がまともな道具も使わずに除去したのだから当然だ。血まみれのチップが腕からえぐりだされるやいなや、デスタがそれを取った。そして、モーガンを部屋に戻したあと、EMPが置いてある場所へ行くようアブディに命じた。ほかの番兵もそこへ向かったのなら、建物には誰も残っていないかもしれない。デスタは傷口に当てる包帯も何も用意してくれなかった。たぶん、ブラックホークを手に入れたらすぐにモーガンを殺すつもりなのだ。計画が狂ったときの交渉の材料として生かしておいているだけだろう。

アメリカ軍が民間人ひとりのためにステルス・ブラックホークを手放すはずがないのに。

モーガンは傷口のめくれた皮膚を押さえつけ、顔をしかめた。痛みをやわらげるために深く呼吸しながら、アブディのあとについて部屋へ向かった。

襲撃を中止する方法を見つけなければならない。救出をあきらめることになるが、EMPがあるのなら、デスタがブラックホークの奪取に成功するかもしれない。SEALsの隊員は死ぬだろう。大量殺戮も、対テロ戦争でアメリカの強みとなる極秘テクノロジーをデスタに奪われることも、許すわけにはいかない。

失血のせいか恐怖のせいか、めまいがしてよろめいた。アブディに切られたほうの腕をつかまれてくずおれずにすんだものの、上腕筋から僧帽筋にかけて激しい痛みが走った。額に汗が噴きだす。

アブディが悪態をつき、傷ついた腕を握りしめて廊下を引きずっていった。部屋に入ると、モーガンを壁に叩きつけたあと、足枷をはめるためにかがみこんだ。

モーガンは考える前に反応していた。足枷をはめられた瞬間、アブディの首を蹴りつけてひっくり返した。

アブディはうめきながら銃に手を伸ばした。舌骨が折れたのかもしれない。モーガンは足をくるりとまわして、太い鎖を喉に巻きつけた。一度強く引っ張ると、首の骨がポキンと折れた。手が銃から離れ、頭が床にぶつかった。

片手で銃をつかんだあと、ポケットをまさぐって鍵を探した。腰につけた双方向無線機に目が留まる。鍵を探すのをやめて、無線機を奪い取った。

外からかすかな音が聞こえてくる。ローター音？　ブラックホークが来たの？

震える指で、数週間前にパックスに暗記させられた周波数に合わせると、通信範囲内にいる誰かがメッセージを聞いてくれることを祈った。「襲撃を中止せよ！　これは罠だ！　こちらはドクター・モーガン・アドラー。繰り返す。襲撃を中止せよ。これは罠だ」本人であることを証明する言葉を探した——聞いている人がいればの話だが。「パックス、聞こえる？　襲撃を中止して。スヌーピー！　基地へ戻れ」暗号を三回繰り返すようパックスが言っていたのを思い出した。「スヌーピー、スヌーピー、スヌーピー！」

33

ブラックホークが飛びたってから数分後、密輸ルートにいる訓練兵が無線で基地に連絡した。「ドクター・アドラーのものと思われるメッセージを傍受しました。襲撃を中止するよう言っています」

司令官は、メッセージが本物かどうか確認するあいだ、周囲を旋回して敷地に近づかないようブラックホークのパイロットに指示した。訓練兵が周波数を伝える。それが自分が教えたチャンネルであるのを確かめると、パックスはひやりとした。短距離チャンネルだが、SOCOMには信号を増幅する技術があり、技術者がダイヤルを合わせた。すると、モーガンの声が部屋じゅうに響き渡った。「繰り返す。これは罠だ。スヌーピー、スヌーピー、スヌーピー!」

彼女の声を聞いて感情が込みあげてくる一方、その言葉にぞっとした。「間違いなくモーガンです」パックスは言った。

アドラーがうなずき、娘の声であることを認めた。

「このメッセージを送るよう、強制されているのだろうか？」司令官のハヴァーフェルド少佐がきいた。

「襲撃を中止せよ」モーガンが叫び続ける。「デスタはブラックホークを狙っている！　ＥＭＰを使って。スヌーピー、スヌーピー、スヌーピー！」

「スヌーピーは、『基地へ戻れ』の暗号としてわたしが彼女に教えたものです」パックスは答えた。「この暗号を知っている者はほかにいません。強制されているなら、その暗号は使わないはずです。本気で言っています」

ＳＥＡＬｓの指揮官が無線で呼びかけた。「任務中止。アルテミス解放作戦は中止。繰り返す、アルテミス解放作戦は中止」

パックスは胸が締めつけられた。

「デスタはここにいる」モーガンが言う。「ＥＭＰを持っている。襲撃を中止せよ。ドローンを送って、ＥＭＰを破壊して。スヌーピー！　スヌーピー！　スヌーピー！

ドローンを――」

銃声が聞こえ、通信が途絶えた。

部屋の入り口に番兵が立っていた。無線機に向かって叫んでいるモーガンを見て驚き、ＡＫ－47を構えた。

モーガンは片手にアブディの銃を持っていた。通信を中断し、狙いを定める時間も取らずに発砲した。腕に命中し、男が撃った弾はそれた。

無線機を放りだし、今度はど真ん中を狙った。男が倒れた。

モーガンは震えを抑えこもうと深く息を吸いこんでから、倒れた男に銃を向けた。死んだかどうか確かめるため、蹴ってみる。

男がモーガンの拘束された足首をつかんで引っ張った。モーガンはよろめきながら引き金を引いた。弾は後頭部に当たった。手首をつかむ手が緩んだ。

モーガンはふたたび鍵を探し始め、アブディのベルトに取りつけられたポケットに入っているのを見つけると、震える指で足枷を乱暴に外した。それから、もうひとりの番兵の死体の下敷きになっていた無線機を取りだした。モーガンが撃った最後の弾が貫通して当たり、壊れている。

もうひとりの番兵は無線機を持っていなかった。メッセージが届いたかどうかはわからないが、ローターと思しき音が小さくなっている。無線で確認することはできないけれど、ＡＫ－47を二丁手に入れた。

デスタの兵士たちが、ブラックホークを墜落させるため全員外に配置されていることを祈りながら、ふたりの番兵の所持品を調べた。ローターの音が——あれがローターの音だったとすれば——いまの銃声をかき消してくれたのならいいのだが。いずれにせよ、急がなければならない。誰かがアブディともうひとりの番兵を捜しに来る前に、ここを出ないと。

モーガンの血にまみれたままのナイフでアブディのシャツを切り取ると、片手と歯を使って腕の傷口にできる限りきつく巻きつけた。ギアベルトも奪い、ナイフを腰につける。ベルトには、小型の手榴弾《しゆりゆうだん》二個とＡＫ－47の予備弾倉が入っていた。そうして武装し、ＡＫ－47のストラップを左右の肩に一丁ずつかけると、両方の引き金の近くに人差し指を置いた状態で部屋を出た。

ドローンを送りこむ命令はいつでも出せる。法務総監から許可を得ている。デスタがそこにいることが確認でき、攻撃したか化学兵器があった場合は、攻撃目標として認められる。ＥＭＰを使用して、ブラックホークを奪いＳＥＡＬｓを排除することをもくろんだのだから、攻撃にほかならない。

ドローン攻撃の命令が出されるだろう。モーガン自身がそうするよう言ったとはいえ、エテフ・デスタを狙ったヘルファイア・ミサイルで彼女が殺されるのを、パックスは黙って見ていられなかった。

パックスのチームが任務のための装備を保管している部屋へ行き、荷造りしてある背嚢と武器をつかんだ。建物の外で、キャルが訓練兵を集めるために使ったSUVを見つけ、後部座席に装備を投げこんだ。

命令書がなければ基地から出られないが、副司令官に計画を嗅ぎつけられたら、止められるだろう。時間は刻々と過ぎていく。いま頃ドローンを武装しているかもしれない。パックスは携帯電話を取りだして、司令部にいるリプリーにかけた。「アドラー将軍に建物の前に来るよう言ってくれ。大至急だ」リプリーに返事をする暇も与えず、電話を切った。

三十秒後、アドラー将軍が出てきた。パックスは前置きなしに言った。「モーガンのところへ行きます。サイン入りの命令書が必要です」

「地雷が仕かけられているかもしれない。冷静に考えろ」

「危険は承知のうえです」

「わたしはきみの司令官ではない。きみを基地から出すことはできるが、それでも無断外出と見なされるだろう」

「大事なのはモーガンだけです」

「きみを守ってやることはできないだろう。わたしはここでは権限を持っていない。この作戦ではなおさらだ」

「かまいません。ドローン攻撃まであと一時間もありません。わたしを基地から出してください。お嬢さんを連れて帰ります」

未来の義理の父が、すばやくうなずいた。

モーガンの必死のメッセージが届いてから十分も経たないうちに、パックスは出発の準備ができていた。密輸ルートを通って接近しながら訓練兵に無線で連絡するつもりだ。訓練兵たちは交戦しないよう命じられているが、いまも位置についている。現場にパックスの味方がいる。

モーガンを捜しだす。もし見つからなければ、その場に残って定めとして爆撃を受けてもいい。

そう考えて、パックスははっとした。

〝だめだ〟

自殺願望はない。モーガンを救うためならためらうことなくわが身を犠牲にするが、その必要もないのに死ぬことはない。パックスはロミオではないし、モーガンはジュリエットではない。

あのふたりにハッピーエンドを用意しなかったシェイクスピアは、パックスに言わせればばかだ。

モーガンを救出して、ハッピーエンドをつかんでみせる。ローマで逢引《あいびき》したあと、人生の次の段階に進むのだ。無断外出するので、陸軍でのキャリアは絶たれるだろうが。

それでもかまわない。モーガンさえいれば。国に尽くす方法ならほかにもある。

SUVをバックさせているとき、突然、助手席のドアが開いて、バスチャンが重い背嚢を床に放りこんでから飛び乗ってきた。

バスチャンなんかに止めさせない。「降りろ」

後部座席のドアが開き、今度はキャルが背嚢を押しこんでから乗りこんできた。二枚のドアがバタンと閉められた。「どこへ行く？」キャルがきいた。

パックスは驚き、一瞬遅れて答えた。「ジブチ市だ。ルメールに深夜の訪問を行う。おまえたちはここに残れ。命令書もないだろ。降りろ」

「それが、あるんだ」バスチャンが紙の束をダッシュボードに置いた。「あとは目的地を書きこむだけだ。〝ゾマリア〟とは書かないほうがいいな」

「どうやって命令書を手に入れたんだ？」

「おまえは心配しなくていい。で、どうする？　密輸ルートでうちの兵士たちと合流するのか？」

「ルメールに会いに行くんだ」

「嘘つけ」キャルが言う。「モーガンを助けに行くんだろ。おれたちも手伝う。ひとりでは行かせない」

「おれは女を救うために無断外出するんだ。おれのキャリアはおしまいだ。おまえたちを巻きこむわけにはいかない」

「おまえはすでに一度、おれに地獄を見せただろ、ブランチャード曹長」バスチャンが言う。「それに、今回は攻撃を要請するのはおまえじゃないから安心だ」

「黙れ、フォード准尉。おまえの助けなど必要ない」

「残念だな。おれは助ける。それから、イエメンでのことも許してやることにした」

「おまえの許しなど必要ない」

「残念だな。おれは許す。さて、時間を無駄にするな。行くぞ」

パックスはバスチャンとキャルの助けを受け入れるしかなかった。刻々とモーガンに危険が迫っているし、応援なしで作戦を開始するのは賢明ではない。三人は力を合わせることを知っているゲリラ兵だ。エテフ・デスタに勝ち目はない。

夜中なので、すぐに門を通過できた。目の前に開けた道路が伸びている。七分後には国境を越えられる。そこから、デスタのアジトまで十二分。合計十九分。アルテミス解放作戦B開始だ。

34

裏口の近くに、男の人影が見えた。モーガンは食料貯蔵室に逃げこんだ。これまではついていた。家のなかに戦闘員はいなかった。全員外に出て、制御不能になったブラックホークへの攻撃に備えているに違いない。デスタの中国人の仲間に見えたが、薄暗く、確信はなかった。

心臓が早鐘を打つ。アメリカ軍がモーガンのメッセージを聞いて作戦を中止したことを確かめなければ。それができなければ、ブラックホークが墜落した場合、SEALsを助けるために、たとえ無駄だとしても、デスタの兵士たちを捜しだして側面から攻撃しなければならない。メッセージが届いていれば、一目散に逃げるだけだ。

一目散に逃げるべきだ。ドローンがやってくるのだから。

敵に聞こえていないことを願いながら、荒い呼吸を抑えようとしていると、裏口のドアが開いてキッチンが人声であふれた。ひとりかふたりなら始末できるが、三十人全員が戻ってきたのだとしたら、もはやこれまでだ。

「銃声が聞こえた」中国訛りのある男が言う。「ブラックホークが引き返す前に」

モーガンは安堵に包まれた。〝ブラックホークは引き返した〟「おまえたちの囚人が番兵を撃ち、無線を使ってヘリコプターを送り返したのかもしれない」

アラビア語が聞こえた――デスタかもしれない。三人目の男がアラビア語で返事をしたあと、廊下を歩く足音が遠ざかっていった。そのあと、英語が聞こえて、二番目に話したのがデスタだったことが確認できた。「ドクター・アドラーを捜しだして、殺す」

「ドローンが来る前に、さっさとEMPを安全な場所に移せ。中国は三つ目はやらないぞ。わたしは行かないと」ドアが開き、足音が遠ざかった。

ガラスが割れる音とともに、悪態が聞こえてきた。デスタが窓に八つ当たりしたのだ。その直後、アラビア語で無線を使った。デスタの声が廊下を遠ざかっていく。兵士に命令を出しながらオフィスへ向かっているのだろう。

モーガンは両脇に抱えたAK-47を握りしめた。戦闘準備は万端だが、恐怖に震えている。部屋の死体に気づいたら、敵はもうモーガンを見くびらないだろう。見つけ次第射殺するに違いない。

裏口から逃げるのは無理だ。デスタはあそこから入ってきたし、残りの兵士がその場にとどまる可能性がある。目を閉じて、エスメの地図を思い浮かべた。一階にもうひとつ、廊下の突き当たりに出口があった。廊下沿いに小さな部屋がいくつかあったが、その部屋についていたマークの意味は解読できなかった。使用人部屋だろうか？エスメの部屋かもしれない。

アメリカ軍がドローンを武装しているいま、エスメは眠っているの？　モーガンはデスタの兵士とともに、無理やり働かされている使用人たちも犠牲になるとわかっていてドローンを呼んだ。

銃身を使って、食料貯蔵室のドアをゆっくりと開けた。すぐに撃てるよう引き金に指をかけたまま、外をのぞく。キッチンには誰もいなかった。

忍び足で木の廊下を歩きながら、裸足《はだし》なのを初めてありがたく思った。最初の所持品検査で裸にされてブーツを奪われたので、この六日間裸足で過ごしているのだ。でも、これならきしみやすい古い床も静かに歩ける。

地図にあった廊下を見つけ、最初の部屋のドアを開けた。なかをのぞいた瞬間、心臓が止まりそうになった。六人の少女が身を寄せあっている。みんな十二歳より上には見えない。競売にかけられる少女たちだ。

その代金がデスタの軍事費になる。

この子たちを逃がさなければならない。

少女たちは恐怖に目を見開いてモーガンを見つめている。銃声で目が覚めたのだろう。そこに、ＡＫ－47を二丁構えた血まみれの女が現れた。「大丈夫よ」モーガンは言った。「助けに来たの」少女たちは英語を話せないだろうから、手招きした。「逃げるわよ。早く」

少女たちはモーガンをぼう然と見つめたまま、動こうとしなかった。そのとき、モーガンは少女たちの足首にはめられた足枷に気づいた。六人とも床の中央の大きなボルトに鎖でつながれている。モーガンが二度目に足枷をはめられたあと、エスメが鍵を持っていることを許されなかったのも当然だ。エスメも夜になると閉じこめられるの？　この廊下にある部屋のすべてに、奴隷が詰めこまれているのだろうか。

ひと部屋に六人ずつ、六部屋に。

自分の足枷の鍵を見つけたベルトのポケットに触れた。からっぽなのに気づいて、はっと息をのんだ。部屋に鍵を取りに戻らないと。

二丁の銃を構えて廊下に出た。邪魔する者がいたら、全員撃ち殺す。

向かいの部屋を開けた。四人の少女が真ん中で縮こまっている。廊下の突き当たりを見ると、地図に描かれていた出口があった。鍵を取ってきたら、あそこから逃げる。

振り返ると、廊下の入り口に人影が見えた。ドアの開いた部屋に飛びこんだ瞬間、銃声が聞こえた。

〝しまった！　ちくしょう！〟

モーガンはこんな場面に備えた訓練は受けたことがない。銃は撃てるし、格闘も得意だ。でも、銃撃戦の練習などしたことはない。両手でＡＫ－47を撃ったことはない。少なくとも十人いる少女を守りながら、戦闘員を撃ち殺す場面など考えたこともなかった。

少女たちが不安そうな声で早口でしゃべっている。ソマリ語かアラビア語か、モーガンにはわからなかった。モーガンは静かにするよう身振りで伝え、耳を澄ました。

ブーツが床をこする音が聞こえる。部屋から身を乗りだして発砲したら、先に撃たれるだろうか？　敵は充分な訓練を受けているの？　カートでハイになっていて、役に立たないと考えるのは楽観的すぎるだろうか。

ＡＫ－47一丁を両手で構えた。体勢を変えたとき、手首がベルトにつけた金属の道具をかすめた。

〝手榴弾がある〟

考える時間はなかった。計画を立てる時間はない。ベルトから手榴弾をむしり取ってピンを抜くと、廊下に投げた。

急いで部屋の奥へ這っていき、手榴弾が投げ返されないことを祈った。悪態が聞こえ、耳をつんざくような爆音が鳴り響いた。

奴隷の翼棟にいることを、建物内にいる敵に知られてしまった。庭にいる兵士にも爆音が聞こえたに違いない。モーガンは廊下に飛びだすと、吐き気をこらえ、死んだ男をまさぐって鍵を探した。幸い、男のベルトは無傷だった。小さな金属の鍵を探り当てると、深い息を吐きだした。

鍵を持って怯えた少女たちのいる部屋に戻り、急いで足枷を外した。ふたたび廊下に出ると、女や少女たちが、足の鎖を限界まで伸ばして戸口から顔をのぞかせていた。モーガンはエスメを見つけ、鍵を投げて渡した。「みんなの足枷を外して。出口に向かって走るのよ！　わたしは廊下で見張ってるから！」エスメが理解したかどうか確認する時間も惜しんで、床の血に足を滑らせながら、手榴弾が開けた壁の穴に身を潜めると、ＡＫ－47を母屋に向けた。

次の瞬間、兵士が現れた。モーガンは発砲した。男は倒れ、廊下の入り口をふさいだ。よかった。これで廊下に入ろうとする人間への警告になる。彼らに直接攻撃されたら、モーガンは長くは持たないだろうが、エスメがみんなの足枷を外して外に出るまで、数分間耐えるだけでいい。

少女と女たちが廊下に出て、突き当たりのドアへと走っていく音が背後から聞こえたが、振り返る勇気はなく、廊下の入り口に意識を集中させた。ドアのほうから攻撃されたら、一巻の終わりだ。

「逃げてます」背後でエスメが言った。

「みんな外に出た？」

「はい《ウィ》。逃げてる」

モーガンはゆっくりと後退した。エスメに銃を一丁渡すことも考えたが、彼女が使い方を知っているかどうかわからないし、知らないのなら予備は取っておきたい。死んだ兵士のＡＫ－47を視界の端にとらえ、顎で示した。「銃。あなたの」

エスメが銃を死体からもぎ取った。モーガンは思いきって横を見て、自分の銃を構えてみせた。「こう持つの」

廊下を後退しながら、セレクターを中央に滑らす。「自動」そう言ったあと、下におろした。「半自動」弾倉を頻繁に交換せずにすむよう、そのままにしておいた。

開いている出口のドアにたどりついた。エスメが先に出て、モーガンも振り返って外に出た。

どれくらい時間が経っただろう？　ドローンが来るまでの残り時間は？

ざっと見たところで二十人以上いる女と少女たちが、敷地を囲む低い石塀の前に集合した。

モーガンと同じく、みな裸足だった。塀の向こうまで生い茂っているとげだらけのアカシアを通り抜けるか、車を探さなければならない。全員が移動できるくらいの数の車があるだろうか？　車は監視されている？　それとも、兵士たちはみな逃げだしただろうか。

「車はどこ？　バンは？」

エスメが眉根を寄せた。「トラック？」

「そう。トラック。どこ？」

エスメが建物の裏手を指さした。「あそこ」

塀を乗り越えるか、車を取りに行くか。

とげが問題になるだろう。大きな問題だ。だが、建物の裏手に何が待ち受けているか知る由もない。

ジブチに来てから最初の数週間で、とっておきのハイキングブーツがアカシアのとげでだめになった。タイヤをもパンクさせる長いとげは素足をたやすく突き刺すだろうに、暗闇のなか、木立や茂みを走り抜けなければならないのだ。囚人に逃げられたくなければ、アカシアに囲まれた家に裸足で監禁すればいい。

モーガンは言った。「ここで待っていて。子どもたちを守って。トラックを取ってくる」

国境を越えた時点で、密輸ルートに配置されている訓練兵に無線で連絡した。訓練兵は、デスタの手下たちの無線の会話を信じるのなら、敷地内で大混乱が生じていると話した。番兵が死に、建物内で手榴弾が爆発し、奴隷が逃げたという。

パックスは恐怖に襲われながらも、心から誇りに思った。おれのモーガンは女ひとりの最強軍だ。

〝だが、とてつもなく厄介な状況に陥っている〟

「SOCOMに無線連絡したほうがいい」バスチャンが言う。「おれたちが来ていることを知らせよう。役に立つ情報をもらえるだろう」

「おれはかまわないが、おまえたちのキャリアまで絶たれてしまう。ふたりともそれでいいのか?」パックスはきいた。

キャルが答えた。「おれたちが助けない限り、少なくとも十数人の少女たちが殺されちまうんだろ。そっちのほうが耐えられない」

「同感だ」バスチャンが言った。

キャルが、デスタの手下たちが使用している周波数に合わせた。ソマリ語とアラビア語がまじった会話をバスチャンが通訳する。バスチャンが一緒に来てくれたことに、パックスは感謝するしかなかった。

キャルが言う。「デスタは仲間を置いて逃げようとしている」

「こっちに来るぞ」バスチャンが言った。「密輸ルートを通ってエチオピアへ逃げるつもりだ」

一行は敷地内の銃声が聞こえるほど近くにいた。パックスは感情を抑えこんだ。モーガンが撃ったのか、撃たれたのか。

デスタの兵士たちが持っているのはＡＫ－47だろう。射撃場で、モーガンは三十秒未満でＡＫ－47を分解し、その武器を熟知していることを証明した。〝あまり好きな銃じゃないけど、コツはわかってる〟と言っていた。

それを聞いたとき、パックスは微笑んだ。化学のモルの概念を習得するように、モーガンはＡＫ－47の扱い方を知っている。アサルトライフルを使いこなせる。兵士になるべく彼女を育てたアドラー将軍に、いまだけは感謝の気持ちでいっぱいだった。

士官であり、三人のなかで最も階級の高いバスチャンがSOCOMに無線連絡した。オズワルド大尉は報告を冷静に受けとめた。とっくにわかっていたのだろう。この三十分間、テーブルの空席を必死で見ないようにしていたのかもしれない。だからといって、パックスたちがお咎《とが》めなしということにはならないだろうが。

パックスがアカシアの茂みのなかに車を押しこんだとき、正式な決定が下された――デスタとEMPを確保すれば、ドローン攻撃は中止する。与えられた時間は二十分。失敗すれば、二分で撤退する。デスタにEMPを保有させるわけにはいかない。もはやモーガンを救出するための任務ではない。デスタを捕まえるための命令だ。


モーガンは軒下の壁に背中を押しつけ、呼吸を整えた。ここに来るまでに番兵をひとり撃たなければならず、貴重な弾を三発使った。庭を横切る際、何かで――おそらく鋭い岩で足を切った。アドレナリンが噴出していて、腕と足の痛みは感じない。傷口があることさえほとんど認識していなかった。

あとひとつ角を曲がれば、家の裏手に待ち受けているものが見える。兵士たちがいるかもしれないし、誰もいないかもしれない。まだ弾は何発か残っていたが、弾倉を新しいのに交換した。あとで後悔しないように。

廊下で殺した男が手榴弾を持っていないか調べるべきだった。便利な武器だが、あとひとつしか残っていない。

エンジンの音が聞こえた。移動しなければ。壁から離れて角を曲がった。ガレージとして使われているらしい納屋のような建物から、カーゴバンがバックで出てきた。カーブするのを見て、このままだとヘッドライトに照らされると思ったモーガンは、急いで軒下に戻り、とげだらけの茂みに隠れた。

カーゴバンは、少女たちを運びだすのにうってつけだ。あのバンが欲しい。どうすれば、車を故障させることなく止められる？

ドライバーを撃つ。動いている車に乗っているドライバーを撃たなければならない。最悪の日だ。昨日も最悪だと思っていたが、真夜中を過ぎてから起きたことは、さらにひどい。

ＡＫ－47を自動に切り替えて、茂みから身を乗りだした。ヘッドライトを浴びると同時に発砲したあと、横にダイブする。弾倉がからになり、岩だらけの地面に思いきりぶつかった。モーガンはうめき声をもらした。アドレナリンでも、地面に強打した痛みを麻痺《まひ》させることはできなかった。愚かで不注意な行動だ。練習したこともないのにすべきではなかった。

息を吸いこもうとした。ドライバーを仕留められたかどうか確認する余裕もない。ヘッドライトは消えていた――モーガンが撃ち抜いたのか、消されたのか。

エンジンの回転音が危険を告げた。

モーガンはまだ息ができず、もう一丁の銃をつかむと、高速で走ってくるバンに向かって発砲した。連射しながら、転がってよけた。

肺にどっと空気が流れこむ。バンがタイヤをきしませながら通り過ぎ、停止した。助手席のドアが開く音が聞こえ、モーガンはあわてて立ちあがろうとした。脚に激しい痛みが走る。足首に力が入らず、すぐさまくずおれた。しまった。足首を怪我した。

男が車をまわりこんできた。モーガンは狙いを定めて引き金を引いた。だが、弾は残っていなかった。

男が拳銃をモーガンの額に向けながら近づいてくる。三日月のおぼろな光がその姿を照らした。エテフ・デスタ。

35

パックスとキャルとバスチャンは、車から降りて木立に紛れこんだ。とげだらけの木のせいで充分に接近しづらいのだから、地雷がほとんど仕かけられていないことを願うしかない。ジブチの訓練兵たちが、地雷のない道路を通って逃げようとする車を止めることになっている。一方、パックスたち特殊部隊の工作員三名は、徒歩でアジトに侵入し、一対一で戦う。彼らの専門分野だ。第一目標はデスタの確保。五分以内にデスタを発見できなければ、キャルとバスチャンが少女たちを避難させ、パックスがモーガンを捜す。

敷地の周辺で、逃げだす兵士二名を見つけた。キャルとパックスで、ひとりずつ仕留めた。モーガンの援軍が到着したことをデスタに気づかれないよう、銃ではなくナイフを使った。それから、そのふたりが通ってきた、枝の折れた道をたどって敷地に近づいた。この道なら地雷は仕かけられていない。

マシンガンの音が聞こえて、パックスはぴたりと足を止めた。小型の弾倉ならからになるくらい長い連射だった。安全なルートをあきらめ、音のしたほうへ向かう。時間がない。

エンジンの回転音。ふたたびマシンガンが連射された。パックスは全速力で走った。ようやく低い塀にたどりつき、状況を確認した。カーゴバンの室内灯に照らされた、ハンドルに覆いかぶさっているドライバーの姿が見えた。

モーガンやほかの人間がいる気配はない。

パックスは塀を乗り越えた。ずっと先のほうで、バスチャンとキャルも同様にした。塀と建物のあいだに隠れられる場所はなかったが、塀の内側に地雷は仕かけられていない。パックスは壁沿いを低い姿勢で走り、バスチャンたちのもとへ向かった。

家の近くで何かが動いたのが目に留まった。小柄な女に見える。モーガンではない――彼女ならすぐにわかる。ＡＫ－47を持っている。デスタの奴隷か？

女はキャルを見ると、銃を構えた。パックスは正体を明かすしかなかった。

「撃つな！　アメリカ陸軍だ！」声はよく通り、デスタや手下たちにも聞こえたに違いない。

女ははっと驚き、引き金を引いた。弾はそれ、女は熱いものに触れてやけどしたかのように銃を落とした。

　パックスとキャルが援護射撃するなか、バスチャンが走って庭を横切り、女を軒下で捕まえた。次に、キャルが横切り、パックスが横たわって援護射撃した。最後に、パックスが移動した。

　バスチャンがアラビア語で女に質問したあと、パックスとキャルに言った。「デスタがモーガンを捕まえた。この女性が撃とうとしたら、モーガンを盾にして家のなかへ引きずりこんだらしい」

　パックスは暗い建物を見つめた。くそっ。二階建てだ。廊下が複数ある。なかにどんな武器があるかわからない。デスタはモーガンを人間の盾にしている。


　パックスだ。彼の声を聞いた瞬間、モーガンは胸がいっぱいになった。モーガンが死んだら、人間の盾として使えない。グリーンベレーが来たのだから、デスタはモーガンのこめかみに押し当てた銃の引き金を引かないだろう。

「パックス！」モーガンが叫んだと同時に、銃声が聞こえた。声がかすれ、壁越しでは聞こえなかっただろうし、いずれにせよ銃声にかき消された。

　デスタが銃をおろし、モーガンの腕の傷口に指を食いこませた。モーガンは視界が狭まり、痛みに圧倒された。悲鳴をあげようとしたが、低いうめき声にしかならなかった。

ふたりは家の裏口からなかに入って、キッチンにいた。デスタはモーガンをつかみ直すと、引きずって廊下へ出た。奴隷の部屋があるほうへ向かう。モーガンは立とうとしたが、足首に力が入らなかった。戸枠をつかんでデスタを引きとめた。デスタは壮健でも訓練された兵士でもないので、モーガンを運ぶのに苦労した。モーガンは手榴弾に吹き飛ばされた血まみれの死体の上を引きずられながら、抵抗しつづけた。

奴隷の寝室の開いたドアの前で、デスタが立ちどまった。モーガンはデスタの目に指を突っこもうとしたが、反対に腕に指を食いこませられ、動けなくなった。

デスタが悪態をつき、モーガンを部屋に押しこんだ。モーガンが息を切らしているあいだに、腫れあがった足首に足枷をはめた。そうして邪魔者を片づけると、逃げだした。

キャルが女たちを集めてバンに乗せる任務を担った。デスタを確保していないし、ＥＭＰのありかもわからないので、ドローン攻撃が押し迫っている。女たちを安全な場所に避難させなければならない。

パックスとバスチャンでデスタを捜す。あと五分でデスタを確保してドローン攻撃を中止するか、七分で完全撤退するかのどちらかだ。

家のなかの別の翼棟から、物音――おそらく揉《も》みあう音が聞こえてきた。パックスはバスチャンにうなずき、キッチンを駆け抜けた。廊下で滑りながら立ちどまる。音はどっちから聞こえた？

「パックス！」

〝モーガン〟

パックスは返事をしなかった。デスタがモーガンを利用して、敵に声をあげさせようとしているのかもしれない。耳を澄まして待った。

「ペパーミント・パティ！」モーガンが叫んだ。

パックスは深い安堵に包まれた。ふたりしか知らない、〝来ても安全だ〟という暗号を使うとは、モーガンは頭が切れる。

「ペパーミント・パティ！」モーガンが繰り返した。

彼女が三回目を言う前に、パックスは廊下を駆け抜けた。「迎えに来たよ、ベイブ」任務中に使うような言葉ではないが、これはいつもの任務とは違う。ようやくモーガンを見つけた。血まみれで、修羅場をくぐり抜けた様子だが、これほど美しい眺めはほかにない。パックスはひざまずき、キスをした。貴重な一秒を使った、軽いキスだ。

モーガンがパックスのシャツを握りしめた。「デスタが逃げた」

パックスは戸口にいるバスチャンを振り返った。「デスタを追え。おれはモーガンを連れだす。一分以内に発見できなければ、撤退しろ。集合場所で会おう」

バスチャンがうなずき、廊下を駆けだした。

パックスはモーガンに向き直った。「歩けるか？」

「無理。それに――」

パックスはモーガンを抱きあげたと同時に、問題に気づいた。

「エスメが鍵をどうしたかわからない。廊下にあるかもしれないし、まだ持ってるのかも」

エスメ――おそらくAK‐47を持っていた女は、とっくにキャルと行ってしまった可能性が高い。

太い鎖を眺め、銃で撃ち抜けるかどうか考えた。そう簡単にはいかない。近距離で撃たなければならず、弾が跳ね返って重傷を負う。しかも、それでも鎖を断ち切ることはできないだろう。

海軍を説得して攻撃を中止させられるかもしれないが、モーガンを救う確実な方法はデスタを捕まえることだ。いますぐ。

パックスはふたたびキスをした。「愛してる」そう言うと、廊下へ飛びだした。

36

　パックスは廊下を走りながら、司令部に無線連絡した。「攻撃を中止せよ！　アルテミスが閉じこめられている。連れだせない。繰り返す、攻撃を中止せよ。アルテミスを解放できない」

　出口のドアのところで立ちどまって、バスチャンに連絡した。「准尉、標的は見つかったか？」

「まだだ。ガレージはからっぽだ。車はない。標的もいない」

　デスタは車を何台も持つ余裕がないだろうから、ドローン攻撃が差し迫っていると知ったら、みな数少ない車に殺到した可能性が高い。デスタはあのカーゴバンに乗っていたに違いない。カートの在庫や小型武器が積みこんであった。

　つまり、モーガンがデスタから逃げる手段を奪った。車がなく、軍隊も人質もいなければ、デスタはどこへ行く？

パックスは塀のそばへ駆け寄った。デスタは木立を選んだだろう。ワジへ向かっている。地雷のないルートを通るだろうから、パックスにとって都合がいい。雑木林で敵を追跡するのは、パックスの得意分野だ。デスタがワジにたどりつく前に捕まえてみせる。

塀を乗り越えたところで立ちどまり、暗視ゴーグルをつけると、ゆっくり呼吸をして耳を澄ました。アカシアの木立を見渡す。高木と低木が密生していて、隠れ場にはなるが、とげだらけで怪我をする。とはいえ、枝の折れた道を見分けられるし、木はもろくて大きな音をたてるので、追跡しやすいだろう。

パックスも静かに追うことはできないが、デスタも自分のいる位置を隠せない。東で枝の折れる音がして、パックスは暗視ゴーグルでそちらを見た。

いた。男がひとり。身長と体型も標的に一致する。

M4カービンを構えたとき、デスタが太い幹の陰に姿を消した。パックスは追いかけた。その幹にたどりつき、ふたたび耳を澄ます。デスタは鳴りを潜めていた。枝の折れる音は聞こえない。静かで穏やかな夜なのに、戦いが勃発し、数百メートル南では奴隷と戦闘員たちがいまも大あわてで逃げだしている。

遠くから銃声が聞こえた。密輸ルートを通って逃げようとしたデスタの手下を、訓練兵が取り押さえているのだ。だがこの茂みにいるのは、パックスとデスタだけだ。

デスタのほうが年を取っていて、不健康だ。加勢してくれる兵士はいない。物音をたてないようにしていることは、追われているのに気づいているのだ。走るのをやめて、隠れることを選んだ。

パックスは忍耐力を振り絞って待った。耳を澄ました。

右手の低い茂みの向こう側から、荒い息が聞こえてくる。

パックスは行動を開始した。デスタが隠れ場所から飛びだした。つまずきながらも体勢を立て直し、走り始める。だが、パックスにはかなわず、たちまち追いつかれた。

パックスはデスタにタックルしたあと、転がって肩に担ぐと、古い木の幹に容赦なく叩きつけた。

デスタの頭がだらりと垂れる。パックスは顎にすばやく、繰り返しパンチを食らわせた。そのあいだ、この悪党を射殺するチャンスを逃したこと、つまり、人身と麻薬を売買する誘拐犯が命拾いしたことをうっすらと意識していた。

デスタをうつぶせにし、顔を地面に押しつけて両手を縛りつけた。拘束し終えると、無線機をつかんだ。「標的を確保。繰り返す。イカロスを確保。ドローン攻撃を中止せよ。イカロスを勾留しました」

「了解、曹長」ハヴァーフェルド少佐が応答した。「イカロス作戦は中止。標的を確保。イカロス作戦は中止」

パックスは地面にぐったりと座りこんで、息を整えた。デスタが建物内におらず、モーガンが閉じこめられているとわかったら攻撃は中止されるだろうが、デスタを勾留し、モーガンの安全を確実にすることができて本当によかった。

だが、ここでじっとして栄光に浸っている場合ではない。おれの女がこいつの家に監禁されているのだ。気絶しているデスタからすべての武器を取りあげるあいだに、足枷の鍵らしきものを発見して微笑んだ。無線で連絡した。「すぐに行くとモーガンに伝えてくれ。鍵を見つけたと」

「了解、曹長」バスチャンが応答した。

パックスは立ちあがって、デスタの足首をつかんだ。そして、木立のなかを引きずり、岩やとげにわざとできるだけぶつけながら、家へ向かった。

訓練兵のひとりに、避難民を満載したバンを運転する任務を割り当てた。バスチャンがアメリカ軍のＳＵＶの後部座席に気絶しているデスタを乗せ、別の訓練兵がデスタの監視役として同乗した。残りの訓練兵二名は、自分たちの車の後部座席に捕虜にした戦闘員たちを乗せ、キャルは逃げた戦闘員の車を接収して、モーガンとパックスを乗せて基地に戻った。

バスチャンがガレージの下手の野原で非核ＥＭＰを発見した。大きすぎて車に積みこめないし、無防備に残していくことはできない。ＳＯＣＯＭはＥＭＰを爆破するよう命じた。その光が夜空を照らすなか、キャルが運転する車はデスタのアジトをあとにした。

パックスは後部座席でモーガンを腕に抱いていた。モーガンは足首を骨折したかもしれず、傷だらけで、パックスは国境を越えたらすぐに救急へリコプターを呼ぶつもりだった。だが、モーガンは断り、パックスの首に顔をうずめてきつく抱きしめた。

「基地へ着くまで十五分くらい待てるわ。その時間をあなたと過ごしたいの」

パックスはさまざまな感情に襲われ、腕に力を込めた。安堵。喜び。衝撃。恐怖。浅い呼吸をしながら、この瞬間を味わおうとした。モーガンがここにいる。彼女の苦難は終わった。軍指導者に囚われ、六日半生き延びて、パックスはふたたび理想の女をこの腕に抱いている。

二度と離したくない。

大きなくぼみにはまり、車がバウンドした。モーガンが顔をしかめた。

「ごめん」キャルが謝った。

「大丈夫よ」モーガンが言う。「平気」

パックスは片手を彼女の頬に当てた。後部座席はほとんど真っ暗で、車を運転している者たちはみな暗視ゴーグルをつけている。国境を越えてジブチに入るまではライトをつけないため、ヘッドライトの光が窓から差しこむことはない。暗すぎてモーガンの顔は見えなかった。

顔を見るためだけに、暗視ゴーグルをつけたかった。「目に見える傷以外に、つらい思いをさせられなかったか？」

「アジトに連れていかれるあいだに暴力を振るわれたことはあったけど、レイプはされなかった。デスタは追跡装置のことを知っていて、ちょうどいいときに起動させたがっていたから、わたしを生きたまま連れてくるよう命じた。その命令に、レイプしないことも含まれていたんだと思う。揉みあっているうちに装置が起動したら、計画が台なしになるから」

パックスはモーガンの額に唇を滑らせた。血と火薬、死と痛みのにおいがする。この苦難は彼女に何かしらの傷跡を残すだろうし、彼女が自分が直面したこと、生き延びるためにしたことに向きあって苦しむときは支えてやるつもりだが、デスタや手下たちに性的暴行まで受けなかったのは、彼女のためによかったと思った。

「わたしを助けに来たことで、SOCOMにどんな処分を受けるの?」

「命令に従って来たわけじゃないと、どうして思うんだ?」

「SOCOMがグリーンベレーを派遣するなら、少なくともチームの半分を送りこむでしょ。そんなふうに構成されているのよね。ふたつに分けられるように」

「ああ」

「でも、あなたたち三人しか姿が見えなかった。許可された任務のはずがないわ。それで、どうなるの? 問責を受ける?」

「きみを救出できたし、デスタを生きたまま確保したし、EMPを破壊したし、ものすごく高価なヘルファイア・ミサイルを何発か無駄にせずにすんだし、競売にかけられるはずだった少女を二十名解放した」キャルが答えた。「だから、問題ないと思う」

「もし失敗していたら?」

「軍法会議にかけられていただろう」パックスは言った。

モーガンがパックスの肩を握りしめ、さらに身をすり寄せた。「わたしのためにすべてをかけたのね」

「もちろんんだ、ベイブ。愛してる」

「わたしも愛してるわ」

パックスは首が涙で濡れるのを感じた。モーガンの言葉を聞いて、胸がいっぱいになった。もう少しで、この瞬間を味わえなくなるところだった。おれのものだと彼女に言ったときからずっと、たとえ二度と触れられなくても、心が通いあっているのはわかっていた。いまは、そのときひざまずいて、彼女に首ったけだと伝えなかった自分はどうしようもないばかだと思った。モーガン・アドラーがそばにいない人生を、一瞬たりとも送れるはずがないのに。

「めちゃくちゃ愛してる、モーガン。二度と放さない」

「おれのことは気にするな」キャルがユーモアたっぷりに言った。「救出作戦の帰りに車を運転してるだけだから。おれもキャリアをかけたけど……」

モーガンが笑った。「ありがとう、キャラハン軍曹。あなたと、フォード准尉にも心から感謝してる」

「それでいい」キャルが言う。「いちゃつくのはふたりきりになってからにしてくれ。あと、きみに貸しができたから、基本ルールを決めさせてもらう。深夜のテレフォンセックスは控えてくれ。眠れなくなる」

「しばらくごぶさただから、いらいらしてるんだ」パックスは聞こえよがしに言った。

「サヴィーを口説けばいいのに」モーガンがそう言って、パックスを笑わせた。「あなたのことをセクシーだと思ってるのよ」

「きみまでやめてくれ」キャルがうめき声をあげる。「アメリカに帰ったときに、〈ダブルD〉のウェイトレス仲間を紹介してくれよ。それが本当の友達のすることだろ」

「〈ダブルD〉でウェイトレスをしていたのか?」パックスはモーガンのセクシーなタンクトップ姿を思い出したが、まさかそこで本当に働いていたとは思わなかった。

「レストランの裏で襲いかかってきた男を二度やっつけたことがあるって、アドラー将軍が話してたぞ」

「父が知ってたなんて、初耳よ」

「きみがあの店で働いていることを、ずっと心配なさっていたそうだ。もちろん、今週はその比ではないが。安全で快適なヴァージニアでいまもウェイトレスをやっていればよかったのにとおっしゃっていた」

モーガンがチップのために体を見せつけると思うと、独占欲の強い原始人が姿を現した。パックスはきっぱりと否定したかった。彼女はあんな店では二度と働かないと断言したかったが、その衝動を抑えこんだ。そんなことをしたら、ふたりの関係がうまくいかなくなる気がした。

モーガンがパックスの膝の上で身動きした。「わたしがぴちぴちのタンクトップと短パン姿でウェイトレスをするのはいや？」

パックスはモーガンの脇腹を撫であげ、完璧な胸をつかんだ。モーガンがパックスの首を噛み、キャルが運転する揺れる車の暗い車内で、そうされてもかまわないと言葉にせずに伝えた。「当たり前だ。きみはおれのものだから。ほかの男がきみを見て妄想すると思うと気に入らない。でも、前の職場に戻りたいのなら、反対はしない」

「これからどうするかわからないけど、ウェイトレスに戻ることはないと思う」モーガンがキスをして、一瞬だけ舌を入れた。モーガンが自由の身になってから交わした一番深いキスで、彼女からしてくれたのは初めてだった。「フォート・キャンベルにいるセクシーなグリーンベレーに目をつけてるの。ケンタッキーにコンサルティング会社を移転しようかな」

「それは待ったほうがいいかも。おれがフォート・ベルボアに出張する話があるって噂を聞いたんだ。特殊部隊から一度離れてみるのもいいかもしれない。陸軍にほかにどんな仕事があるか見てみよう」

37

キャンプ・シトロンに到着すると、モーガンはすぐにタジュラ湾の軍艦の医療施設へ向かうヘリコプターに乗せられた。パックスは車輪付き担架に横たわったモーガンにキスをし、できる限り早くそっちへ行くと約束した。その約束が守れることを願った。

無断外出したことで、未決勾留される可能性もまだある。そうならないことを心から願っているが、その可能性を考えないのは愚かだ。捕虜と避難民と訓練兵たちがそれぞれの目的地に送られると、パックスとキャルとバスチャンは、司令官のオフィスに直行するよう命じられた。

キャンプ・シトロンでは二十名の避難民を収容する部屋がなく、小さな診療所にはベッドが数台しかないため、図書館に簡易ベッドが置かれた。明日、アメリカ大使館へ連れていって、家族探しが始まる。悲しい話だが、純潔に価値が置かれ、中東からこの地域までISISなどによるレイプが蔓延《まんえん》しているため、娘を引き取らない家族もいるだろう。

診療所からSOCOMへ移動する車中で、バスチャンがその懸念を口にした。「誘拐された罰として両親に処刑される子もいるかもしれない。軍指導者の犠牲になったあと、地域社会に不当に罰せられるんだ」

競売から逃れた少女たちが、結局、家族から恐ろしい罰を受けると思うと、パックスはぞっとした。「大使館のケイリー・ハルパートに任せよう。そうなりそうな家族の子は、ここか外国のもっと安全な家に引き取ってもらえるかも」

「とんでもない場所だ」バスチャンが言う。「貧しすぎて自分たちの面倒も見られない。くそったれの軍指導者たちが何をしても罰せられない。ときどきこの仕事がいやになる」

「まあ、今夜は大物を確保したんだ」キャルが言う。「お祝いしようじゃないか」

「この一触即発の地域にデスタみたいなやつがあと十六人いて後釜を狙っているというのに、祝えるか。きっと今週じゅうにデスタのアジトに誰かが引っ越してくるぞ。あのいまいましい鎖が二度と使われないよう、吹き飛ばしてやるべきだった」

パックスは心のなかで同意したものの、個人的には喜んでいた。モーガンが無事だった。

間近に迫った司令官と副司令官との対決さえ、どうでもいい。どんな罰を言い渡されようと受け入れるつもりだ。残りの人生をともに過ごす女が無事だったのだから。大事なのはそれだけだ。どんな代償を支払うことになっても悔いはない。

ジブチやソマリア、エチオピア、エリトリア全体の問題について思い悩むのは、あとまわしにしよう。

SOCOMの建物に到着した。運転席のキャルが振り返って、ふたりと目を合わせた。「潔く責任を取る覚悟はあるか？」

パックスはすばやくうなずいた。「どうなろうと、これだけは言っておきたい。おまえたちに言葉では表せないくらい感謝している」ふたりがモーガンのためにどれだけの危険を冒したかを考えると、感情が喉に込みあげた。

「彼女を大事にしろよ、パックス」バスチャンが言う。「これまでのことは水に流そう」

結局、そんなにいやなやつじゃないのかもしれない。

司令官のオフィスに入ると、ハヴァーフェルド少佐とオズワルド大尉、意外にもサヴァンナ・ジェームズと、SEALsの指揮官であるファロン大尉が待ち構えていた。

キャルとバスチャンとパックスは、気をつけの姿勢を取った。

「休め」オズワルド大尉が言った。「ハヴァーフェルド少佐とわたしの命令に従って、秘密の第二任務、イカロス捕獲作戦を完遂したおまえたちに感謝する」

意味深長な笑みを浮かべる。

「承知のとおり、ミズ・ジェームズとファロン大尉は情報を共有していて、アドラー将軍のご令嬢の救出作戦が失敗するか中止された場合、イカロス捕獲作戦の命令が発令されることを知っていた。

ファロン大尉とミズ・ジェームズが任務と命令の保証人となることによって、SOCOMの司令官たちは、命令なしで取ったと見なされる行動について、おまえたち三人に対して処分を行うことはできないし、行うべきではないと認めた。さらに、最小限の人数で敵地に侵入し、アメリカ人死傷者をひとりも出すことなく、デスタを生きたまま確保したおまえたちの立派な働きに感謝している。今回の任務は、これまでも今後も機密扱いだ。報道発表は行わないし、デスタから軍と武器を取りあげたのはアメリカの功績にはならない。

残念ながら、極秘任務ということで、おまえたちの立派で勇敢な行動に勲章や褒賞は与えられない」

オズワルド大尉がふたたびにやりと笑った。

「しかし、認可されていないアメリカの作戦に対する反発を受けることもない。どの程度命令されたものか……あるいはされなかったものかに関わらず。ゆえに、問題ないと思うが」三人の目を順に見た。「どうだ、フォード准尉、キャラハン軍曹、ブランチャード曹長？」

パックスは思わず笑みをこぼした。「はい、問題ありません」三人は声をそろえて答えた。

「よし。これで終わりだ。午前八時にSOCOMの司令官全員に報告を行う」オズワルドが少し間を置いてから続けた。「ブランチャード、少し残ってくれ」

ほかのみんなが出ていき、パックスは副司令官と向かいあった。

「実は、この計画を提案したのは、ファロンとジェームズだ」オズワルドが言った。

「ジェームズはわかりますが、なぜファロンが？」

オズワルドが椅子にどさりと腰かけた。

「EMPを使用した奇襲によって、デスタはブラックホーク二機を墜落させていたかもしれない。ブラックホークを奪うのに失敗したとしても、ほぼ確実にSEALs隊員が犠牲となっただろう。ドクター・アドラーはSEALsと極秘テクノロジーを守るために、救出作戦を中止した。自分が生き延びる見込みはほとんどないことを承知のうえで。彼女の役に立つならなんでも発言すると、ファロンは約束した。たぐいまれな女性だな、曹長。大事にしろよ」

「それは、ドクター・アドラーと関係を持つなという命令は撤回されたととらえていいのでしょうか?」

「将軍を相手にしなければならないのはおまえだ。危険を承知で将軍の娘に手を出したいのなら、頑張れ」

パックスは微笑んだ。「うまくやります」


モーガンは目を覚ましたとき、自分がどこにいるのかわからなかった。次の瞬間、海軍の軍艦の医療施設にいることを思い出した。そこで、夜明けまでSOCOMの司令官に尋問されながら、全身の傷の治療を受けたのだ。右腕の傷口は縫合されたが、接合しなければ移植手術が必要になる可能性がある。右の腓骨《ひこつ》の外果が折れているので、足首を固定され、腫れが引いたあと、一日か二日はギプスをはめるそうだ。

ほかにも痛むところはあるものの——右足にさらに切り傷ができていた——命に関

わるものではない。何日かは鎮痛剤が欠かせないだろうと、医師に言われた。

目の焦点が合ってくると、ベッド脇の椅子で眠っている父の姿が見えた。目覚めたとき真っ先に見たかった顔ではないけれど、二番目なのはたしかだ。

モーガンの重大な決断に、よくも悪くもなんらかの形で影響を与えた人物をじっと見つめた。ただ、父に自分のことを見てほしかったのだ。子どもの頃は、自分のことを誇りに思ってほしかった。そして、正直に言えば、大人になって父を怒らせようとしていたときでさえ、それが目的だった。

父はモーガンの気づかないところで、ずっと見ていてくれたようだ。その伝え方を知らなかっただけだ。父との関係においては、モーガンがそろそろ大人にならなければならない。でも、父に歩み寄ってほしかった。

モーガンは父の手を握りしめた。「お父さん？」

父はぱっと目を覚ますと、背筋を伸ばして気をつけの姿勢を取り、若かりし頃の、いつでも国のために戦う準備ができている兵士の面影を見せた。目の焦点が合うと、笑みが浮かんだ。「おはよう、お姫様《プリンセス》」

やれやれ、そう呼ばれたのは二十年ぶりだ。だが呼び方よりも、その優しい口調に胸が締めつけられた。この感じが続くことを願った。

父が壁の時計に目をやった。「といっても、もう午後か」顔をしかめる。「ゆうべは眠れなかった。この一週間ずっと。その分を取り戻したんだな」

「それが椅子の上だったなんて残念ね。寝心地が悪かったでしょう」ソマリランドの奥地で椅子に縛りつけられたまま夜を明かしたことを思い出して、モーガンは身震いした。

それを見た父は目を曇らせたものの、顔に笑みを張りつけたまま言った。「問題ない」それから、身動きしてうめき声をもらした。少し大げさだったので、娘の気分を明るくしようとしているのだろう。

モーガンは幼稚園児のとき、父が不機嫌なクマ《グランピー・ベア》のまねをして遊んでくれたことを思い出して微笑んだ。そんなときもあったのだ。「やっぱりきついでしょ」

「まあな。だが、若い兵士たちに弱々しい姿は見せられない。将軍は恐ろしく見えなければならない」

とてもそうは見えないので、モーガンはくすくす笑った。それどころかよれよれで、将軍というよりも父親だった。笑うと肋骨《ろっこつ》が痛む。そこも痛めたのだ。

父が咳払いをした。「これまで一度も言ったことがないと気づいて驚いたが、おまえを誇りに思う、プリンセス。前からずっと、おまえが博士号を取得する道を選んだときからずっと、おまえの父親であることを誇りに思っていた。ＳＥＡＬｓを救い、軍指導者を倒さずとも、おまえはわたしの誇りだった」

モーガンの目に涙が込みあげた。父にそんなことを言われるとは想像もしなかったし、とても本当とは思えないけれど、その口調に偽りはなかった。「愛してるわ、お父さん」ふたたび父の手を握りしめた。「ずっと……長いあいだつらく当たってきたけど、ものすごく怒ったときでさえ、お父さんを愛しているからだったのよ」

「わたしもだ、プリンセス。同じだ」父がふたたび咳払いをする。「おまえがわたしの承認を求めてても必要としてもいないことはわかっているが、ブランチャード曹長が責任に問われるようなことがあったら、できる限り助けるつもりだ」

「ありがとう。感謝するわ」モーガンはボタンを押してベッドを起こした。「これから頻繁に顔を合わせることになるわよ。彼にちょっと夢中なの」

「ちょっとだけか？」ドアのほうからパックスの声が聞こえた。

モーガンの体に……なんにせよ、理想のグリーンベレー隊員が、ひげを剃ってぱりっとした戦闘服を着た最高にセクシーな姿で突然現れたとき女にみなぎるものが満ちあふれた。笑みが心のなかで生じ、南北に広がって南部で燃えあがり、頭がくらくらした。

パックスが部屋に入ってきて、父の前で気をつけの姿勢を取った。

「休め、曹長」父が立ちあがり、手を差しだした。その手をパックスが取ると、父は片手でパックスを抱きしめた。「娘を連れ戻してくれて感謝する、サン」体を引いて、目元をぬぐったあと、咳払いをした。「今後は、家族しかいないときに気をつけの姿勢を取る必要はない。これは命令だ」

パックスはうなずき、ベッドの反対側へまわった。かがみこんで唇に軽いキスをする。

「こんにちは、美人さん」

モーガンは微笑んだ。彼に会えた喜びでぼうっとしていた。

父がかがみこんで額にキスをした。「あとはふたりで」ドアへ向かった。

「ありがとうございます、サー。それから、お力添えいただく必要はなくなりました。副司令官はキャラハン軍曹とフォード准尉とわたしに任務を支援する命令を出したことを、SOCOMに知らせるのを忘れていたそうです」

「それはお粗末だな。わたしに伝えるのも忘れたようだ」父がパックスにウインクをした。「だが、解決してよかった」それから、モーガンに微笑みかけた。「次にわたしが来たときには、母さんに電話しよう、モーガン。きっとおまえの声を聞きたがっているから」

「わたしも早く話したいわ」

父が部屋を出て、ドアを閉めた。

モーガンはパックスに笑いかけた。濃いまつげに縁取られたきれいな茶色の瞳を見つめていると、鼓動が速くなっていく。以前は冷たい目だと思っていたのが信じられなかった。彼は歩く熱風《シロッコ》だ。いい意味で。

「大丈夫なの？」モーガンはきいた。

「ああ。それどころか、副司令官がきみと深い仲になるなという命令を撤回して、おれがきみの様子を見に来られるよう取りはからってくれた」パックスが歯を見せて笑った。「ファロン大尉も見舞いに来るって噂を聞いた。なあ、一般市民にとったらSEALsがすごいっていうのはわかってるが、グリーンベレーは……おれたちこそ本物の特殊部隊だ。だって、それが実名なんだから（グリーンベレーは通称で、実際の名称はアメリカ陸軍特殊部隊）」

モーガンは大笑いし、肋骨に痛みが走った。指を曲げて呼ぶと、パックスが身をかがめた。モーガンは戦闘服をつかんで引き寄せ、唇を近づけた。「キスして、曹長。これは命令よ」

「了解」パックスが唇を重ね、舌を入れた。

アメリカ陸軍の権力者たちの正式な許可を受けたキスだけれど、それより大事なのは、本人たちが許したということだ。激しくて、優しいキスだった。人生最高のキスかどうかはわからない。これまでパックスがしてくれたキスもすばらしかったから。でも、どこか違った。これが始まり。貴重な贈り物だ。

彼のなめらかな頬を撫でた。「愛してるわ、パックス」唇を重ねたまま言う。何度言っても言い足りなかった。世界じゅうで何十億回も言われている五文字の言葉では、足りない気がした。態度で示そう。

ベッドの上で身動きしたら、足首を手すりにぶつけた。脚に痛みが走り、はっと息をのむ。体を使って愛情表現するのは、ギプスをはめるまで待ったほうがいいかもしれない。

「大丈夫か、ベイブ？」

「足首が」モーガンは息を吸いこんで痛みと闘った。「大丈夫」

パックスがベッドをまわって父が座っていた椅子に腰かけた。「あと少しでSOCOMに戻らなきゃならない。きみはひと晩じゅう、レントゲン検査やら尋問やらを受けて眠れなかったんだから早く寝かせてあげたいけど、いくつかわかったことを話しておこうと思う――話してもいいと許可されていることを」

モーガンはうなずいた。

パックスがモーガンの指に指を絡みあわせた。「先週、おれはサヴァンナ・ジェームズと、デスタのスパイにつながる手がかりを追った。そいつを特定して圧力をかければ、デスタの居場所を吐くと思って」

モーガンはぞっとした。ジブチに知り合いは少ない。そのなかの誰かが自分に関する情報をデスタに提供していたかもしれないと思っただけで、足首の千倍も胸が痛んだ。「誰だったの？」

「ムクタール・クルーエだ」

息ができない。想像以上にショックだった。

「まだ続きがある。エスメ・クルーエはムクタールの妹だ。彼女が三年前に拉致され、デスタの奴隷にされているのをムクタールは知っていた。協力しなければ、デスタはエスメを殺すと、アリ・アンベールに脅された。きみを裏切りたくはなかったが、妹を守るためにはそうするしかなかったんだ」

あらゆる感情を味わい尽くしたと思っていたが、また新たな感情に襲われた。安堵と後悔、そして悲しみと同情が入りまじったような不思議な感情だ。

「ムクタールはアンベールに――つまりデスタに、必要最小限のことしか教えなかった」パックスが言葉を継ぐ。「それができるときは、事実をねじ曲げさえした――きみが男だとアンベールが思いこんだのを訂正しなかったのもそのひとつだ。シャルル・ルメールがきみが女性であることをアンベールに言わなかったのは、アンベールが性差別主義者だと、考古学プロジェクトをつぶしたがるとわかっていたかららしい。性別を口実にきみがプロジェクトから外され、ろくに調査せずに鉄道が敷かれ、そこにある遺跡がすべて破壊されてしまうのを恐れたんだ。そうなっていたら、ライナスは発見されなかっただろう」

「じゃあ、戦闘員が遺跡に現れた日まで、わたしが女だってことをアンベールは知らなかったのね。そのときはもう、わたしを送り帰すには遅すぎた。ルメールは潔白なの？」

「ああ」

モーガンは安堵のため息をついた。アンベールの企《たくら》みを知ってから、ルメールも関与しているのではないかと恐れていたのだ。ふたたび希望がわいた。「ムクタールはエスメが解放されたことを知ってるの？」

「ああ。昨日、きみが追跡装置を起動させた頃、アメリカ大使館に出頭した。罪悪感に耐えきれず、きみを救出するためにできる限りのことをしたいと言って。だが、デスタの本拠地は知らなかった。一日目に逮捕されていたとしても、力にはなれなかっただろう」

「ムクタールは釈放されるの？　妹を守ろうとしたことで罰せられるなんて不当だわ」足首を見おろして、顔をしかめた。「それに、わたしはもう歩きまわる調査はできない。ムクタールに働いてもらわないと」

「きみがそう言ってくれてよかった。アンベールのことはまだ捜査中なんだ。アンベールは中国と手を組んでいて、ムクタールはやつのパイプ役だ。今後も情報を提供すると、ムクタールが承諾した。だが今度は、アンベールの情報をアメリカに提供するんだ」

「ムクタールに危険はないの？」

「彼が決めたことだ。誰も強制していない。実は、アンベールに関してはお手上げなんだ――いまのところは。やつはジブチの厄介者だ。だが、中国が帯水層を発見し、アンベールが建設中の偽の脱塩工場の共同所有者だというのが本当なら、いずれ露見するだろう。アメリカは、エリトリアと中国がジブチの水を盗むのを許さない。ジブチが真相を知ったら、中国はもはや好意的には見られず、歓迎されないだろう。結局、アメリカはオボックの基地を取り戻せるかもしれない。賭け金の高い長期戦だ」

「デスタがアメリカに勾留されたから、中国は本物の脱塩工場を建てるんじゃない？そうなると、偽物だと主張したアメリカが恥をかくわ」

「サヴィーもまったく同じように考えた。本物の工場ができたら、エリトリアとジブチの利益になる。だが、アンベールを捕まえられなくなる。それどころか、やつは帯水層の情報を公表して、国民的英雄になることもできる」

「デスタはどうなるの？」

「服従してＣＩＡの犬になるか、ひっそりと消されるかのどっちかだ」

「犬って、あいつは少女を売買していたのよ！」デスタがあっさりと裁きを免れると思うと、息ができなくなった。「ブラックホークを盗んで中国に売ろうとしたのよ！」拉致されたというモーガンの個人的な被害は、デスタが罰を受けるべき理由のトップテンにも入らない。

「犯した罪の報いは受ける。自分がなると信じていた王にはなれない。だが、操り人形としてなら役に立つかもしれない」

モーガンは上を向いて目を閉じた。「ときどきこの場所がいやになる」

パックスが頬にキスをした。「きみと毎日会って、毎晩抱きしめたいのはやまやまだが、きみがジブチから出ていきたいなら止めないよ。きみが無事にアメリカに帰るまで、おれは安心できないと思うから」

「ローマで会う約束をしたでしょ」

パックスが微笑み、モーガンの指を自分の唇に持っていった。「もちろん、ローマには行くさ。でも、そのあとは、急いでアメリカに帰って、おれが戻るまで気泡シートにくるまってろ」

モーガンも微笑んだ。「気泡シートでできたベッドでセックスしたらどんな感じかしら？」

「試してみようか」

人差し指の先端を吸われ、吐息まじりに言った。「あなたの派遣期間はいつまでなの？」

パックスが唇を離し、ふたたび手を握った。「あと六週間」ポケットから携帯電話を取りだして、モーガンの手に押しつけた。「もう戻らないと。きみは足首にギプスをはめられるようになるまで、二、三日はここから出られないそうだ。おれはもう見舞いに来られないと思うから、これを渡しておく。メールならできる」身をかがめて、唇にキスをする。めくるめくような深いキスを。たちまち、シロッコのような熱の渦が生じた。「手始めに何通か送っておいた」

モーガンを乗せたヘリが基地に着陸するのを、パックスはヘリポートの近くで待っていた。この前会ったのは、五日前だ。腕の傷口が感染症の兆候を示したため——殺菌もせずにチップを取りだされたのだから、無理もない——抗生物質がきいたと確信できるまで医療施設から出してもらえなかったのだ。明日、モーガンはライナスの遺跡で記者会見を行うため、現場に出なければならない。記者会見を終えたらすぐに、ドイツのラントシュトゥールへ運ばれ、そこのアメリカ陸軍病院で、報告書を仕上げながら外来治療を受けることになっている。

パックスが出勤するまで、十二時間一緒にいられる。その後、モーガンは荷造りして記者会見の準備をしなければならない。

三十八度の暑さのなか、奮発して買ったしおれた花束を握りしめて立っているパックスは、妙に緊張していた。最後にデートしたのは十数年も前のことで、相手は元妻だった。パックスはまだ二十歳で、自分のことしか考えていなかった。

もういい大人になって、分別もついて、失敗に敏感になった。

女と遊ぶのは得意だ。感情が絡まなければ簡単なことだ。だが今回は、真剣なつきあいが始まるところで、パックスは愛する女にふさわしい人間ではないかもしれないことを自覚していた。

四月の蒸し暑い夜を熱風が吹きあげ、ヘリコプターがおりてきた。花の頭部がいくつか吹き飛ばされ、パックスはこれほど普通でない交際で普通のことをしようとした自分を笑った。

衛生兵に抱えられてヘリコプターから降りてきたモーガンを見た瞬間、愚かな不安は回転するブレードが生みだす熱い渦にのまれて消え去った。

最高にいい女だ。博士号を持つ腕っぷしの強いブロンドのセクシーな女。口の悪い妖精。おれの女。

パックスはかがんで近づいていき、減速するブレードの下まで行った。モーガンがもうひとりの衛生兵から松葉杖《まつばづえ》を受け取って両脇に挟んだ。花束を見てにっこり笑ったものの、松葉杖を突いているので受け取れない。衛生兵がモーガンのバッグをパックスに渡したあと、エンジンの音に負けないよう叫んだ。「彼女を大事にしろよ、曹長！」

パックスはにやりとした。「ああ」

ヘリコプターに飛び乗る衛生兵たちに、モーガンが手を振った。パックスは松葉杖を頼りによたよたと進む彼女の隣を歩いて、車へ向かった。モーガンのバッグとよれよれの花束を後部座席に放りこんだとき、背後でヘリコプターが飛びたち、モーガンのおろした髪を吹き乱した。腰に片腕をまわして抱きあげると、モーガンは松葉杖を放して、パックスの腰に脚を巻きつけた。鮮やかな緑色のギプスが腰に食いこんだが、パックスは気にせず唇にキスをした。

ああ。五日間ずっと、この瞬間を繰り返し想像した。それを言うなら、十一日間だ。彼女が行方不明になっているあいだ、希望を持ち続ける手段として、再会の場面を鮮明に思い描いていた。

ヘリコプターがとっくに姿を消したあとで、唇を離した。「夕食をとるか、それともまっすぐきみのCLUへ行くか？」

「先に食べておいたほうがいいわね。あなたは力をつけないとならないし、一度ふたりきりになって服を脱いだら、部屋から出られそうにないから」

「現実的だな。あきれた」

モーガンがかたくなった股間に手を当てた。「もうしたがってる。あきれた」

パックスはのけぞって笑った。緊張していた自分がばかだった。モーガンと一緒にいるのは楽だ。これほど楽なことはない。だから、これまではデートを楽しめなかったのだろう。離婚後は、誰とも本気でつきあいたいとは思わなかった。全然楽じゃなかった。こんなふうではなかった。

〈ベアリー・ノース〉へ行くと、パックスのAチームが店の中央にいて、SEALsの隊員たちと笑いながら悪態をついていた。パックスはカフェテリアに行けばよかったと思った。モーガンに自分だけを見ていてほしかった。

隅のテーブル席を選んだ。モーガンがライムトニックを注文した。彼女が酒を飲んでいるところを見たことがないことに、パックスは気づいた。ドクター・モーガン・アドラーに夢中になっているのに、まだ知らないことがたくさんある。「酒は飲むのか？」

「もちろん。バスチャンとビリヤードをした夜、ビールを飲んだわ。でも、今夜はやめておく。アルコールと一緒にのまないほうがいい処方薬もあるとお医者さんが言ってたし、一緒にいられる限られた時間をちゃんと覚えていたいから」

パックスはにやりとした。「夕食をテイクアウトすることもできるぞ」

モーガンがギプスをはめた足を向かいの椅子にのせた。「そうね。精力がみなぎった状態も悪くないかも。待つ苦しみを味わうほど、期待が高まるわ」

「きみは好きなものから食べるタイプじゃないのか？」

「いつもはそうだけど、今夜はゆっくり味わいたいの」

結局はそんなにいやなやつじゃなかったバスチャンが、黒のマーカーを振りながらやってきた。「おれが最初にギプスにサインする」

モーガンがパックスにきいた。「かまわない？」

パックスはバスチャンをにらんだ。「そのあとすぐ消えてくれるなら」

モーガンとバスチャンが笑った。「どうぞ、フォード准尉」

バスチャンのあと、ＳＥＡＬｓとＡチームのメンバーが二、三人ずつサインをしに来た。モーガンは喜んでいて、途中で三行詩を書いてくれと頼んだが、パックスが止めた。一時間かけて完璧な詩を作るのは、キャルだけだ。

チームメイトがモーガンにのぼせあがって敬意を表するのを見て、パックスは大きな誇りを感じた。彼女はおれのものだ。

ようやく料理が運ばれてくると、モーガンが身を乗りだしてささやいた。「ねえ。性病にかかっていないのはわかっていたけど、念のため施設で検査してもらったの。結果は白だった」

パックスはぴんと背筋を伸ばした。下半身も直立した。「おれが最後に受けたのは今回の派遣の直前で、全部白だった。それ以来、きみとしか寝ていない。おれも大丈夫だ。でも、避妊は？」

「三カ月効果が持続する避妊薬を注射していて、もうすぐ切れるから、また打ってもらったの。コンドームをつける必要はないわ」

パックスは財布を取りだして、金をテーブルに放った。「行こう」

モーガンが笑い声をあげ、松葉杖をつかんだ。「まだ食べ終わってないのに」

パックスはふたり分の皿を持ちあげた。「テイクアウトしよう」

「お皿ごと持っていくの？」

「フォークも必要だな」パックスはいったん片方の皿を置いて、フォークとナプキンをポケットに突っこんだあと、ふたたび皿を持った。「行こう」

モーガンが先に歩いて店を出た。テーブルの横を通り過ぎるとき、チームメイトの半分がにやにや笑っているのが見えた。パックスは最高に運のいいやつだと思っているのだ。

モーガンが松葉杖を使っているので、歩く代わりに、SUVの後部座席に皿を置いてCLUまでの短い距離を運転した。CLUに到着すると、パックスは皿を机の上に置いてから、ドアに鍵をかけた。

振り返って、強く美しい理想の女と向きあった。「これから脳天を突き破るようなセックスをする。フェラチオしてもいいが、先におれが口でする。一時間くらい。親にも追跡装置にも邪魔させないと約束してくれ」

モーガンがパックスの首に腕をまわして、胸にもたれかかった。「その条件をわたしがのまなかったら？」

くそっ。おれの気持ちをわかっている。「わかった、きみの好きなことを、好きなようにしろ。主導権を握るのはきみだ。ずっとそうだった。ただ、頼むから入れさせてくれ」

モーガンがキスをした。「冗談でしょ。わたしはベッドの上であなたに偉そうに命令されるのが好きなのに。それがあんなに興奮するものだなんて知らなかったわ。あなたとセックスしてからずっと、あなたを喜ばせるためにああしろこうしろと命令されるのを空想していたのよ」

息を深く吸いこんで、パックスは背筋を伸ばした。「シャツを脱げ」

「それでいいのよ」モーガンは笑ってベッドに腰かけると、シャツを頭から脱ごうとした。途中で包帯に引っかかった。

ひざまずいてシャツを脱がせたあと、パックスは厚い包帯にそっと指を滑らせた。肩から包帯の上端まで唇を這わせる。「かわいそうに」

モーガンが肩をすくめた。「ただの皮膚よ。残りは、重要な部分は無傷だから」

パックスがモーガンの顔に手を当てた。「きみはすばらしい。わかってるだろ？　おれはきみを畏れ敬っている。きみと愛しあいたい。きみがおれにとってどれだけ大事な人かってことを示したい。でも、きみを傷つけてしまうのが怖いんだ」

そっとキスをしたあと、モーガンは徐々に熱を込めていった。熱い舌が入ってきて、楽園の甘い味がした。体を引いて言う。「わたしはガラスでできてるわけじゃない。こうしたい。これが必要なの。確認するのよ。わたしは生きてる。あなたも生きてる。わたしたちは一緒にいる。善は悪に勝つ。愛はすべてに打ち勝つ。陳腐な決まり文句かもしれないけど、そう思うの。心から。あなたとわたしは愛しあう。一心同体だから。生き延びたから。あなたがわたしを救ってくれたから」

パックスの目に涙が込みあげた。「きみが自分で自分を救ったんだ、モーガン。おれは最後の仕上げをしただけだ」

「あなたの手柄よ。あなたがわたしを守ってくれたの。わたしはしなければならないことをしただけ。生きる目的があるから。囚われているあいだずっと、あなたのことを考えていた。こうしたかったから」

パックスがうめく。「プレッシャーだな」

モーガンが大笑いし、肋骨に手を当てた。「ああ、痛い」そう言ったあと、さらに笑った。

パックスは両手で彼女の頬を包みこんだ。「わかった、じゃあこうしよう。ゆっくり愛しあう。きみの目を見つめながら奥まで入る。優しく、じっくり抱いてきみを激しくいかせるから、一瞬怪我のことを忘れられるかもしれないし、エンドルフィンが放出されて痛みを麻痺させてくれることを期待しよう。これはおれたちが百万回愛しあううちの二回目だ。きみは永遠におれのものだから」

モーガンが唇にキスをした。「それでいいわ。続けて、曹長」

著者あとがき

わたしの夫は考古学者としてアメリカ国防総省の仕事をし、二度ジブチへ行きました。ジブチの遺跡は大部分が調査されておらず、本書に登場した架空のライナスのような興味深い遺跡が存在するかもしれません。

考古学と同様に、ジブチの地質も詳細な調査が行われていません。本書で述べたことはフィクションですが、岩だらけの地面の下に何があるか誰も知らないので、実際にあってもおかしくありません。

キャンプ・シトロンとジブチ政府の組織や官僚に関する記述はすべて完全にフィクションです。

『危ない夜に抱かれて』を読んでくださって感謝します。楽しんでいただけたら幸いです。

次の著書の発売日をお知りになりたい方は、わたしのメーリングリストに参加するか、ウェブサイトを訪問してください。ツイッターやフェイスブックをフォローすることもできます。グッドリーズでは、わたしがいま何を読んでいるかわかります。レビューは同好の読者が本を探す役に立ちます。お好きなネットショッピング・サイトに『危ない夜に抱かれて』のレビューを投稿していただけるとうれしいです。好意的なレビューも否定的なレビューもありがたく思います。

謝辞

アメリカ国防総省がわたしのすばらしい夫をジブチに派遣しなければ本書は生まれなかったので、まず、その旅を実現させた夫の同僚に感謝します。

人生のパートナーであり、よき父親であり、考古学の世界の最新情報を絶えず提供してくれるデイヴに感謝します。正気を保て、毎日幸せでいられるのはあなたのおかげです。

新シリーズの執筆を依頼し、本書を受け入れてくれたエージェントのエリザベス・ウィニック・ルービンシュタインに感謝します。あなたと仕事をすると、作家として成長できます。

貴重な批評をいただいたグウェン・ケネディ、ブリア・クインラン、キャロリン・クレイン、アンナ・リッチランドに感謝します。彼らのフィードバックによって、本書はとても力強い作品になりました。軍隊の細部について教えてくれたグウェンとアンナに特別な感謝を。あなたたちがいなければ途方に暮れていたでしょう。

ちょっと質問したかったときや、ただ友人が必要だったときに、ネットでやり取りしたり直接会ったりしてくれた、作家のダーシー・バーク、エリザベス・ノートン、ジェン・スターク、セリーナ・ベル、トニー・アンダーソンに感謝します。ズボンをはいて家から出なくても、作家が孤独な職業にならずにすんでいるのは、あなたたちのおかげです。

読者のみな様、すてきなメールやツイート、投稿をありがとう。自分の仕事がみなさんに喜びを与えていると知ることは、わたしにとってとても大きな意味を持ちます。わたしのためにレゴを使ったブックトレイラーや衣装や販促グッズを作ってくれた子どもたちに感謝します。あなたたちのようなすばらしい子どもと人生をともにできるわたしは幸運です。

最後に、構想を練りながらの長い散歩につきあい、ありとあらゆるものに関する情報、そして無限の愛と支えを与えてくれた夫に改めて感謝します。人生の冒険を分かちあってくれてありがとう。

訳者あとがき

考古学者だったという異色の経歴を持つ作家、レイチェル・グラントの初邦訳作品をお届けします。アフリカの暑い砂漠を舞台としたとてもホットなロマンティック・サスペンスです。

本書のヒロイン、考古学者のモーガンはジブチで発掘調査を行い、道具を持つアウストラロピテクスの化石という歴史的な大発見をします。しかし、そのため、エチオピアの軍指導者に目をつけられるはめになり、現地の米軍基地に居を移して保護を受けることになりました。

その護衛に任命されたのは、陸軍特殊部隊、グリーンベレーのパックス・ブランチャード曹長。博識でセクシーなモーガンに強烈に惹かれますが、保護対象であり、しかも将軍の娘である彼女と深い仲になればキャリアが危うくなってしまいます。一方、モーガンは支配的な軍人の父親に対する反抗心から、それまで父親の嫌う詩人タイプとばかりつきあってきたのですが、男らしいパックスの魅力に取りつかれ、誘いをかけずにはいられません。
そんななか、モーガンはジブチの国運を左右するような重大な発見をし、その背後に大きな陰謀が潜んでいたことが明らかになるのです。

モーガンは博士号を持つ秀才、空手三段で射撃の名手、おまけに金髪碧眼《へきがん》でグラマーという無敵の女性ですが、父親に否定されつづけて育ったせいでどこか自分に自信を持てず、繊細な一面があります。一方、パックスは若い頃結婚に失敗したせいで仕事ひと筋になり、チームのことを第一に考えるあまり、女性との真剣なつきあいをかたくなに避けていましたが、ヒッピーの両親の教えを大事にする、根は優しい男性です。そんなふたりが癒しあい、守りあい、激しく愛しあう物語をお楽しみいただければ幸いです。著者の考古学者としての経験が存分に生かされており、アクション、サスペンス、ミステリー、ホットなラブシーンが詰まった読み応えのある一冊になっています。

デビューシリーズである〝Evidence〟シリーズの〝*Body of Evidence*〟が映画化に向けて動いているなど、いまのりにのっている作家です。本シリーズについて言うと、二作目で〝結局はそんなにいやなやつじゃなかった〟バスチャン、三作目で、氷の女サヴィーとキャルが主人公を務めています。こちらもご紹介する機会があればうれしく思います。

最後に、本書を翻訳する機会を与えてくださり、訳出に当たってアドバイスをくださった方々に、この場を借りて心よりお礼申し上げます。

二〇一九年一月

23 ザ・ミステリ・コレクション

危《あぶ》ない夜《よる》に抱《だ》かれて

著者　レイチェル・グラント
訳者　水《みず》野《の》涼《りょう》子《こ》

発行所　株式会社 二見書房
東京都千代田区神田三崎町2-18-11
電話 03(3515)2311［営業］
03(3515)2313［編集］
振替 00170-4-2639

印刷　株式会社 堀内印刷所
製本　株式会社 村上製本所

落丁・乱丁本はお取り替えいたします。
定価は、カバーに表示してあります。

ISBN978-4-576-19023-5
https://www.futami.co.jp/

二見文庫 ロマンス・コレクション

朝まではこのままで
シャノン・マッケナ〔マクラウド兄弟 シリーズ〕
幡 美紀子〔訳〕

父の不審死の鍵を握るブルーノに近づいたリリー。情報を引き出すため、彼と熱い夜を過ごすが、翌朝何者かに襲われ…。愛と危険と官能の大人気サスペンス第8弾！

その愛に守られたい
シャノン・マッケナ〔マクラウド兄弟 シリーズ〕
幡 美紀子〔訳〕

見知らぬ老婆に突然注射を打たれたニーナ。元FBIのアーロと事情を探り、陰謀に巻き込まれたことを知る。そして三日以内に解毒剤を打たないと命が尽きると知り…

夢の中で愛して
シャノン・マッケナ〔マクラウド兄弟 シリーズ〕
幡 美紀子〔訳〕

ララという娘がさらわれ、マイルズは夢のなかで何度も彼女と愛を交わす。ついに居所をつきとめ、再会した二人は一緒に逃亡するが…。大人気シリーズ第10弾！

略奪
キャサリン・コールター&J・T・エリソン〔新FBI シリーズ〕
水川 玲〔訳〕

元スパイのロンドン警視庁警部とFBIの女性捜査官。謎の殺人事件と〝呪われた宝石〟がふたりの運命を結びつけて――夫婦捜査官S&Sも活躍する新シリーズ第一弾！

激情
キャサリン・コールター&J・T・エリソン〔新FBI シリーズ〕
水川 玲〔訳〕

平凡な古書店店主が殺害され、彼がある秘密結社のメンバーだと発覚する。その陰にうごめく世にも恐ろしい企みに英国貴族の捜査官が挑む新FBIシリーズ第二弾！

迷走
キャサリン・コールター&J・T・エリソン〔新FBI シリーズ〕
水川 玲〔訳〕

テロ組織による爆破事件が起こり、大統領も命を狙われる。人を殺さないのがモットーの組織に何が？ 英国貴族のFBI捜査官が伝説の暗殺者に挑む！ 第三弾！

鼓動
キャサリン・コールター&J・T・エリソン〔新FBI シリーズ〕
水川 玲〔訳〕

「聖櫃」に執着する一族の双子と、強力な破壊装置を操るその祖父――邪悪な一族の陰謀に対抗するため、FBIと天才的泥棒がタッグを組んで立ち向かう！

ときめきは永遠の謎
ジェイン・アン・クレンツ
安藤由紀子［訳］

五人の女性によって作られた投資クラブ。一人が殺害され他のメンバーも姿を消す。このクラブにはもう一つの顔があり、答えを探す男と女に「過去」が立ちはだかる——

あの日のときめきは今も
ジェイン・アン・クレンツ
安藤由紀子［訳］

一枚の絵を送りつけて、死んでしまった女性アーティスト。彼女の死を巡って、画廊のオーナーのヴァージニアは私立探偵とともに事件に巻き込まれていく……

甘い悦びの罠におぼれて
ジェニファー・L・アーマントラウト
阿尾正子［訳］

静かな町で起きた連続殺人事件の生き残りサーシャ。失った人生を取り戻すべく10年ぶりに町に戻ると酷似した事件が…。RITA賞受賞作家が描く愛と憎しみの物語！

夜の果てにこの愛を
レスリー・テントラー
石原未奈子［訳］

同棲していたクラブのオーナーを刺してしまったトリーナ。6年後、名を変え海辺の町でカフェをオープンした彼女はリゾートホテルの経営者マークと恋に落ちるが…

危険な夜と煌めく朝
テス・ダイヤモンド
出雲さち［訳］

元FBIの交渉人マギーは、元上司の要請である事件を担当する。ジェイクという男性と知り合い、緊迫した状況のなか惹かれあうが、トラウマのある彼女は……

危険な愛に煽られて
テッサ・ベイリー
高里ひろ［訳］

兄の仇をとるためマフィアの首領のクラブに潜入したNY市警のセラ。彼女を守る役目を押しつけられたのは最凶のアルファ・メール＝マフィアの二代目だった！

背徳の愛は甘美すぎて
レクシー・ブレイク
小林さゆり［訳］

両親を放火で殺害されたライリーは、4人の兄妹と復讐計画を進めていた。弁護士となり、復讐相手の娘エリーを破滅させるべく近づくが、一目惚れしてしまい……

二見文庫 ロマンス・コレクション

ひびわれた心を抱いて
シェリー・コレール
藤井喜美枝［訳］

女性TVリポーターを狙った連続殺人事件が発生。連邦捜査官ヘイデンは唯一の生存者ケイトに接触するが…? 若き才能が贈る衝撃のデビュー作〈使徒〉シリーズ降臨!

秘められた恋をもう一度
シェリー・コレール
水川玲［訳］

検事のグレイスは、生き埋めにされた女性からの電話を受ける。FBI捜査官の元夫とともに真相を探ることになるが…。好評〈使徒〉シリーズ第2弾!

この愛の炎は熱くて
ローラ・ケイ
米山裕子［訳］
〔ハード・インク シリーズ〕

ベッカは行方不明の弟の消息を知るニックを訪ねるが拒絶される。実はベッカの父はかつてニックを裏切った男だった。〈ハード・インク・シリーズ〉開幕!

ゆらめく思いは今夜だけ
ローラ・ケイ
久賀美緒［訳］
〔ハード・インク シリーズ〕

父の残した借金のためにストリップクラブのウエイトレスをしているクリスタル。病気の妹をかかえ、生活の面倒を見てくれる暴力的な恋人にも耐えてきたが……。

夜の彼方でこの愛を
ヘレンケイ・ダイモン
相野みちる［訳］

行方不明のいとこを捜しつづけるエメリーは、レンという男が関係しているらしいと知る…。ホットでセクシーな男性とのとろけるような恋を描く新シリーズ第一弾!

甘い口づけの代償を
ジェニファー・ライアン
桐谷知未［訳］

双子の姉が叔父に殺され、その証拠を追う途中、吹雪の中でゲイブに助けられたエラ。叔父が許可なくゲイブに一家の牧場を売ったと知り、驚愕した彼女は……

あの愛は幻でも
ブレンダ・ノヴァク
阿尾正子［訳］

サイコキラーに殺されかけた過去を持つエヴリン。同僚の女性が2人も殺害され、その手口はエヴリン自身の事件と酷似していて…愛と憎しみと情熱が交錯するサスペンス!

二見文庫 ロマンス・コレクション

密やかな愛へのいざない
セレステ・ブラッドリー
久賀美緒［訳］

キャリーは元諜報員のレンと恋に落ちるが、心身に傷を持つ彼は、体だけの関係にとどめようとして…。2013年ロマンティック・タイムズ誌官能ヒストリカル大賞受賞作

戯れの恋は今夜だけ
ジョアンナ・リンジー
辻早苗［訳］

自分が小国ルビニアの王女であることを知らされたアラナは、父王が余命わずかと聞きルビニアに向かう。宮殿の門前でハンサムな近衛兵隊長に自分の正体を耳打ちするが…

真珠の涙がかわくとき
トレイシー・アン・ウォレン
久野郁子［訳］［キャベンディッシュ・スクエアシリーズ］

元夫の企てで悪女と噂されて社交界を追われ、友も財産も失ったタリア。若き貴族レオに求愛され、戸惑いながらも心を開くが…？ ヒストリカル新シリーズ第一弾！

ゆるぎなき愛に溺れる夜
トレイシー・アン・ウォレン
相野みちる［訳］［キャベンディッシュ・スクエアシリーズ］

クライボーン公爵の末の妹・あのエズメが出会ったお相手は、なんと名うての放蕩者子爵で……。心配するがゆえに兄たちが起こすさまざまな騒動にふたりは――

最後の夜に身をまかせて
トレイシー・アン・ウォレン
相野みちる［訳］［キャベンディッシュ・スクエアシリーズ］

弁護士の弟の代わりに男装で法廷に出て勝訴してしまったロザムンド。負けた側の弁護士、バイロン家のローレンスはこの新進気鋭の弁護士がどうしても気になって…

胸の鼓動が溶けあう夜に
アマンダ・クイック
安藤由紀子［訳］

新進スターの周囲で次々と起こる女性の不審死に隠された秘密。古き良き時代のハリウッドで繰り広げられる事件、網のように張り巡らされた謎に挑む男女の運命は？

くちびるを初めて重ねた夜に
アマンダ・クイック
安藤由紀子［訳］

ハリウッドから映画スターや監督らが休暇に訪れる町・バーニング・コーヴ。ここを舞台に起こる不思議な事件に巻き込まれた二人は、互いの過去に寄り添いながら……